# 華夏正氣歌

本義敬題

周篤文　周遲　編著

天地有正氣，雜然賦流形

一一垂丹青

在秦張良椎，

為嚴將軍頭，為顏常山舌

鬼神泣壯烈。

慷慨吞胡羯

逆豎頭破裂。是氣所磅礴，

三綱實系命，

道義為之根。

哀哉沮洳場，為我安樂國。

陰房闐鬼火，春院閟天黑。

豈有他繆巧，陰陽不能賊。

於天闠有極

隸也實不力

風簷展書讀，古道照顏色。

華藝出版社
HUA YI PUBLISHING HOUSE

图书在版编目（CIP）数据

华夏正气歌 / 周笃文编. —北京：华艺出版社，2012.12
ISBN 978-7-80252-399-9

Ⅰ.①华…　Ⅱ.①周…　Ⅲ.①诗词—作品集—中国
Ⅳ.① I22

中国版本图书馆CIP数据核字（2012）第283167号

## 华夏正气歌

编　　著：周笃文　周　迟
责任编辑：刘丽莉　郑治清
装帧设计：姚　洁
出版发行：华艺出版社
社　　址：北京市海淀区北四环中路229号海泰大厦10层
电　　话：010-82885151
邮　　编：100083
电子信箱：huayip@vip.sina.com
网　　站：www.huayicbs.com
印　　刷：北京天正元印务有限公司
开　　本：1/16
字　　数：273千字
印　　张：21
版　　次：2013年1月第1版第1次印刷
书　　号：ISBN 978-7-80252-399-9
定　　价：58.00元

华夏正气歌

## 作者简介

周笃文，字晓川，湖南汨罗人。1934年生。中华诗词学会、中华诗词研究院顾问。原中国新闻学院教授、中外文化研究所所长。中国韵文学会、中华诗词学会创始人之一。历任中国韵文学副刊主编、中华诗词学会副会长兼秘书长、《中华诗词》常务副主编、中华辞赋社副社长。当代著名诗人、理论家、报刊专栏作家。著有《全宋词评著》、《中外文化辞典》、《宋词》、《宋百家词选》、《金元明清词选》、《华夏之歌》、《婉约词典评》、《豪放词典评》、《中华正气歌》及《影珠书屋吟稿》，《影珠诗话》等，诗风清蔚雄奇，自成一家。

# 序 周笃文

"天地有正气，杂言赋流形……是气所磅礴，天柱赖以尊。三纲实系命，道义为之根。"这是南宋丞相、民族英雄文天祥《正气歌》中所昭示的充斥天地的浩然正气。它是我们民族精神的脊梁，我们的先贤安身立命的根基。中华民族作为文明礼仪的古国，历来秉持以仁政立国，以武德安邦及"远人不服则修文德以来之"的和平理念，用以齐家治国协和万邦。

《中庸》主张："知、仁、勇，天下之达德也。"孔子还说："好学近乎知，力行近乎仁，知耻近乎勇。"这种与"仁德"相统一的"勇"，才是大勇，而非匹夫之勇。

儒家强调"武德"。楚庄王说："夫'文'，止戈为武。禁暴、戢兵、保大、定功、安民、和众、丰财者也。……武有七德。"（《左传》宣公十二年）刘师培在《论古代人民的尚武立国》一文中说："'我'字从戈从手，手握武器为我。'族'字有矢，部族之旗，弓矢手多聚于旗下。'国'字从口从戈，有人口、武器，才能立国"这就是先民的尚武精神。梁启超以为"武德"的传统起于黄帝。为我子孙提升了中华文明的品格。其核心价值是保国爱民。

《礼记》主张"柔远人则四方归之"。这种怀柔政策，是中华民族的基本国策，它与炫耀兵戈的黩武主义是绝缘的。这一点，上世纪伟大的历史学家汤因比有着最深刻的论断。他在《展望二十一世纪》中断言：中华民族是没有征服主义野心的民族。"由中国、朝鲜、日本、越南组成的东亚，……比世界上任何民族都毫无逊色。无论从地理上看，从具有中国文化和佛教传统这一共同遗产来看，他们都是连结在一条纽带上的。并且就中国来说，几千年来，比世界任何民族都成功地把几亿民众，从政治文化上团结起来，……中国在和东亚各民族合作，在被人认为是不可缺少和不可避免的人类统一过程中，可能发挥主导作用，其理由就在这里。"说得何等精辟深刻。

构建在仁义基础的尚武精神，是无敌于天下的大勇大武。孔孟主张的"杀身成仁，舍生取义"正是这种精神的最好体现。它所爆发的力量也是惊人的。毛泽东1917年写的《心之力》云："如欲拯救中华，必兴尚武兴业之精神。以君子之奇志，出鬼神之奇兵……余尝观自来勇将之在战阵，有万夫莫当之概。发横之人，其力至猛，……所以至刚而至强也。"此类事例，比比皆是。《九歌·国殇》："带长剑兮挟秦弓，首身离兮心不惩。……身既死兮神以灵，魂魄毅兮为鬼雄。"元稹的《题阳人城》："忠驱义感即风雷，谁道南方乏武才。天下起兵诛董卓，长沙子弟最先来。"是忠义之气激发出无穷的勇气。

浩然正气，乃是华夏民族生存发展的命脉和灵魂。先哲有云"殷忧启圣，多难兴邦"，正是这种忧患意识，指引着我们戒骄戒躁、踏踏实实地向前迈进。孟子曾说过："人恒过，然后能改；困于心，衡于虑，而后作……入则无法家拂士，出则无敌国外患者，国恒亡。然后知生于忧患而死于安乐也。"说的何其深刻。历史上的大哲大雄、伟人烈士，其伟绩丰功、鸿篇名著大都成于艰困中。《史记》："秦灭六国，楚最无罪。自怀王入秦不返，楚人怜之至今，故楚南公曰：'楚虽三户，亡秦必楚'也。"正是这种悲情义感化作了掀天揭地的变革力量。

悲愤出诗人，理同然也。从岳飞的"怒发冲冠，凭栏处、潇潇雨歇。……待从头、收拾旧山河，朝天阙"（《满江红》）的壮烈。文天祥的"天地有正气，杂然赋流形。……时穷节乃见，一一垂丹青"（《正气歌》）的忠贞。乃至袁崇焕"一生事业总成空，半世功名在梦中。死后不愁无勇将，忠魂依旧守辽东"（《临刑口号》）之悲怆。一直到田汉的《义勇军进行曲》"起来不愿做奴隶的人们，把我们的血肉，筑成我们新的长城！"之义勇刚烈。如此等等，最能感发意志，激励人们赴汤蹈火去创造以弱克强的奇迹。

忠义尚武之诗，不止男儿，女士也有上佳的名篇。如李清照的绝句："生当作人杰，死亦为鬼雄。至今思项羽，不肯过江东。"以赞美项羽的壮烈，批评南宋君臣畏敌怕死的懦弱。再如秋瑾的《黄海舟中日人索句》"拼将十万头颅血，须把乾坤力挽回"之激烈壮怀。甚至薛涛女校书写赠西川节度使李德裕的《筹边楼》云："平临云鸟八窗秋，壮压西川四十州。诸将莫贪羌族马，最高层处是边州。"规劝诸将莫贪吐蕃小利，而忘了收复边关失地。这时薛涛已七十二岁了，犹以边事为忧如此。

祖国宝岛台湾，从郑成功开疆立国讫于近代，风气大开，佳作甚多。特别是日据时期，爱国义士为抗拒日化教育，保持固有文化，竞开私塾，广结诗社。可歌可泣之作品层出不穷。本书颇加采录，如郑成功的《复台诗》：

> 开辟荆榛逐荷夷，十年始克复先基。
>
> 田横尚有三千客，茹苦间关不忍离。

这是 1662 年 2 月郑成功收复台湾后所作。诗言驱除荷人是为了光复先人基业。自己如同田横寄身海岛，茹苦含辛，精诚团结以谋恢复。语意沉挚，忠义之气极为感人。同治年间沈葆桢署理台湾事务，为成功立庙作联云："开万古得未曾有之奇，洪荒留此山川，作遗民世界；极一生无可如何之遇，缺憾还诸天地，是创格完人。"高度评价了郑氏的盖世奇功。

康熙二十二年命施琅率水师大败郑军。嗣主郑克塽出降。玄烨为赋诗云：

> 来庭岂为修文德，柔远初非黩武功。……
>
> 海隅久念苍生困，耕凿从今九壤同。

强调出兵是为拯救生民之困，并非炫耀武力。远略仁怀，令人钦佩。

陈瑸的《文昌阁落成》作于康熙五十一年莅台主持学政时，诗云：

> 参差烟户排青闼，绣错山河引玉绳。
>
> 今夕奎光何四映，海陬文运卜方兴。

一派升平气象，又是何其动人。

甲午战败，割让台湾，全岛军民无不义愤填膺，奋起抗争。名士易实甫自内地入台佐刘永福军抗日，有生死以之之誓。及台南失守作《续咏怀诗》：

> 天末孤城城上头，登临无地可消忧。
>
> 藤萝芦荻如夔府，薜荔芙蓉似柳州。
>
> 坠露沉云都入海，惊风密雨总当楼。
>
> 大荒我有他年约，披发骑麟再访求。

期待着一天能重亲宝岛台湾土地，浓情挚爱极为感人，显示了这位名士精神世界最光彩的一面。

抗日军兴，国共合作，天南地北，奋起斗争。诗家创作了一批为民族救亡，为历史雪耻，金戈铁马，义贯云天的诗作。如朱德1941年的《赠友人》：

> 北华恢复赖群雄，猛士如云唱大风。
>
> 自信挥戈能退日，河山依旧战旗红。

就是一首充满必胜信心与冲天豪气的英雄战歌。吴逸志的《保卫大湖南两周年感赋》云：

> 精忠百万拒东夷，大捷长沙挽国危。
>
> 两载未曾遗寸土，三湘依旧镇雄师。
>
> 补天赖有军难撼，射日惭无计出奇。
>
> 众志成城驱海寇，踏平富士慰心期。

同样是精忠报国，响彻云天的英雄壮歌，读之令人血脉贲张，震撼不已。

华夏正气，作为民族的精神支柱，是传统文化的核心，是中华民族五千年来赖以生存、发展的活的灵魂。它是道德、文明的根基，又是民族意志和价值观的集中体现。它与"大学之道"三纲八目——即在明明德、在亲民、在止于至善以及"格物、致知、诚意、正心、修身、齐家、治国、平天下"的理论体系息息相关。"为天地立心，为生民立命，为往圣继绝学，为万世开太平"（张载语），就是华夏正气的最高理想。先贤所谓的"养天地正气；法古今完人"，即其践行的目标。在民族危难的关头，它是克敌制胜的利器。在和平建设年代，它是强国安民的法宝。用中华正气培植出来的君子是：贫贱不能移，富贵不能淫，威武不能屈的大丈夫。这在当下物欲横决、道德薄弱的时代，特别值得我们大力培植与发扬。以抵制歪风邪气加速建设新时代精神文明体系。以促进社会的正义、法律的公平，与和谐奋进的局面的蓬勃发展。

　　本着这一目的，我们编著了《华夏正气歌》一书。除了从广为流传的作品中，撷取其精品而外，还从经、史、子集各类书籍中广事搜罗。比如从《易经》、《道德经》、《阴符经》，及各种碑铭、刻石中选出了部分并不经见却很有分量的佳作。其中有关台湾宝岛的诗词采摘尤多，希望它能扩展读者的阅读范围，对台湾有更全面的了解。

　　本书编撰以时代为序。作品原文择善而从，不作繁琐考订。

　　作者的生平履历及作品风格酌予介绍，以供知人论世之助。

　　注释以浅近文言为主，力求简要，毋事广征。

　　为帮助阅读，文后酌加评析，以提示艺术特点为主，藉供读者参考。

　　此书由我负责主撰，近代部分由周迟执笔，最后经我审核定稿。

　　《华夏正气歌》是我们献给祖国的一瓣心香与满腔挚爱。今日的中国百族同心，国运昌盛。神州大地，日新其貌；两岸同胞，携手共进。此诚千载难逢之历史契机。重温先贤的古训，我们应当发扬蹈厉，万众一心，共创历史的辉煌，为民族团结进步，为人类文明的发展繁荣，作出更大的贡献。

壬辰秋日于影珠书屋

# 目录

# 舜

舜姓姚，名重华，号有虞氏，史称虞舜。传说中的古帝王。尧将其女娥皇、女英嫁给舜，并让位与他。舜在位四十八年，天下大治。九十五岁时禅让给禹，后南下巡视，卒于苍梧，葬九嶷。

## 南 风 歌

南风之薰兮①，可以解吾民之愠兮②。
南风之时兮③，可以阜吾民之财兮④。

**【注释】**

① 薰：芬芳。
② 愠：恼怒。
③ 时：及时。
④ 阜：增大。

这是一首表现上古太和气象的诗歌。《礼记·乐记》称："昔者舜作五弦之琴，以歌南风。"原文见于《尸子》、《孔子家语》诸书，说明先秦时代就已流传。

南风，起于春夏，回黄转绿，它带来了生机、希望与草木的芬芳。诗里用一个"薰"字加以概括，把一段衮衮天机与怡和气象表现得十分浑成。及时的雨，叫时雨；及时的风，自然可称之为时风了。高大的土山叫阜。让百姓的财产多得像土山一样，岂不是丰衣足食、和乐洋洋吗？

这首诗体现了一种仁民爱物的弘深气象，几千年来一直为人称颂。帝王宫殿之殿堂多以此命名，它已成为太和盛世的象征。

# 卿 云 歌

卿云烂兮①，纠缦缦兮②。

日月光华，旦复旦兮。

**【注释】**

① 卿云：即庆云。一种五色氤氲的彩云，古为太平祥瑞的象征。

② 纠缦缦：交错缭绕貌。

这是一首礼赞光明的颂歌，通篇洋溢着热烈欢乐的情绪。据《尚书大传》记载：舜将禅位于禹，天上出现光彩奇异、郁郁纷纷的卿云。这瑰丽辉煌的景象，令人欣喜若狂。舜于是作《卿云歌》，臣民相和，场面极为动人。

歌词的前两句描写云彩，后两句则礼赞日月交替兼寓人事更迭。大意是：

灿烂的卿云哟，你异彩纷呈，何等辉煌。

光华四射的太阳接替月亮，天复一天地升起在东方。

全诗只有四句，却真能达到以少总多、惜墨如金的境地。比如形容卿云的光彩，它只用一个"烂"字，再以"纠缦缦"三字形容云的万千姿态。以单衬复，奇娇多变，给后世以多少启发！"旦复旦"，一个日出接着又一个日出。将名词性的"旦"字，活用为动词，语省而意丰，神完而气足。这首杰出的诗歌昭示着：一个伟大的民族已从太古洪荒中觉醒，它充满信心地迎着朝阳去开创崭新的生活。

# 帝载歌①

日月有常②，星辰有行③。

四时顺经④，万姓允诚⑤。

于予论乐⑥，配天之灵。

迁于贤善⑦，莫不咸听⑧。

夔乎鼓之⑨，轩乎舞之⑩。

菁华已竭，褰裳去之⑪。

## 【注释】

① 帝载歌：舜帝再一次作歌。"载"，通"再"。

② 常：规律。

③ 行：轨迹。

④ 四时：四季。经：顺序。

⑤ 允诚：都很诚信。

⑥ 论乐：研制音乐。

⑦ 迁：提高。

⑧ 咸听：全都听纳善言。

⑨ 夔：击鼓的样子

⑩ 轩乎：高举的样子。

⑪ 褰裳：提起下衣。

本文载于《尚书大传》及《竹书纪年》，是舜帝继《卿云歌》之后创作的又一首歌词。四句一段，共有三层意思。前四句论述人与自然的关系：日月的升降，星辰的运转都有一定的常规，春秋四季的更迭也有一定的顺序。作为万物之灵的百姓，自然也具有诚信的禀赋。中间四句讲音乐的作用：我（予）创制乐歌，要汲取自然精髓，陶冶百姓向贤向善，都能成为采纳嘉言的良善民众。这里讲的是圣帝贤王的治国之道。其视野十分广阔，见解也非常深刻。将天人之际都纳入了治国方略。其气魄与抱负令人钦佩。后四句则对舞容进行刻画，表现出强烈的音乐动感，令人如临其境。据史料记载，虞舜是最擅长以乐治国的君主。他以六律五声八音协洽蒸民。他创制的韶乐被孔子赞为尽美尽善。据说孔老夫子一听韶乐，三月不知肉味，其魅力可知了。

## 《易经》

### 古　歌

　　《易经》是上古的占卜用书。旧说伏羲画八卦，文王演为六十四卦，周公演为爻辞，以释卦象。后经孔子学派从理论上加以提升，成为其宣扬儒家政治、伦理、修养的经典，而升为六经之首，成为治国安邦的教科书。其所包含的智慧和理念，对我们后世产生了巨大影响。《易经》中引用古歌不少，有的是押韵的诗歌。

### 一

　　　　云从龙，风从虎。圣人作而万物睹。

　　此文出《易乾卦·文言》："九五曰飞龙在天，利见大人，何谓也。子曰：'同声相应，同气相求。水流湿，火就燥。云从龙，风从虎。圣人作而万物睹。'"

　　《文言》孔子所作，专释乾、坤二卦之词。"九五"，以阳爻居上卦之正中。故有"飞龙在天"之象。此节意谓以圣人之德，处天子之位，尧舜禹汤文武是也。圣主在位，必有名世之臣，如舜禹太公是也。皆从龙、从虎之贤臣。辅佐圣王，以成太平之大业。圣王立世而万物皆得其位。此乃歌颂盛世气象之歌词，为《易经》中之名章。

## 二

二人同心，其利断金。
同心之言，其臭如兰<sup>①</sup>。

**【注释】**

① 臭：通"嗅"，气味。

此诗见于《易·系辞上》。亦是对"同人"卦的引申。象曰："唯君子为能通天下之志"，意谓只有能代表天下民众的人，才能获得同志之士的拥戴。孔子曰："枢机之发，荣辱之主也。言行君子之所以动天地也，可不慎乎。同人，先号咷而后笑。子曰：'君子之道或出或处，或默或语。二人同心，其利断金。同心之言，其臭如兰。'"强调"同心"之力量，如锋利之剑，可以断金铁。同心之语言，如兰之芬芳，令人愉悦。阅读这类格言是何等富有启迪与教化的作用啊！

# 《诗经》

## 破 斧

《豳风》

既破我斧，又缺我斨<sup>①</sup>。周公东征，四国是皇<sup>②</sup>。哀我人斯<sup>③</sup>，亦孔之将<sup>④</sup>。
既破我斧，又缺我锜<sup>⑤</sup>。周公东征，四国是吪<sup>⑥</sup>。哀我人斯，亦孔之嘉。

　　既破我斧，又缺我錡⑦。周公东征，四国是遒⑧。哀我人斯，亦孔之休⑨。

## 【注释】

　　① 斨（qiāng）：兵器名。形如斧，装柄之孔方者曰斨。
　　② 四国：指反叛朝廷的管、蔡、商、奄等国。 皇：匡正、平定。
　　③ 哀：爱怜。 斯：句末语气词，意近"啊"。
　　④ 孔：甚，很。 将：大（指恩德盛大）。
　　⑤ 锜：锯。
　　⑥ 吪：化，改邪归正。
　　⑦ 錡：凿子。
　　⑧ 遒：敛，管束。
　　⑨ 休：美。

　　这是一首平叛之歌。公元前1113年，管、蔡、商、奄东方四国联合起来反叛西周朝廷。周公率军东征，经过三年苦战，终于平定叛乱，维护了国家的统一。这就是本诗的历史背景。

　　破斧缺斨，形容战斗的激烈。斧、斨等兵器都已残缺。"破"字、"缺"字使动用法，加大了表现的力度。周公为什么兴师东征呢？诗人以为就是为了平定四国的叛乱。他对我们民众的怜爱，可说是很大很深的了。此后两段，以错沓的形式，回环咏叹，调动生理上的节奏感来强化心理的感受效应，以动人于不觉之中。

　　"武戏文唱"可说是它的另一特点。写的是平叛，但没有炫耀武力，而是突出了我方的损伤，以哀兵的姿态来表现仁者无敌的主题，这是它的高明之处。此诗后世用作平乱之典，所谓"越裳未奏来重译，愿展东山破斧功"（《鸣凤记》），在维护国家的统一上，树立了一个好的榜样。

# 采 薇

《小雅》

采薇采薇①，薇亦作止②。曰归曰归③，岁亦莫止④。靡室靡家⑤，
狁之故⑥。不遑启居⑦，狁之故。

采薇采薇，薇亦柔止⑧。曰归曰归，岁亦忧止。忧心烈烈，载饥
载渴⑨。我戍未定⑩，靡使归聘⑪。

采薇采薇。薇亦刚止⑫。曰归曰归，岁亦阳止⑬。王事靡盬⑭，
不遑启处，忧心孔疚⑮，我行不来⑯。

彼尔维何⑰？维常之华⑱。彼路斯何⑲？君子之车。戎车既驾，四牡
业业⑳。岂敢定居，一月三捷㉑。

驾彼四牡，四牡骙骙㉒。君子所依，小人所腓㉓。四牡翼翼㉔，象弭
鱼服㉕。岂不日戒，狁孔棘㉖。

昔我往矣，杨柳依依。今我来思㉗，雨雪霏霏㉘。行道迟迟，载
渴载饥。我心伤悲，莫知我哀。

## 【注释】

① 薇：野碗豆，嫩苗可食。

② 作：长出嫩芽。"亦"、"止"，皆语助词，无义。

③ 曰归：口头许诺让回家去。

④ 莫：通"暮"，年终。

⑤ 靡：无

⑥ 狁（xiǎn yǔn）：匈奴之古称。

⑦ 不遑：无暇。 启居：立起与坐下，安居之意。

⑧ 柔：柔嫩的薇苗。

⑨ 载：又。

⑩ 戍：防守，此指驻地。

⑪ 归聘：派信使问候家人。

⑫ 刚：粗硬。

⑬ 阳：夏历十月。

⑭ 靡盬：没有空闲。

⑮ 孔疚：非常痛苦。

⑯ 来：通"勑"，慰劳。

⑰ 尔：同"薾"，盛开的花朵。 维何：是什么。

⑱ 常：棠棣。

⑲ 路：同辂，高大的车子。 斯何：同"维何"。

⑳ 牡：公马。 业业：马身高大。

㉑ 捷：通"接"，交战。

㉒ 骙骙：强壮貌。

㉓ 腓：隐蔽。

㉔ 翼翼：行列整齐

㉕ 象弭（mǐ）：用象牙做的弓饰。 鱼服：用沙鱼皮做的箭袋。

㉖ 棘：军情紧急。

㉗ 思：语助，无义。

㉘ 霏霏：雨雪纷飞。


这一组诗描写的是抗击匈奴（猃狁）的戍边将士归途中复杂的情怀。大约成于周宣王时代。强悍的匈奴不断侵扰北方人民的生活，北抗猃狁就成了危险艰苦的时代使命。全诗分六章。前三章以采薇起兴，由薇的发芽、抽条到老硬的过程，来表述时节的推移，以烘托戍边战士思乡之心日益浓重与强烈。薇苗由嫩到老，时间转瞬一年。为了抗击猃狁，不能回家，不能安生。甚至连信都不通一封，也没有人来慰劳，等等。真实而细腻地表现了前方战士的劳苦与忧愁。四、五章写边境上激烈的战斗：将士们乘着威武高大的战车，装备着精良锐利的武器，率领着大批战士时刻警惕着，一月之内多次击退敌人的进攻。这是正面描写周军士卒精强、军威赫赫的场面。情调也一变凄苦而为高昂之音了。第六章以今昔对比的手法，写归途的具体感受，笔锋又为之一变。去的时候杨柳婆娑，何其绵妙；而现在却雨雪飘飞，冷侵肌骨。我又饥又渴，慢吞吞地走着，又有谁知道我心头的哀伤呢？这里没有什么豪言壮语，但也决无畏惧。有的是饱经血雨腥风，复员老兵痛定思痛的歌吟。它是那样朴实、真切、平凡而又深刻。尾章"杨柳"四句，情景交融，意在言外，被称为千古绝唱。《采薇》确实是《诗经》中的抒情极品。

# 无 衣

《秦风》

岂曰无衣，与子同袍①。王于兴师②，修我戈矛，与子同仇！
岂曰无衣，与子同泽③。王于兴师，修我戈戟，与子偕作④！
岂曰无衣，与子同裳⑤。王于兴师，修我甲兵，与子偕行！

**【注释】**

① 袍：战袍。

② 于：助词，无意。

③ 泽：内衣。

④ 偕作：一同奋起。

⑤ 裳：战裙。

这是一首同仇敌忾、高扬着战友情谊的军歌。据《左传》定公四年（前502年）记载："申包胥如秦乞师……秦哀公为之赋《无衣》。"知为秦楚联盟共抗吴兵而作。诗分三章，每章五句，而以奇句收结，这在古诗中是不多的。诗的首句一问而起气势凌厉：莫要说没有衣穿？我们就合用一件战袍。国王动员打仗，修理好手中的戈矛，对准共同的敌人开刀！莫要说没有衣服？我的衣服就是你的衣服。国王动员打仗，修理好自己的戈斧，并肩战斗，义无反顾。莫要说没有穿的？我的衣裳就是你的衣裳。国王动员打仗，修理好手中的刀枪，齐头并进奔赴战场。

诗中三个"乐章"反复咏唱，主旋律不断出现，自然更能突出主题，将共御外侮的袍泽深情表现得淋漓尽致，浩气凛然。

## 《阴符经》

### 古　歌

天发杀机，移星移宿。地发杀机，龙蛇起陆。
人发杀机，天地反覆。天人合发，万变定基。

《阴符经》于《四库总目》中列为道家之首。考《战国策》载苏秦发箧得太公阴符，具有明文。当为周以前书。今存褚遂良大字刻本。其文如上，与通行本略异。是流传有序，信而有征之文献。此诗意旨深刻严重。对后世兵家影响颇大。意谓："杀机者，机之过者也。天机之气，一过则变异见。而龙蛇起陆，人之心一过，则意想生而天地反覆矣。人变则天翻地覆矣，天人合变，则覆贵为贱，反贱为贵，有若汤武革命者。万变千化，圣人因之，而改朝换代，以定基业。"龙蛇起陆，多用以形容群雄奋起。稼轩《沁园春》诗："看纵横斗转，龙蛇起陆。崩腾决去，雪练倾河。"又，黎元洪挽汤化龙联：

急难忆良朋，伤心鸿雁分行，风雨曾无相并影。
解悬真大愿，回首龙蛇起陆，乡关犹有未招魂。

皆用此典，影响之大，于此可见了。

# 老子

老子，姓李，名耳，字伯阳，即老聃。楚国苦县（今河南省鹿邑县东）人。春秋时思想家，道家创始人。做过周朝史官。著有《老子》一书，亦称《道德经》，为我国哲学经典之一。

## 《道德经》第三十九章

天得一以清①，地得一以宁。
神得一以灵，谷得一以盈②。
万物得一以生，王侯得一以为天下贞③。

**【注释】**

① 一：本意指全体之某一部分。此指具有决定作用的部分。意与"道"、"道路"、"规律"同。

②谷：山谷，空虚之处。

③贞：正。此指使天下走上正道。

此言任何事物都是通过不同侧面显示出"道"和"规律"。只有当其符合规律时，才能天清地宁，神灵谷盈，万物得生，天下得治。老子在这里提示我们处理事物一定要抓住要害，才能得其所哉。以小喻大，具有深刻的哲理性。

# 屈原

屈原（约前339—前278），战国楚人，名平，字灵均。楚之宗室，怀王朝任左徒。主持法令的制订，推行改革措施。但遭到保守派的嫉恨，顷襄王立，被流放到江南地区，后投汨罗江而死。作品有《离骚》、《九章》、《九歌》、《天问》等。

# 国　殇①

操吴戈兮被犀甲②，车错毂兮短兵接③。
旌蔽日兮敌若云，矢交坠兮士争先。
凌余阵兮躐余行④，左骖殪兮右刃伤⑤。
霾两轮兮絷四马⑥，援玉枹兮击鸣鼓⑦。
天时怼兮威灵怒⑧，严杀尽兮弃原野。
出不入兮往不反，平原忽兮路超远⑨。
带长剑兮挟秦弓，首身离兮心不惩⑩。
诚既勇兮又以武，终刚强兮不可凌。
身既死兮神以灵，魂魄毅兮为鬼雄。

**【注释】**

① 国殇：为国捐躯的战士。

② 吴戈：吴国产的戈矛。　犀甲：犀牛皮制的铠甲。

③ 错毂：车轮碰撞。　毂：车的轮轴。

④ 凌：侵犯。　躐（liè）：践踏。

⑤ 左骖：辕左侧的两匹马。　殪：死亡。右刃伤：辕右侧的两匹马被兵刃刺伤。

⑥ 霾：通"埋"，指车轮陷入泥中。　絷：绊住。

⑦ 援：举起。　枹（fú）：鼓槌。

⑧ 天时：天象、苍天。　怼（duì）：怨怒。

⑨ 忽：渺茫，萧索。

⑩ 惩：创伤，屈服。

这是一首楚人祭祀为国战死的烈士之悲歌。通篇充满着激昂、壮烈的悲情与豪气。第一段写两兵交接、白刃搏斗的惨烈场景：装备精良的将士，驱车冲向来犯的敌军，战车撞击，敌阵如云。勇士们冒着密集的箭镞争先奋进。凶悍的敌军突破了我方阵地，冲散了我们的队列；左骖死了，右侧的马也为兵刃所伤，车轮陷入泥淖，马匹也被绳索绊住。将领们仍狠击战鼓、激励斗志。真是天昏地暗，鬼神震怒！将士们就这样弃身原野，无一生还。这一节写楚军的忠勇壮烈、宁死不屈的精神，可谓浩气凌云，光昭日月。

末段八句是对捐躯者的礼赞：无畏的勇士虽身首异处而心不稍屈。你们如此勇敢、强大、刚毅而不可侮。身虽死去而精神永存，你们的魂魄将成为鬼中英杰。

国殇以悲愤激昂的笔触，再现了屈原时代的历史画面。它的烈烈英风，磅礴正气谱写成响彻云霄的爱国壮歌，激励着我们卫国兴邦，自强不息。

# 哀　郢

皇天之不纯命兮①，何百姓之震愆②。民离散而相失兮，方仲春而东迁。去故乡而就远兮，遵江夏以流亡③。出国门而轸怀兮④，甲之鼂吾以行⑤。发郢都而去闾兮，怊荒忽其焉极⑥。楫齐扬以容与兮，哀见君而不再得。望长楸而太息兮，涕淫淫其若霰。过夏首而西浮兮⑦，顾龙门而不见⑧。心婵媛而伤怀兮⑨，眇不知其所蹠⑩。顺风波以从流兮，焉洋洋而为客⑪。凌阳侯之泛滥兮⑫，忽翱翔之焉薄。心絓结而不解兮⑬，思蹇产而不释⑭。将运舟而下浮兮，上洞庭而下江。去终古之所居兮，今逍遥而来东。

羌灵魂之欲归兮⑮，何须臾而忘反。背夏浦而西思兮，哀故都之日远。登大坟以远望兮⑯，聊以舒吾忧心。哀州土之平乐兮，悲江介之遗风⑰。当陵阳之焉至兮⑱，淼南渡之焉如？曾不知夏之为丘

兮<sup>⑲</sup>，孰两东门之可芜。心不怡之长久兮，忧与愁其相接。惟郢路
之辽远兮，江与夏之不可涉。忽若去不信兮，至今九年而不复。惨
郁郁而不通兮，蹇侘傺而含慼<sup>⑳</sup>。

外承欢之汋约兮<sup>㉑</sup>，谌荏弱而难持<sup>㉒</sup>。忠湛湛而愿进兮<sup>㉓</sup>，妒被离而
鄣之<sup>㉔</sup>。尧舜之抗行兮<sup>㉕</sup>，瞭杳杳而薄天。众谗人之嫉妒兮，被以不慈之
伪名。憎愠惀之修美兮<sup>㉖</sup>，好夫人之慷慨<sup>㉗</sup>。众踥蹀而日进兮<sup>㉘</sup>，美超远
而逾迈。

乱曰：曼余目以流观兮<sup>㉙</sup>，冀一反之何时？鸟飞反故乡兮，狐死
必首丘<sup>㉚</sup>。信非吾罪而弃逐兮，何日夜而忘之！

**【注释】**

①"皇天"句：指上苍没有尽职。　纯命：克守常道。

②震愆：大祸，指百姓动荡蒙难。

③遵：沿着。　江夏：长江、汉水。

④轸：痛。

⑤甲之鼌：甲日的早晨。

⑥怊荒忽：惆怅恍惚。　焉极：哪里才是尽头。

⑦夏首：夏口，即汉口。　西浮：过了汉口又回头往西走。

⑧龙门：郢都的城门。

⑨婵媛：情绪缠绵哀痛。

⑩踬（zhǐ）：脚掌。此指停止。

⑪焉：乃。　洋洋：漂泊不定。

⑫凌：凌波。　阳侯：水波之神。

⑬絓（guà）结：挂念、郁结。

⑭蹇产（jiǎn chǎn）：联绵词，抑郁。

⑮羌：发语词，无义。

⑯大坟：水边的高地。

⑰江介：江间。

⑱ 陵阳：今安徽青阳，为屈原流放之所。

⑲ 夏：大宫殿。

⑳ 謇：发语词。 侘傺（chà chì）：怅然失意。

㉑ 汋约：柔顺。

㉒ 谌：真。 荏弱：软弱。

㉓ 湛湛：诚恳忠实。

㉔ 被离：披离、制造纠纷。 鄣：障碍。

㉕ 抗行：高尚的行为。

㉖ 愠惀：忠诚朴实。

㉗ 慷慨：此指哗众取宠的高谈阔论。

㉘ 踥蹀：奔走钻营。

㉙ 曼：远望貌。将状语"曼"前置于主语之前，是屈原常用的技法。

㉚ 首丘：头向山丘。据说狐死时头部要朝向出生地的方向。


　　《哀郢》是屈原的代表作之一。屈原从顷襄王元年（前298年）被放逐，亲历了秦兵出武关大败楚兵，威逼郢都，目睹百姓流亡的惨剧。又经过九年的漂泊生活，痛定思痛写下了这首悲歌。全篇从离开郢都惨状写起，中述风波途中对郢都的无尽思念，最后在回归无望中发出了"狐死首丘"的悲吟。情景交融，字字恳挚，低徊凄怆，哀感无端，是用血泪写成的至情文字。有着回肠荡气的感人力量。是当之无愧的爱国诗歌的极品佳构。


## 荆轲

　　荆轲（不详—前227），卫国人，为燕太子丹谋刺秦王，失败被杀。

# 易 水 歌

风萧萧兮易水寒，

壮士一去兮不复还。

　　荆轲谋刺秦王嬴政（事在前 227 年），失败被杀，这是个家喻户晓的故事。据《战国策》记载：燕太子丹率宾客送荆轲至易水作别。高渐离击筑，荆轲唱了这首短歌，"慷慨作羽声。士皆瞋目，发尽上指冠。"歌词大意如下：

　　　　萧瑟的西风卷起易水的寒波，

　　　　壮士掉头不顾驱车西去！

以呼啸的悲风与滔滔的寒水衬托壮士毅然赴难的身影，又出之以黄钟大吕（羽声）的慷慨悲吟。便有一种意夺神骇、心惊骨折的感人力量。这悲动天地的死别，不正是华夏奇男子的忠烈与阳刚之气的充分张扬吗？千百年来，不知道激励了多少中华儿女，为了国家的兴亡、民族的命运而赴汤蹈火，万死不辞！

## 秦始皇

　　秦始皇（前 259—前 210）姓嬴名政，庄襄王之子。十三岁继王位，政归母后及相国吕不韦执掌。二十二岁亲政。先后诛灭六国，统一天下。废封建，置三十六郡，定都咸阳，建立秦朝，称始皇帝。统一法度，书同文、车同轨，在位二十六年，后崩于沙丘（河北邢台）始皇对于祖国统一、建章立制，功勋甚巨。然严刑峻法，焚书坑儒，为政苛猛，乃为后世诟病。

# 碣石门刻石

遂兴师旅，诛戮无道，为逆灭息①。

武殄暴逆②，文复无罪③，庶心咸服。

惠论功劳，赏及牛马，恩肥土域。

皇帝奋威，德并诸侯，初一泰平④。

堕坏城郭，决通川防，夷去险阻⑤。

地势既定，黎庶无繇⑥，天下咸抚。

男乐其畴，女修其业，事各有序。

惠被诸产，久并来田⑦，莫不安所。

群臣诵烈，请刻此石，垂著仪矩⑧。

**【注释】**

① 为逆灭息：为逆者一律消灭。

② 殄：消灭。此指以武力消灭抗命者。

③ 文复无罪：以文治手段庇佑无罪良民。

④ 初一泰平："平"字失韵。一本作"初平泰一"当从。泰一，天帝。即仗天帝之威，统一了全国。

⑤ 夷：铲平。

⑥ 繇：劳役，亦指税收。

⑦ 来田：新分配到户的田地，与"久并"，配给已久的田地为对文。

⑧ 仪矩：典型，榜样。

此诗作于始皇三十二年（公元前215年）。记录了秦始皇去碣石考察的经过。歌颂了秦始皇威加四海，德并诸侯，统一中国的不世武功。而且还称赞他削平险阻，免除繇税，生民安乐，恩及四域的善政。可谓其鼎盛时期，政安民富的写照。此诗词语典重朴茂，句式独特，开一代新风。对于两千年后的我们，了解当时的政治生态大有补益。既填补了诗歌史上的空缺，也为我们全面评价秦始皇政治，提供了第一手的重要资料。

《史记·秦始皇纪》称：三十二年始皇之碣石，使燕人卢生求羡门、高誓，刻碣石门。坏城郭，决通堤防，而刻此石。此为碣石题诗之首。此后曹操、唐太宗及毛主席皆有诗作，大开碣石之诗风。

关于石刻的作者，根据历史记载当始皇所作，而刻者乃李斯。史记始皇本纪称："皇帝（二世）曰：金石刻尽始皇帝所为也。今袭号而金石刻辞不称始皇帝。其于久远也，如后嗣为之者。"于是乃悉刻之。

# 项羽

项羽（前232—前202），名籍，下相（今江苏宿迁西南）人。秦末义军领袖，灭秦后自立为西楚霸王。在楚汉战争中兵败，自刎于乌江（今安徽和县境）。

## 垓 下 歌<sup>①</sup>

力拔山兮气盖世，时不利兮骓不逝<sup>②</sup>。
骓不逝兮可奈何？虞兮虞兮奈若何<sup>③</sup>

**【注释】**

①垓下：古地名，在今安徽灵璧县东南。

②骓：即乌骓，骏马名。项羽的坐骑。 逝：奔走。

③虞：虞姬，项羽的爱姬。 若：你，指虞姬。

这是一首英雄美人的末路悲歌。千百年来不知道使多少心灵为之震颤。公元前202年楚汉双方经过数不清的恶战之后，项羽败退垓下，粮尽援绝，四面楚歌。在突围前项羽在帐中对虞姬唱了这首悲动天地的短歌，虞姬遂饮剑自尽。项王复上马力战，至乌江（和县东北），也自刎而死。楚汉争雄的历史帷幕从此落下。

　　诗的起句破空而来，有着笼盖天地、扫空万古之气概。史称项羽"力能扛鼎，才气过人"，其钜鹿一战大破秦兵后，召见诸侯将，皆"膝行而前，莫敢仰视。""拔山"、"盖世"之词，只有他才用得上。然而天时不利，独力难支，以至于不得不演出别姬的悲剧。二句以下急转直下，一落千丈。以雄霸之气衬托出儿女之柔情，令人唏嘘感慨不能自已。盖世豪雄项羽的性格也因此更加饱满地凸现了出来。"知否兴风狂啸者，回眸时看小於菟"（鲁迅诗），真正的大英雄也是富于感情的多情种子。项羽如此，刘邦亦然，卖履贩香的曹孟德何独不然！

# 刘邦

　　刘邦（前256—前195），字季，沛县丰邑（今江苏丰县）人，秦末义军领袖之一。前206年攻入咸阳灭秦。前202年灭项羽，称帝建立汉朝，史称汉高祖。

## 大 风 歌

　　大风起兮云飞扬，威加海内兮归故乡。安得猛士兮守四方！

　　这是一首开国雄主衣锦还乡时创作的凯歌。公元前195年刘邦击败黥布的叛军，顺道回乡，与父老欢聚时即兴作此。第一句写群雄并起反抗暴秦摧枯拉朽的席卷之势。"云从龙，风从虎"（见《易·乾》），这是以龙争虎斗形容推翻秦朝、平定叛乱的局势。"威加海内"即威震天下之意，语气何等沉雄。此时而归故乡，贵极尊荣，乃人间之至乐。然而刘邦毕竟是总揽全局的大政治家，他在欢乐之余看到了隐忧：北边有匈奴虎视，国内有悍将贰心。因此在结句中发出了"安得猛士兮守四方"之浩叹。而且"慷慨伤怀，泣数行下"。这种可贵的忧患意识使全诗更为增色，也更显得计虑深远而富有厚重的历史感。朱熹称为"千载以来，人主之词，亦未有若是壮丽而奇伟者也，呜呼雄哉"，只强调其雄奇的一面，仍属比较表象的看法。

# 刘彻

刘彻（前156—前87）即汉武帝。在位五十八年，击退匈奴，打通西域，发展经济、文化，使国力达到了鼎盛阶段。

## 天 马 歌

天马来兮从西极<sup>①</sup>，经万里兮归有德。
承威灵兮降外国，涉流沙兮四夷服。

【注释】

① 西极：西域。

这首诗原载《史记·乐书》。太初四年（前101）武帝令李广利伐大宛，降之，获蒲梢天马。武帝为作西极天马之歌，即盛传的汗血千里马。此诗高视阔步，笼盖万里，将盛极一时的天汉气象表现得淋漓尽致。西域天马，经万里而入贡；汉家威灵，慑四夷而归顺。"天涯静处无征战，兵气销为日月光"（常建《塞下曲》），正是这种形势的写照。有趣的是诗中所说的汗血天马，近来神话般地再度出现。据说在土库曼斯坦的阿尔哈捷金仍被牧民精心饲养着，并且累得赛马冠军，其腋下果然分泌出红色的汗液。

# 史游

史游，汉元帝（前48—前33在位）时黄门令。著有学童识字读本《急就章》，收2114字，按韵语编写，与后世之《千字文》相似。史游工书法，传为章草创始人。

## 急 就 章

### 三十二

汉地广大，无不容盛①。万方来朝，臣妾使令②。
边境无事，中国安宁。百姓承德，阴阳和平。
风雨时节③，莫不滋荣④。灾蝗不起，五谷熟成。
贤圣并进，博士先生。长乐无极老复丁⑤。

**【注释】**

① 容盛（chéng）：容纳与承载。

② 使令（líng）：接受命令供差遣。

③ 时节：遵时有节，不为灾害。

④ 滋荣：滋长荣盛。

⑤ 老复丁：由衰老而康复强壮。丁：强壮。

汉元帝、成帝（前48—前7年）之世，国力强盛，民生富庶。北匈奴郅支单于伏诛；南匈奴呼韩邪单于入朝，乌孙归顺，外邦朝贡不绝。这种兴旺发达的局面在诗里得到较好的反映。前六句为一层，写国力强大，边境安宁；外国君民，悉听差遣。"百姓"以下六句为另一层，写风调雨顺，五谷丰登，民生康乐。最后三句则写政治清明，君圣臣贤，才学之士得以进用。人享安乐，老人康健如壮年。

诗以质朴的语言，写出了泱泱大汉的承平气象，可谓时代的实录。此种诗体要一韵到底，不可有重见字，增加了写作的难度。对于这些特点，也应有所了解。

## 《乐府诗集》

## 战　城　南

战城南，死郭北，野死不葬乌可食。为我谓乌，且为客豪①。野死谅不葬②，腐肉安能去子逃③。水深激激，蒲苇冥冥④，枭骑战斗死⑤，驽马徘徊鸣⑥。梁筑室⑦，何以南，何以北？禾黍不获君何食？愿为忠臣安可得。思子良臣，良臣诚可思：朝行出攻，暮不夜归！

【注释】

① 豪：同"嚎"。

② 谅：通"料"，想必。

③ 去子逃：离开你逃走。

④ 冥冥：深黑一片，形容蒲苇葱郁。

⑤ 枭骑：勇猛的骑士。

⑥驽马：笨拙的马。

⑦梁：桥梁。此指在桥头筑工事。

本诗为西汉铙歌十八曲之一，是一首哀悼阵亡将士的悲歌。通过描写战士暴尸沙场和田园荒芜、禾黍不收的惨状，表现了战争给人民带来的深重苦难，具有强烈的批判意义。"为我谓乌，且为客豪"，沉痛悲怆，直指奔心，构思之奇，感人之深，堪称并世独绝之作。

# 班固

班固（32—92），字孟坚，扶风（今咸阳）人，史学家、词赋家，著有《汉书》、《两都赋》等。

## 燕然山铭①

铄王师兮征荒裔②，勦凶虐兮截海外③。敻其邈兮亘地界④。封神丘兮建隆崶⑤，熙帝载兮振万世⑥。

【注释】

① 燕然山：即杭爱山，在今蒙古国境内。

② 铄（shuò）：威武、辉煌。 荒裔：辽远的边境。

③ 勦：灭。 截：截断、驱逐。

④ 敻、邈：皆辽远之意。 亘：穷尽。 地界：边界。

⑤ 隆崶：高耸的石碑。

⑥ 熙：广。 帝载：帝王的功业。

东汉和帝永元元年（89），窦宪率车骑十万远征北匈奴，战于稽落，大破之，降二十余万人。出塞三千里，命中护军班固勒石立碑铭于燕然山上，纪大汉功德而归。这次胜利，从根本上解除了匈奴的威胁。《后汉书》形容这次战斗是："骁骑十万，元戎轻武，长毂四分，雷辎蔽路……四校横徂，星流彗扫。萧条万里，野无遗寇。"确实是雪百年之宿愤，振大汉之天声的壮举和伟绩。铭文的大意如下：

威武的王师万里远征，消灭顽敌，四海澄清。

辽远的大漠重归一统，神山上高耸着纪功的碑铭。

帝功广大呀，万世光荣！

这座伟大的丰碑，见证了民族发展的历史，千秋万载长活在人们心中。

# 梁鸿

梁鸿（生卒不详，东汉章帝时人），字伯鸾，扶风（今咸阳）人。好学尚气节，与妻孟光隐居霸陵山中。后避居吴中，卒。

## 五 噫 歌

陟彼北芒兮①，噫②！

顾览帝京兮，噫！

宫阙崔嵬兮，噫！

人之劬劳兮③，噫！

辽辽未央兮④，噫！

① 北芒：即北邙山，在洛阳北。

② 噫：喟叹声，同"唉"。

③ 劬劳：劳苦。

④ 未央：未了。


这是一首抨击帝王公侯大造殿宇，劳民伤财的诗歌。一边是巍峨奢华的宫殿，一边是劳苦大众的没完没了的劳役和苦难。正如张玉毂所说："无穷悲痛，全在五个'噫'字托出，真是创体"（《古诗赏析》）。


# 曹操

曹操（155—220），字孟德，小字阿瞒，沛国谯（安徽亳县）人。三国时著名政治家、军事家、文学家。东汉末年起兵讨伐董卓、镇压黄巾起义、削平群雄，统一北方，封为魏王。子丕建立魏朝，追尊为魏武帝。今存乐府诗20余首，内容深刻，气魄宏伟，慷慨悲壮，是"建安风骨"的开创者，散文亦别具一格。鲁迅誉为"改造文章的祖师爷"。


## 短 歌 行①

对酒当歌②，人生几何？譬如朝露③，去日苦多④。
慨当以慷⑤，忧思难忘。何以解忧⑥？唯有杜康⑦。
青青子衿⑧，悠悠我心⑨。但为君故⑩，沉吟至今⑪。
呦呦鹿鸣，食野之苹⑫。我有嘉宾，鼓瑟吹笙⑬。
明明如月，何时可掇⑭？忧从中来⑮，不可断绝。

越陌度阡⑯，枉用相存⑰。契阔谈宴⑱，心念旧恩。

月明星稀，乌鹊南飞。绕树三匝⑲，何枝可依⑳？

山不厌高，水不厌深。周公吐哺㉑，天下归心。

## 【注释】

①《短歌行》是乐府旧题。曹操的《短歌行》共有两首，这里所选的是第一首，是其代表作品之一。

②当：对着。

③朝露：早晨的露水。这里用以比喻人生的短暂。

④去日：过去的日子。 苦多：恨多。 苦：感到痛苦、烦恼。

⑤慨当以慷："慨慷"同"慷慨"。指因不能实现自己理想而内心产生不平静的感情。

⑥何以解忧：用什么东西来解除我的忧愁呢？

⑦杜康：相传是古代最初造酒的人。这里用作酒的代称。

⑧衿：同"襟"，古称衣服的交领。青衿是周代学子的服装。

⑨悠悠：长。形容思虑连绵不断。以上两句出自《诗经·郑风·子衿》篇成句，用以表示对贤才的思念。

⑩君：指所思念的贤才。

⑪沉吟：沉思吟味。意谓整日在心头回旋。

⑫苹：白蒿。嫩叶有香气，可生食。

⑬瑟、笙：两种乐器名。以上四句出自《诗经·小雅·鹿鸣》篇。《鹿鸣》篇原是宴宾客的诗，这里用以表示自己对待贤才的态度。

⑭掇：通"辍"，停止。谓求贤而不可得。

⑮中：内心。

⑯"越陌"句：客人远道来访。 阡、陌：都是田间的道路，南北为"阡"，东西为"陌"。

⑰枉用相存：枉劳存问。 枉：屈驾。 用：以。 存：问候。

⑱契（qiè）阔：聚散。这里有久别重逢的意思。

⑲ 三匝 (zā)：三圈。

⑳ 以上四句以乌鹊喻贤才，比喻贤才寻找归宿，但无所依托。

㉑ 周公：姬旦。周武王之弟，虚心招纳贤才，辅佐成王治理天下。哺：咀嚼着的食物。《韩诗外传》卷三说周公"一沐三握发，一饭三吐哺，犹恐失天下之士。"

　　这首诗言志与抒情相结合。诗歌抒发了诗人渴望招纳贤才、建功立业的宏图大愿。言志的同时也抒发了诗人的内心情感，对人生苦短的忧叹、对贤才的渴求以及终将天下归心的自信。这种种复杂的感情，通过似断似续，低廻沉郁的笔调表现了出来。虽然多有深沉的忧叹，但是字里行间始终潜藏着一种积极进取的精神，激荡着一股慷慨激昂的情怀，给人以鼓舞。最后四句，直抒抱负，博大沉雄，笼罩一世，真是绝唱。两千年间，不知道倾倒了多少俊才豪杰。语极本色，气极苍莽；魏晋悲凉，莫此为甚。

# 龟 虽 寿①

神龟虽寿②，犹有竟时③。
腾蛇乘雾④，终为土灰。
老骥伏枥⑤，志在千里。
烈士暮年⑥，壮心不已。
盈缩之期⑦，不但在天⑧。
养怡之福⑨，可得永年⑩。
幸甚至哉，歌以咏志。

【注释】

　　① 这是《步出夏门行》的末章，表达了诗人一种自强不息，老当益壮的进取精神与豪迈气概。

② 神龟：《庄子·秋水》："吾闻楚有神龟死已三千岁矣。"古人以为龟通灵而长寿。

③ 竟：终极，终了。

④ 腾蛇：传说中的一种能驾雾飞行的蛇，与龙同类。

⑤ 骥：千里马。 伏枥：卧在马槽边，形容马老病的样子。 枥：马槽。

⑥ 烈士：有志建功立业的人。

⑦ 盈缩：盈亏，指寿命的长短。 盈：满，长。 缩：短。

⑧ 不但：不仅，不全然。

⑨ 养怡：养和，身心保养得好。 怡：愉快。

⑩ 永年：长寿。"养怡"二句是说，如果能使人的身体和精神经常保持安静愉快，就能健康长寿。


这是一首探讨生命价值、充满哲理意味的好诗。长命的龟蛇，也有尽头；英雄晚年却仍有奋斗不息的壮心。长命短命，不完全决定于天的意旨；调护得法，自可长寿。这是对虚妄的宿命论的批判；更是对人生价值（包括寿命）决之在我的充分肯定。"老骥伏枥"四句，更洋溢着一种自强不息、老当益壮的进取精神与豪迈气概。直到今天仍被当作座右铭，鼓舞着人们不断奋进。据说王敦读时"以如意打唾壶，壶口尽缺"（《世说新语·豪爽》），足见感人之深。

伤生命之有尽，这是每一个英雄的心声。然孟德气概，老当益壮，不肯与物同尽。骥老伏枥之志，兴烈士暮年之心。全诗笔调豪迈，"如摩云之雕，振翮捷起，排焱烟，指霄汉。"（陈祚明《采菽堂古诗选》）尤其以"不但在天"四字，有君相造命之意，足显诗人胸中丘壑。令人读之不禁叹服。

# 观 沧 海

## 步出夏门行<sup>①</sup>

东临碣石<sup>②</sup>，以观沧海<sup>③</sup>。

水何澹澹<sup>④</sup>，山岛竦峙<sup>⑤</sup>。

树木丛生，百草丰茂。

秋风萧瑟<sup>⑥</sup>，洪波涌起。

日月之行，若出其中；

星汉灿烂<sup>⑦</sup>，若出其里。

幸甚至哉，歌以咏志<sup>⑧</sup>。

**【注释】**

①《步出夏门行》：汉乐府旧题。曹操以此为题作四章，前面有"艳"（即序歌）。这里选的是第一章，为建安十二年（207）东征乌桓时所作。

② 碣石：山名。在今河北昌黎县西北的碣石山。曹操击破乌桓回师途中曾经过碣石山，故有登临之举。

③ 沧海：大海。

④ 澹澹：水波荡漾貌。

⑤ 竦（sǒng）峙：高峻挺拔的样子。 竦：同"耸"，高耸。 峙：挺立。

⑥ 萧瑟：秋风声。

⑦ 星汉：银河。

⑧ "幸甚"二句：是乐工合乐时所加，《步出夏门行》全诗四章，每章均有。

沧海以其大，映照天地自然之壮美。碣石以其坚见证古往今来之故事。日月流转，草木荣枯，孟德独立在此耳。寥寥数笔尽显诗人慷慨情怀。

这首登碣石观沧海的放怀壮歌，可说是我国山水诗的先声杰作。建安十二年（207），曹操北征乌桓班师途中所作。诗人以挥斥八方的气概，居高临下，俯察海峤。宁静时是水波淡荡，草木丰茂。长风一动，则洪波涌起，吞吐日月。星辰万象都一一奔赴眼前，给人巨大的震撼。大海与诗人的壮怀是如此奇妙地互相生发，将祖国山河的壮美与伟人宏阔气魄自然而然地熔铸成一组奇伟的意象群，给人以赏玩不尽的美感。王船山曰："不言所悲，而充塞八极无非愁者。孟德于乐府，殆欲据第一位。"可谓别具只眼。

# 曹丕

曹丕（187—226），字子桓，曹操次子，后废献帝，建立魏朝，史称魏文帝。在位七年，力倡文学，存诗40余首，善于述情。所著《典论论文》充分肯定文学之作用，是文学理论早期力作。对于后世文学发展影响巨大。

## 邺 城 作

朝发邺城①，夕宿韩林②。
霖雨戒塗③，舆人困穷。
载驰载驱，沐雨栉风④。
舍我高殿⑤，何为泥中？
在昔周武，爰暨公旦⑥。
载主而征⑦，救民塗炭⑧。
彼此一时，唯天所讚⑨。
我独何人，不能靖乱⑩。

**【注释】**

① 邺城：今河北临漳县。汉末为曹操封地。

② 韩林：即韩陵，山名。在邺城南、安阳之北。

③ 戒涂：作好上路的准备。涂，通"途"。

④ 沐雨栉风：遭受风雨的折磨。

⑤ 舍：同"捨"。

⑥ 周武：周武王。 公旦：即武王弟周公旦。 爰暨：乃与。

⑦ 主：指周文王的灵牌。

⑧ 涂炭：水与火。泥水曰涂。

⑨ 讃：同"赞"'扶助。

⑩ 靖乱：平定动乱。

　　这首言志之作，写于大雨征途。虽然风雨大作，困于泥途，但主人公并不气馁。他以周武王捧文王灵牌讨伐商纣救民水火作榜样，来激励自己。表示了削平割据，统一中国的决心。为我们展现了忠公为国、勤政不息的高大形象。其实，这才是曹丕更为本质的特征。对于他那英文巨武的才略，过去是较少注意的。

# 至广陵于马上作①

观兵临江水②，水流何汤汤③。

戈矛成山林，玄甲耀日光④。

猛将怀暴怒，胆气正纵横⑤。

谁云江水广，一苇可以航⑥。

不战屈敌虏⑦，戢兵称贤良⑧。

古公宅岐邑⑨，实始翦殷商⑩。

孟献营虎牢⑪，郑人惧稽颡⑫。

充国务耕殖⑬，先零自破亡⑭。

兴农淮泗间<sup>⑮</sup>，筑室都徐方<sup>⑯</sup>。

量宜运权略<sup>⑰</sup>，六军咸悦康<sup>⑱</sup>。

岂如东山诗<sup>⑲</sup>，悠悠多忧伤。

**【注释】**

① 本诗首见《三国志·文帝纪》注引《魏书》。

② 江：指长江。

③ 汤汤（shāng shāng）：河水急流状。

④ 玄甲：铠甲。 玄：青赤色。

⑤ 纵横：这里指斗志旺盛，奔放无际。

⑥ "谁云"二句：化用《诗经·河广》："谁谓河广？一苇杭之"句意。"一苇"指小船。

⑦ 不战屈敌虏：不通过战争而使敌人屈服。

⑧ 戢兵：收藏兵器。指停止用兵。古人认为兵者是凶器，圣人不得已而用之。

⑨ 古公：即周太王古公亶父。周文王的祖父。他不愿夺地而战，在戎狄攻其所居之地时，迁居于岐山之下，建立城郭家室。人们知其仁德而归附，周族得以兴旺发达。 宅：居住。 岐邑：地在今陕西岐山。

⑩ 翦：斩断、削弱。

⑪ 孟献：指孟献子。即春秋时鲁国大夫仲孙蔑。公元前571年，晋、宋、卫等国，侵入郑国，后来鲁国也参加进来。孟献子曾向晋国提出"请城虎牢以逼郑"的建议。

⑫ 稽颡：跪拜，意为臣服。 稽：叩头至地。 颡：额头。

⑬ 充国：指西汉名将赵充国。善骑射，通兵法。汉武帝时，以破匈奴功，拜为中郎将。汉宣帝时，以定册功封营平侯。西羌起事，赵充国以七十余岁高龄，驰马金城。后罢兵屯田，振旅而还。 务：致力，从事。 耕殖：垦种土地。

⑭ 先零：汉代羌族的一支，又称先零族。

⑮ 淮泗：淮水和泗水。曹丕欲效法赵充国，准备在后方家乡屯田备战。

⑯ 筑室：长期留下来屯兵之意。 都：建立都城。 徐方：即"徐戎"，古族名。

⑰ 量宜：选择一种合适的方案。 运：运用、发挥。 权略：计谋和韬略。

⑱ 六军：周制，天子有六军，诸侯国有三军、二军、一军不等。每军一万二千五百人。后为军队的统称。 咸：皆，都。 悦康：快乐。

⑲ 东山：诗经篇名，反应远征士兵归乡途中的思乡之情。


这是一首雄壮而充满自信的阅兵诗。写景抒情，局面开阔，气象宏大；运笔之间，纵、擒、抑、扬，跌宕有致。诗人以六军统帅之身份，亲赴前线，既写出他出征前亲眼目睹受阅军旅的威武雄姿，坚强意志和宏伟气魄；又不断借历史上古圣先贤、英雄人物之事迹，抒发情怀，鼓舞士气。尤其重新评价《东山》诗意，彰显一派阳刚之气的尚武精神，可谓别开生面。


# 曹植

曹植（192—232），字子建，曹丕弟，曾封陈王。天资颖发，很得曹操欢心，而为曹丕所猜忌。不获大用，郁郁以终。现存诗80余首，慷慨悲凉，生动劲健，雄冠一时，世称才高八斗。为建安文学的突出代表，影响十分深远。


## 白 马 篇

白马饰金羁①，连翩西北驰②。借问谁家子，幽并游侠儿③。
少小去乡邑，扬声沙漠垂④。宿昔秉良弓⑤，楛矢何参差⑥。
控弦破左的⑦，右发摧月支⑧。仰手接飞猱⑨，俯身散马蹄⑩。

狡捷过猴猿，勇剽若豹螭⑪。边城多警急，虏骑数迁移⑫。
羽檄从北来⑬，厉马登高堤⑭。长驱蹈匈奴⑮，左顾凌鲜卑⑯。
弃身锋刃端，性命安可怀⑰? 父母且不顾，何言子与妻!
名编壮士籍，不得中顾私⑱。捐躯赴国难，视死忽如归!

**【注释】**

①羁: 马络头。

②连翩: 接连不断，这里形容轻捷迅急的样子。魏初西北方为匈奴、鲜
卑等少数民族居住区，驰向西北即驰向边疆战场。

③幽并: 幽州和并州，即今河北、山西和陕西诸省的一部分地区。游
侠儿: 重义轻生的青年男子。

④扬: 传扬。 垂: 边疆。

⑤宿昔: 昔时，往日。 秉: 持。

⑥楛(hù)矢: 利箭。用楛木制做，此木以坚硬著称。何: 多么。

⑦控: 引，拉开。左的: 左方的射击目标。

⑧摧: 毁坏。月(ròu)支: 此为箭靶名。

⑨接: 迎接飞驰而来的东西。猱(náo): 猿类，善攀缘，上下如飞。

⑩散: (破裂)，穿透之意。马蹄: 箭靶名。

⑪剽: 行动轻捷。螭(chī): 传说中的猛兽，如龙而黄。

⑫虏: 胡虏，古时对北方少数民族的蔑称。数: 屡次。

⑬羽檄: 檄是军事方面用于征召的文书，插上羽毛表示军情紧急。

⑭厉马: 奋马，策马。

⑮蹈: 奔赴。

⑯凌: 凌蹈，以武临之。

⑰怀: 顾惜。

⑱中: 心中。顾: 念。

开头两句以奇警飞动之笔，描绘出驰马奔赴西北战场的英雄身影，显示出军情紧急，扣动读者心弦；接着以“借问”领起，以铺陈的笔墨补叙英雄的来历；“边城”六句，遥接篇首，具体说明“西北驰”的原因和英勇赴敌的气概；末八句展示英雄捐躯为国、视死如归的崇高精神境界。

通篇塑造出一位矫如虎豹、勇冠千夫的爱国壮士的形象。金羁白马、横行万里。足蹈匈奴、气凌鲜卑，何等雄霸！尤其可贵的是他那勇赴国难、视死如归的忠贞气节。这样高大饱满的形象，在此前的诗中是罕见的。当然这里有虚构的成分，是曹植渴望立功报国壮烈怀抱的艺术再现。这样充满阳刚之气、忠烈之怀的诗篇，是爱国大合唱中昂扬的音符，值得我们充分肯定。

# 七　哀

明月照高楼，流光正徘徊<sup>①</sup>。
上有愁思妇，悲叹有余哀。
借问叹者谁，自云宕子妻<sup>②</sup>。
君行逾十年，孤妾常独栖。
君若清路尘<sup>③</sup>，妾若浊水泥。
浮沉各异势，会合何时谐。
愿为西南风，长逝入君怀。
君怀良不开，贱妾当何依。

**【注释】**

① 徘徊：月光荡漾貌。

② 宕子：即荡子，轻薄男子。

③ 清路尘：路上扬起轻尘。

诗以比兴的手法，托意闺帷以喻君臣离合。这是对屈原的香草美人之思的继承与发展。诗中用缠绵悱恻的笔触表现对荡子丈夫的爱恨交织之情。实际上借指他与当了皇帝的乃兄曹丕的关系。用被弃的小妾自喻，含情吐媚，苦苦哀求，希望得到曹丕的信任，可一展报国立功的理想。令人读之酸鼻。思深笔婉，蕴藉多姿，值得细心体会。

# 陈琳

陈琳（不详—217），字孔璋，广陵（扬州）人。工诗文，曾为袁绍草檄，丑诋曹操父祖，操不为罪。任军谋祭酒。为建安七子之一。

## 饮马长城窟

饮马长城窟，水寒伤马骨。往谓长城吏，"慎莫稽留太原卒"。"官作自有程①，举筑谐汝声②"。"男儿宁当格斗死，何能怫郁筑长城③？"长城何连连，连连三千里。边城多健少，内舍多寡妇。作书与内舍，"便嫁莫留住。善事新姑嫜④，时时念我故夫子。"报书往边地，"君今出言一何鄙！""身在祸难中，何为稽留他家子？生男慎莫举，生女哺用脯⑤。君独不见长城下，死人骸骨相撑拄？""结发行事君，慊慊心意关⑥。明知边地苦，贱妾何能久自全？"

【注释】

①程：指标、定额。

②筑：夯。谐：整齐、合拍。声：打夯的号子。

③怫郁：愤闷。

④姑嫜：婆婆曰姑，公公曰嫜。

⑤ 哺：喂。　脯：干肉条。
⑥ 慊慊（qiàn）：失意。

《饮马长城窟》为乐府歌名。此诗乃陈琳依旧题而新创之作。它通过筑城征夫与官吏及家中妻子对话，表现了官吏的横暴，筑城的危苦以及征夫思妇撕心裂肺的惨痛号呼。一千八百年前底层人民痛苦的生活图景，被栩栩如生地展示出来。他们的恨和爱、期盼与生死相许的痴情，都个性化地呈现在我们面前。这种塑造人物性格与命运的艺术手段，奇矫惊心，令人叹服。


# 司马懿

司马懿（179—250），字仲达，温县（今河南县名）人。三国时军事家、政治家。多谋略，善权变，累建军功，仕魏任大将军，集军政大权于一身。后其子代魏称帝，建立晋朝，尊懿为晋宣帝。


## 燕 饮 歌①

天地开辟，日月重光。
遭遇际会②，毕力遐方③。
将扫群秽④，还过故乡。
肃清万里，总齐八荒⑤。
告成归老，待罪舞阳⑥。

【注释】

① 燕饮：即宴饮。
② 际会：机遇。指得到朝廷的信任。

③ 毕力：尽力。　退方：远方，指远征辽东。
④ 群秽：指与朝廷作对的地方势力。　秽：污物。
⑤ 总齐：整顿、统一。
⑥ 舞阳：今河南地名。为司马懿之封地。

　　这首诗作于景初二年（238），司马懿奉魏明帝命讨伐割据辽东的公孙渊。路过温县时与父老故旧宴饮，席中作歌。前四句歌颂曹魏朝廷的功德广大与对自己的信任。中四句写奉命远征，决心整顿"退方"的乱局。末两句则表示功成之后，归田养老的心态。因怕功高震主，故流露出戒慎韬晦的心理。

　　司马懿是大政治家、军事家。史称其"情深阻而莫测，性宽绰而能容"，"兵动若神，谋无再计"。这种气魄、怀抱，于此诗中都有充分反映。


## 阮籍

　　阮籍（210—263），字嗣宗，尉氏（今河南县名）人，竹林七贤之一。魏晋之际，政坛多变。籍为全身远害而纵酒佯狂。所为诗文，语多玄远。有《阮步兵集》。


## 咏　怀

### 三十八

炎光延万里①，洪川荡湍濑②。
弯弓挂扶桑③，长剑倚天外。
泰山成砥砺④，黄河为裳带。

视彼庄周子，荣枯何足赖。

捐身弃中野，鸟鸢作患害。

岂若雄杰士，功名从此大。

**【注释】**

① 炎光：日光。

② 湍（tuǎn）濑：迅急的溪流。

③ 扶桑：神话中的树名。传为太阳升起之处。

④ 砥砺：磨刀石。"使河如带，泰山若砺"是汉高祖封功臣的誓词。

阮籍才情卓荦，有济世之志。而遭时浊乱，不得施展。曾登广武观楚汉争战处，曰："时无英雄，使竖子成名"。其怀抱可见。此诗歌颂了一位弯弓拂日、长剑倚天的英雄。在他的眼中，泰山、黄河不过是小小的摆设而已。就连否定荣枯、忘情生死的庄周，也远不如雄杰之士的功名伟大。这与其《大人先生传》所塑造的独立天外、变化通神的大人先生是一脉相通的。

# 三十九

壮士何慷慨，志欲威八荒①。

驱车远行役，受命念自忘②。

良弓挟乌号③，明甲有精光④。

临难不顾生，身死魂飞扬。

岂为全躯士⑤，效命争战场⑥。

忠为百世荣，义使令名彰⑦。

垂声谢后世⑧，气节故有常。

**【注释】**

① 八荒：八方的荒远之地。《说苑·辨物》："八荒之内有四海，四海之内有九州，天子处中州而制八方。"八荒与四海对举，指天下。

② 受命：受国家之任命。通常指武将接到统军征伐的任命。 自忘：忘掉个人的一切。

③ 乌号：良弓名。

④ 明甲：即明光铠甲，以精良著称。

⑤ 全躯士：苟且保全自己的人。

⑥ 争战场：在战场上与敌人争夺胜负。

⑦ 令名：美名。

⑧ 垂声：留名。 谢：告。

作者通过形象的描绘，塑造了一个胸怀壮志效命战场的壮士形象。歌颂了他的忠贞卫国勇于牺牲的爱国精神，同时也抒写了自己内心对时政的不满和驰骋疆场为国捐躯、流芳后世的强烈愿望。

这正是阮籍青年时期壮志凌云、渴望为国建功立业、以天下为己任的政治抱负和磊落的情怀的表现。"壮士何慷慨，志欲威八荒"，气魄何其雄伟。"临难不顾生，身死魂飞扬"，怀抱何其壮烈。"忠为百世荣，义使令名彰"，正是忠肝义胆的气节，鼓舞着英雄赴汤蹈火，视死如归。方东树曰："词旨雄杰壮阔，自是汉魏人气格。"中华民族愈挫愈勇，历劫而不衰，端赖这种忠义的正气之发扬光大。

## 左思

左思（250—约305），字太冲，临淄（今山东淄博市）人。貌寝而才高。历官秘书郎、齐王记室督等官职。所著《三都赋》构思十年，洛阳为之纸贵。

# 咏 史

## 五

皓天舒白日①，灵景耀神州②。
列宅紫宫里③，飞宇若云浮④。
峨峨高门内，蔼蔼皆王侯⑤。
自非攀龙客，何为欻来游⑥。
被褐出阊阖⑦，高步追许由⑧。
振衣千仞冈，濯足万里流。

## 六

荆轲饮燕市，酒酣气益震。
哀歌和渐离⑨，谓若傍无人。
虽无壮士节，与世亦殊伦。
高眄邈四海⑩，豪右何足陈⑪。
贵者虽自贵，视之若埃尘。
贱者虽自贱，重之若千钧⑫。

【注释】

①皓：明朗。舒：行。

②灵景：日光。

③紫宫：皇宫。

④飞宇：飞檐。

⑤蔼蔼：盛多貌。

⑥欻（xū）：忽。

⑦被褐：穿着粗布衣服。阊阖：宫门。

⑧ 许由：尧时隐士。尧让天下与许由，不受。

⑨ 渐离：高渐离善击筑，荆轲之友。

⑩ 眄（miǎn）：斜视。 邈：轻忽。

⑪ 豪右：豪门大族。古以右为上，故称豪右。 陈：陈述，提及。

⑫ 千钧：极重。三十斤为一钧。

　　第一首前六句极写皇都之壮丽：王侯第宅，栋宇云飞，见出山河锦绣，国家强盛。后六句抒发个人怀抱：对富贵无兴趣，扬长而出天门，愿追随许由之高风亮节。两相铺垫，益觉奇拔。"振衣千仞冈，濯足万里流"，真能脱尽尘俗，独标高节，充分展示了岩岩儒者气象，可谓千古名句。

　　第二首则是对荆轲的称颂。赞美他睥睨四海，蔑视权贵，悲歌慷慨、视死如归的烈士英风与冲天豪气。左思咏史，不限于史，而是将自己摆进去。其高旷胸次，雄健笔力，无处不见，真能陶冶汉魏，自铸伟词，不愧一代作手。

# 刘琨

　　刘琨（271—318），字越石，魏昌（今河北无极县）人。出身豪族，西晋末任大将军。都督并、冀、幽三州军事，败于石勒。乃投奔鲜卑人段匹磾，后为段所杀。

## 扶 风 歌

朝发广莫门①，暮宿丹水山②。

左手弯繁弱③，右手挥龙渊④。

顾瞻望宫阙，俯仰御飞轩⑤。

据鞍长叹息，泪下如流泉。

系马长松下，发鞍高岳头。

烈烈悲风起，泛泛涧水流。

挥手长相谢⑥，哽咽不能言。

浮云为我结，归鸟为我旋。

去家日已远，安知存与亡？

慷慨穷林中，抱膝独摧藏⑦。

麋鹿游我前，猿猴戏我侧。

资粮既乏尽，薇蕨安可食！

揽辔命徒侣，吟啸绝岩中。

君子道微矣，夫子故有穷⑧。

惟昔李骞期⑨，寄在匈奴庭。

忠信反获罪，汉武不见明⑩。

我欲竟此曲，此曲悲且长。

弃置勿重陈，重陈令心伤。

**【注释】**

① 广莫门：洛阳北门。

② 丹水山：即丹朱岭，在今山西高平县北。

③ 繁弱：良弓名。

④ 龙渊：宝剑名，亦名龙泉。

⑤ 飞轩：飞跑的车马。

⑥ 相谢：作别。

⑦ 摧藏：悲痛欲裂貌。

⑧ 夫子：孔子。孔子在陈蔡之间曾遭遇绝粮之苦厄。

⑨ 李：李陵。 骞期：逾期。此指李陵兵败被迫投降匈奴。

⑩ 不见明：指苦心不被武帝明察。

这首《扶风歌》作于刘琨出任并州刺史途中。时在永嘉元年（307）。前一部分写刘琨作别皇都带兵北上。弯繁弱，挥龙渊，望宫阙，驰飞轩，何其雄霸刚烈！中间部分写并州途中的经历：高岳风悲，穷林路断，资粮既尽，抱膝心伤。正如《晋书》本传所记："臣自涉州疆，目睹困乏……死亡委危，白骨横野……荆棘成林，豺狼满道"，可谓此诗真实的注脚。最后部分是对前途的担忧，他用孔子道穷、李陵获罪的事例，表达自己巨大的悲情。

这首诗不但成功地刻画出北征途中萧条危苦的景象，而且抒发了知难勇上、视死如归的爱国情怀。心随笔到，哀音无次，将一种英雄失路、万绪悲凉之情表现得极为强烈。

## 陶潜

陶潜（365—427），一名渊明，字元亮。柴桑（今江西九江）人。陶侃四世孙，父早辛。家境清寒而志节高尚。曾任彭泽令，八十余日即挂冠归去，是杰出的田园派诗人。有《靖节先生集》。

## 读山海经

### 十

精卫衔微木①，将以填沧海。
刑天舞干戚②，猛志固常在。
同物既无虑，化去不复悔③。
徒设在昔心④，良晨讵可待⑤！

**【注释】**

① 精卫：鸟名。传为炎帝之女，溺死海中，化为鸟，衔木石欲填东海。

② 刑天：神话人物。与天帝争斗，失败被砍头，遂以乳为目，脐为口，操干戚（盾与斧）而战不休。

③ 化去：化为异物，指死去。

④ "徒设"句：指徒有昔日之壮志。

⑤ 良晨：指实现理想的时刻。讵：岂。

这是对抗争精神的热烈赞歌。冤禽精卫不息填海，无头刑天死而犹斗。尽管力量悬殊，而矢志不改。诗歌颂了以弱抗暴、百折不挠的坚强意志与斗争精神，这正是中华民族自强不息、万劫不衰的伟大生命力之体现。如此惊心动魄的艺术典型，不愧为独放异彩的杰作。

# 鲍照

鲍照（约414—466），字明远，东海（今江苏涟水）人。出身寒门，仕途坎坷。宋文帝时任中书舍人。作品俊逸奔放，对后世影响很大。有《鲍参军集》。

## 代出自蓟北门行①

羽檄起边亭②，烽火入咸阳。
征骑屯广武③，分兵救朔方④。
严秋筋竿劲⑤，虏阵精且强。
天子按剑怒，使者遥相望。
雁行缘石径⑥，鱼贯度飞梁⑦。

萧鼓流汉思，旌甲被胡霜。

疾风冲塞起，沙砾自飘扬。

马毛缩如蝟⑧，角弓不可张⑨。

时危见臣节，世乱识忠良。

投躯报明主，身死为国殇。

## 【注释】

① 代：拟作。《出自蓟北门行》本汉乐府杂曲歌名。

② 羽檄（xí）：紧急军书。

③ 广武：今山西代县。

④ 朔方：内蒙河套一带古属朔方郡。

⑤ 筋节：弓弦与箭竿。

⑥ 雁行：指军队行列整齐有如雁阵。

⑦ 鱼贯：谓队伍行进有序，如游鱼之先后相接。

⑧ 缩如蝟：天寒马毛蜷缩有如刺猬。蝟：同"猬"。

⑨ 角弓：用兽角装饰的良弓。张：拉开。

诗写边塞的恶战。前八句言胡骑入侵，烽火直入咸阳城。汉军分兵布阵，准备迎战蛮悍的敌军。中八句写行军之艰险，塞上疾风飞石，马毛如猬，角弓难张等危苦寒冽之状。末四句表示了身赴国难，万死不辞的坚强决心。忠肝烈胆，浩气干霄，是一篇掷地作金石声的爱国名作。郭茂倩称："其致与《从军行》同。而兼言燕蓟风物，及突骑勇悍之状"（《乐府诗集》）。沈德潜更盛称此诗。"能为抗壮之音，颇似孟德"（《古诗源》），洵为有识之论。

# 曹景宗

曹景宗（457—508），字子震，新野（今河南县名）人。军功赫赫，仕梁为右卫将军等职。大败魏师于钟离。卒于江州刺史任上。

## 华光殿宴饮联句①

去时儿女悲，归来笳鼓竞。
借问行路人，何如霍去病。

**【注释】**

① 华光殿：南朝梁之宫殿名。

这是一首有名的险韵诗。成于赳赳武将之手，尤为难得。梁天监六年（507），北魏数十万军攻钟离。景宗督师往援，大败魏师。沿淮百里尸骸相藉，俘获五万余人。得胜回朝，梁武帝于华光殿宴饮联句。至景宗，惟余"竞"、"病"二字。景宗操笔立成，举朝惊叹不已。此诗以大败匈奴的霍去病自比，可谓恰如其分。不仅才捷气壮而已，英雄本色，戛然不凡如此。真绝唱也。

# 元宏

元宏（467—499），即北魏文帝拓拔宏。元宏雅好读书，善射有膂力，大力改革旧俗，推行汉化，对胡汉的融合，起到巨大推动作用。

# 悬瓠方丈竹堂飨侍臣联句①

白日光天兮无不曜，江左一隅独未照。（元宏）
愿从圣明登衡会②，万国驰诚混内外③。（彭城王元勰）
云雷大振兮天门辟，率土来宾一正历④。（郑懿）
舜舞干戚兮天下归⑤，文德远被兮莫不思。（郑道昭）
皇风一鼓兮九地匝，戴日依天清六合。（邢峦）
遵彼汝坟兮昔化贞⑥，未若今日道风明。（元宏）
文王政教兮晖江沼，宁如大化光四表⑦。（宋弁）

## 【注释】

① 悬瓠：地名，在今河南汝南。　飨：享，宴饮。

② 衡会：衡山、会稽山。

③ 驰诚：奉献上诚心。　混内外：统一天下。

④ 率土：境域。　来宾：指藩属臣服进贡。　一正历：统一历法。

⑤ 舞干戚：跳一种持盾与斧的舞蹈。虞舜时有苗不服。舜广施恩德，舞干戚，有苗遂服。

⑥ 汝坟：汝水边上的高地。　昔化：指周文王的教化。　贞：正道。

⑦ 光四表：广及四方。

　　孝文帝元宏是北朝杰出的君主。为了统一中国，他于太和十八年（494），率兵进攻南齐。次年正月在悬瓠宴享官员，即兴联句创作了这一组长诗。诗以统一中国、安抚百姓为主旨，互相唱和，表现了一种经纬天地、股肱八方的气概。它不仅有着登衡会，混内外，振云雷、一正历的宏大抱负，而且要鼓皇风，清六合，敦文德，光四表，建成一个王道乐土的世界。立意宏远，主旨正大，出自一个鲜卑族帝王之口，尤为可贵。

# 吴均

吴均（469—519），字叔庠，吴兴故鄣（今浙江吉安）人。曾任吴兴太守等职。好学善文，尤工诗。语言流畅，风格清丽，号"吴均体"，时人多效之。

## 胡无人行

剑头利如芒<sup>①</sup>，恒持照眼光<sup>②</sup>。
铁骑追骁虏<sup>③</sup>，金羁讨黠羌<sup>④</sup>。
高秋八九月，胡地早风霜。
男儿不惜死，破胆与君尝。

**【注释】**

① 如芒：形容剑锋薄且利有如芒草锐利。

② 照眼光：指宝剑精光令人目眩。

③ 骁虏：剽悍的敌人。

④ 金羁：金饰的马络头。 黠羌：狡猾的羌人。

此诗以独特的视角，崭新的语言刻画出一位勇冠三军、气压群胡的爱国勇士的形象。英风烈烈，横绝一时，为后世之边塞诗开了一个好头。诗集中描写了两件物事，即手持锋利如芒青光照眼的宝剑与足跨黄金络脑铁甲护体的骏马。这极具特征的描写，有力地渲染出主人公的神采。他，就是骁虏与黠羌的克星。最后以不惜一死的毅勇破取敌胆与君共尝作结。真有斩蛟射虎，啮齿穿龈的气概。冯班云："于时诗人灼成一体者有吴叔庠。边塞之文所祖也"（《钝吟杂录》），是当之无愧的。

# 虞羲

虞羲，南朝齐梁间诗人，生卒不详。会稽（今浙江绍兴）人。曾任齐始安王侍郎等职。梁武帝天监（501—518）中卒。

## 咏霍将军北伐①

拥旄为汉将，汗马出长城。

长城地势险，万里与云平。

深秋八九月，虏骑入幽并。

飞狐白日晚②，瀚海愁云生。

羽书时断绝，刁斗昼夜惊。

乘墉挥宝剑③，蔽日引高旌。

云屯七萃士④，鱼丽六郡兵⑤。

胡笳关下思，羌笛陇头鸣。

骨都先自詟⑥，日逐次亡精⑦。

玉门罢斥堠⑧，甲第始修营。

位登万庚积⑨，功立百行成。

天长地自久，人道有亏盈。

未穷激楚乐⑩，已见高台倾。

当令麟阁上⑪，千载有雄名。

**【注释】**

① 霍将军：霍去病。出征匈奴，累立大功，死时才二十四岁。

② 飞狐：关塞名，太行八陉之一。在今河北涞源县境。

③ 墉：城墙。

④ 七萃：皇帝的近卫军。

⑤ 鱼丽：军阵名。 六郡：指陇西、天水、安定、北地、上郡、西河等

六郡，迫近戎狄，风俗尚武，多出良将。

⑥ 骨都：骨都侯，匈奴官名。 詟（zhé）：畏服。

⑦ 日逐：日逐王，匈奴官名。

⑧ 斥堠：望敌之哨所。

⑨ 庾：仓库。

⑩ 激楚：楚地歌曲名。

⑪ 麟阁：麒麟阁。汉宣帝时画霍光、苏武等功臣像于阁上，以示褒奖。

这是一首借古喻今的诗作。通过对累败匈奴的霍去病的歌颂，旨在激励江左朝廷毋忘北伐的士气。"乘墉"以下八句，极写汉军之强盛整肃，匈奴侯王闻风丧胆。真有干将出匣，寒光逼人之势。最后以图画麟阁，名垂青史作结。立论正大，慨当以慷，在艳体盛行的齐梁时代，有此风骨矫矫之诗，真能别开生面。


# 斛律金

斛律金（488—567），北齐名将，敕勒族人。


## 敕勒歌①

敕勒川，阴山下，天似穹庐②，笼盖四野。
天苍苍，野茫茫，风吹草低见牛羊③。

【注释】

① 敕勒：亦称铁勒，为北方少数民族，活动于山西北部及内蒙古阴山一带。

② 穹庐：毡帐，即蒙古包式的帐篷。

③ 见：同"现"。

据《北史》武定四年（546），高欢伐西魏，围玉壁，久攻不克，士卒多死。欢疾甚，乃力疾见诸豪贵，使斛律金歌敕勒歌而自和之，以安众心。《乐府广题》云："歌本鲜卑语，易为齐语（汉语），故其句长短不齐"。则此歌本鲜卑民谣也。以天然质朴的语言写草原上壮丽风光，清新刚健，极具莽苍雄浑气象。寥寥二十七字，写尽了草原辽阔，牛羊肥美的兴旺景象，是草原风光的绝好的赞歌。胡应麟云："大有汉魏风骨。金武人，目不知书，此歌成于信口，……以无意发之，所以浑朴莽苍，暗合前古"。元好问更盛称："慷慨歌谣绝不传，穹庐一曲本天然。中州万古英雄气，也到阴山敕勒川"，评价之高，由此可见。

## 《魏书》

## 李波小妹歌

李波小妹字雍容[①]，褰裳逐马如卷蓬[②]。
左射右射必叠双[③]。妇女当如此，男子安可逢[④]。

**【注释】**

①李波：《魏书李安世传》：广平人李波，宗族强盛，横霸一方，官府患之。其小妹武艺高强，歌谣称颂。

②褰裳：提起衣裙。

③叠双：一箭射中两个猎物。

④安可逢：怎能抵当。

这首广平（今河北永年县）民谣，是赞美武艺精强的李波小妹的。她追逐敌骑如风扫残蓬，发箭能一射双中，这是何等矫捷英武。寥寥几笔，就把北方妇女英爽无敌的形象活生生地描绘出来。巾帼英雄，令人景仰。

## 《北朝乐府》

## 木兰诗

唧唧复唧唧，木兰当户织。

不闻机杼声①，唯闻女叹息。

问女何所思，问女何所忆？

女亦无所思，女亦无所忆。

昨夜见军帖②，可汗大点兵③。

军书十二卷，卷卷有爷名。

阿爷无大儿，木兰无长兄。

愿为市鞍马④，从此替爷征。

东市买骏马，西市买鞍鞯⑤。

南市买辔头⑥，北市买长鞭。

旦辞爷娘去，暮宿黄河边。

不闻爷娘唤女声，但闻黄河流水鸣溅溅。

旦辞黄河去，暮宿黑山头⑦。

不闻爷娘唤女声，但闻燕山胡骑鸣啾啾⑧。

万里赴戎机⑨，关山度若飞⑩。

朔气传金柝⑪，寒光照铁衣。

将军百战死，壮士十年归。

归来见天子，天子坐明堂⑫。

策勋十二转⑬，赏赐百千强。

可汗问所欲，木兰不用尚书郎。

愿驰明驼千里足<sup>⑭</sup>，送儿还故乡。

爷娘闻女来，出郭相扶将<sup>⑮</sup>。

阿姊闻妹来，当户理红妆。

小弟闻姊来，磨刀霍霍向猪羊。

开我东阁门，坐我西阁床。

脱我战时袍，著我旧时裳。

当窗理云鬓，对镜帖花黄<sup>⑯</sup>。

出门看伙伴，伙伴皆惊惶。

同行十二年，不知木兰是女郎。

雄兔脚扑朔<sup>⑰</sup>，雌兔眼迷离<sup>⑱</sup>。

双兔傍地走，安能辨我是雄雌！

**【注释】**

① 杼：织布机上的梭子。

② 军帖：征兵的文书。

③ 可汗（kè hán）：古代西北少数民族对君王的称呼。

④ 市：买。

⑤ 鞯：马鞍下的垫子。

⑥ 辔（pèi）头：马的嚼子、笼头、缰绳等。

⑦ 黑山：即杀虎山，蒙古语为阿巴汉喀喇山，在今呼和浩特市东南。

⑧ 燕山：指燕然山，即今蒙古人民共和国境内的杭爱山。

⑨ 戎机：军机，指战争。

⑩ 度：跨越。

⑪ 朔气：北方的寒气。 金柝（tuò）：刁斗，警夜时敲击刁斗以戒敌。

⑫ 明堂：皇帝听政的殿堂。

⑬ 策勋：论功晋爵。 十二转：连晋十二级。"十二"泛言其多。

⑭ 明驼：奔走快迅的骆驼。

⑮ 扶将：搀扶。

⑯ 花黄：当时妇女流行用黄色的梅花妆来打扮自己。用金黄色的纸剪成星、月、花、鸟等形状贴在额上，或在额上涂一点黄的颜色。

⑰ 扑朔：联绵词，迅急模糊之意。

⑱ 迷离：雌兔的眼睛被蓬松的毛遮蔽的样子。与上句互文见义，意思是说双兔在行走时难以辨别雌雄。


木兰诗是北朝乐府民歌，是一首叙事诗。花木兰替父从军是家喻户晓的故事。此诗大致流传于北魏时期，可能是北魏与柔然（蠕蠕）族战争的反映。诗中提到的燕山，正是两国交兵的古战场。从诗中提到"天子"、"贴花黄"等词语，可见出梁陈及隋唐的影响。此诗之定型似在隋唐之际。

这首诗完整地塑造了一位淳朴善良、刚毅果敢的女英雄形象。她热爱家乡，孝顺父母，鄙夷功名，智勇双全，是一位压倒了须眉的爱国女英雄。这首长诗叙事生动，剪裁得当，巧妙运用多种艺术与修辞手法，烘托气氛，刻画性格，取得极好效果。《古诗源》称其"事奇诗奇，卑靡时得此，如凤凰鸣、庆云现，为之快绝"，可谓允当之评。


# 张正见

张正见（不详—575左右），字见颐，原籍东武（今山东县名），梁、陈间诗人。幼有清才，累官为通直散骑侍郎。

## 从军行

胡兵屯蓟北，汉将起山西。
故人轻百战，聊欲定三齐①。

风前喷画角②，云上舞飞梯③。

雁塞秋声远，龙沙云路迷④。

燕然自可勒⑤，函谷讵须泥⑥。

**【注释】**

① 三齐：临淄、济北、胶东古称三齐，泛指山东省境。

② 喷：吹响。 画角：军号。

③ 飞梯：攻城之云梯。

④ 龙沙：即白龙堆，西域沙漠名。

⑤ 勒：刻石，指刻纪功之碑于燕然山上。

⑥ 函谷：关名，秦置，在崤函谷中，以险著称。王元欲以一丸泥东封函谷关，以保秦中安全，事见《东观汉纪》。

　　此诗以北扫胡尘、统一中国为主旨，勉励故人为国杀敌立功。风骨沉烈，声情俱壮。"轻百战"、"定三齐"、"喷画角"、"舞飞梯"以及"雁塞"、"龙沙"诸句，不止气势宏伟，而且属对精严，已开唐诗律句先河。结尾以勒功燕然相勉，攻破泥封之函谷关更不在话下。抱负何其壮伟。胡应麟称："张正见诗华藻不下徐陵、江总，声骨雄整乃过之。唐律实滥觞于此。而资望不甚表表"。似此爱国佳作正应大力表彰，以壮华夏雄风也。


# 庾信

　　庾信（513—581），字子山，新野（今河南县名）人。少有文才，深受宠信。文词清艳，为宫体诗代表人物。后出使西魏，留而不遣。北周时仕至开府仪同三司。晚年多伤时怀土之作。所作《哀江南赋》，哀动江关，最富盛名。著有《庾子山集》。

# 拟咏怀二首

## 十七

日晚荒城上，苍茫馀落晖。
都护楼兰返①，将军疏勒归②。
马有风尘色，人多关塞衣③。
阵云平不动，秋蓬卷欲飞。
闻道楼船战④，今年不解围。

## 廿六

萧条亭障远⑤，凄惨风尘多。
关门临白狄⑥，城影入黄河。
秋风别苏武，寒水送荆轲。
谁言气盖世⑦，晨起帐中歌。

**【注释】**

　① 楼兰：即鄯善，汉西域国名。　都护：汉官名。

　② 疏勒：汉西域国名。

　③ 关塞衣：塞外征战的铠甲。

　④ 楼船：高大的战船，指当时南北朝正凭江战守。

　⑤ 亭障：边塞的防御工事。

　⑥ 白狄：狄族。指北方少数民族。

　⑦ 气盖世：项羽困于垓下，曾作"力拔山兮气盖世"之歌。

《拟咏怀》是模拟阮籍《咏怀》之作的组诗，共二十七首。主
要表达他羁留北国时思念乡邦的凄苦情怀。它的时间跨度较大，并

不是一时一地之作。"日晚荒城上"一首，写登楼见到北朝大批军旅往江南开拔而产生的忧思。在暮霭苍茫之际，戍守西部（楼兰、疏勒）的劲旅，络绎不断地内调。人马倥偬，风尘仆仆。战争的阴霾笼罩大地。这是为什么呢？作者以"闻道楼船战，今年不解围"作答。原来是为支援鏖战方酣的战争而调兵遣将。这使身居北国而心系江南的诗人，深感无奈。几多怅惘便都通过荒城落照的诗句而曲折地表现出来。沈德潜云："无穷孤愤，倾吐而出。工拙都忘，不专拟阮"，正是对此的说明。

"萧条亭障远"一首成于暮年，大约是他出任弘农郡（今河南陕县）太守时所作。前四句写眼中景物：远处是萧条的战垒，面前是凄惨的烟尘；关外的河西一带为异族白狄所盘据，弘农城墉倒映于浩荡的黄河之中。这一切说明形势的严峻与潜伏的杀机。"秋风"二句则自比羁臣苏武与一去不返的荆轲。最后两句是对命运的慨叹：即使豪气盖世的项王，当其末路，不得不于军帐中饮泣悲歌。庾信借典明志，以表其哀苦的心态。这里有亡国的悲恸，辱命的愧悔与羁旅的哀伤，俱从用典中委婉地加以表现。此诗将孤臣孽子之悲情，表现得极为恫挚。"庾信生平最萧索，暮年诗赋动江关"（杜甫句），信哉。

# 虞世基

虞世基（不详—618），字茂世，会稽余姚（今浙江县名）人。博学高才，仕陈为尚书左丞。入隋直内史省，渐掌朝政。后为宇文化及所害。

## 出　塞

上将三略远①，元戎九命尊②。

缅怀古人节，思酬明主恩。

山西多勇气，塞北有游魂③。

扬桴度陇坂④，勒骑上平原。

誓将绝沙漠⑤，悠然去玉门。

轻赍不遑舍⑥，惊策驾戎轩⑦。

懔懔边风急，萧萧征马烦。

雪暗天山道，冰塞交河源⑧。

雾烽暗无色，霜旗冻不翻。

耿介倚长剑⑨，日落风尘昏。


## 【注释】

① 三略：吕尚有六韬三略。指治军妙计。

② 元戎：军事统帅。 九命：上公九命为伯，为周代最高之官爵。

③ 游魂：行将死亡的残敌。此指突厥犯边。

④ 桴：鼓槌。 度：越过。

⑤ 绝：横越。

⑥ 赍（jì）：指行李物件。 不遑舍：无暇住宿。

⑦ 策：马鞭。 驾：奔驰。 戎轩：兵车。

⑧ 交河：地名。汉车师王治所。在今新疆吐鲁番西。诗中借用为河名。

⑨ 耿介：光明正大。


　　此诗反映隋炀帝经营西域的一段史实。大业三年（607）以裴矩为黄门侍郎，定经营西域之策。后遣薛世雄为玉门道行军大将击伊吾，孤军度碛，降伊吾，奏凯而还。薛世雄河东人。诗中所云"上将"、"元戎"、"山西"皆指薛。这是一首纪实性的壮行之作，有很高的文学与历史价值。

　　前四句写上将的远略与伟抱，庄严而得体。继写浩荡大军充满必胜信心的进军过程：旗鼓震天地度陇坂、绝沙漠；急如流星地驾戎车、冒风雪，勇往直前。最后"耿介"二句，大有巨人按剑、长啸清边的气概，可谓寄意深宏。"雾烽暗无色，霜旗冻不翻"，更是岑参的"纷纷暮雪下辕门，风掣红旗冻不翻"所本，它对盛唐边塞诗的崛起，有着导夫先路的作用。

这是虞世基与杨素的唱和之作，杨素作有《出塞二首》，当时的名士薛道衡、虞世基均有和诗，本诗即为虞世基所作的第二首。杨素曾统兵到塞上抗击突厥入侵，于边塞征战颇有切身体验。至于虞世基，直到杨素去世，还不曾亲临边塞。所以诗中内容，大多是出自诗人的想象，而非真实经历。惟其如此，其想象力之高超、才情之卓越，更叫人叹为观止。


# 虞世南

虞世南（558—638），字伯施，浙江余姚人。少与兄世基受学于顾野王。精思读书，为文婉缛。隋大业中任秘书郎，迁起居舍人。入唐为秦府参军，迁太子舍人。贞观间转秘书监，后进爵为县公。卒年八十一岁。太宗称其有五绝：德行、忠贞、博学、文辞、书翰。所作边塞诗雄壮悲凉，有丕开风气之功。所撰《北堂书钞》为唐代著名类书。书法与欧阳询齐名。

## 结客少年场行

韩魏多奇节①，倜傥遗声利②。共矜然诺心③，各负纵横志。
结交一言重，相期千里至。绿沉明月弦④，金络浮云辔⑤。
吹箫入吴市⑥，击筑游燕肆⑦。寻源博望侯⑧，结客远相求。
少年怀一顾，长驱背陇头。焱焱戈霜动⑨，耿耿剑虹浮⑩。
天山冬夏雪，交河南北流⑪。云起龙沙暗⑫，木落雁门秋。

轻生殉知己，非是为身谋。

## 【注释】

①韩魏：泛指韩赵雁门一代，古为三晋地，多侠客义士。

②倜傥：卓异不凡。　声利：名利。

③矜：矜持，推崇。　然诺：一诺千金，不打诳语。

④绿沉：宝弓名。　明月弦：指拉满弓弦。"吴戈夏服箭，骥马绿沉弓。"（梁简文帝《旦出兴业寺讲诗》）

⑤金络：马的金饰辔头。

⑥"吹箫"句：伍子胥逃至吴国首都，曾以吹箫乞食，卒为吴王重用。

⑦"击筑"句：高渐离在燕地击筑（一种弦乐器），荆轲和而歌之，士皆垂涕。

⑧博望侯：张骞以打通西域之功，封博望侯。

⑨馣馣：明晃晃地，形容戈矛之锋利。

⑩耿耿：光明貌。

⑪交河：地名，车师国都城，地在吐鲁番以西。

⑫龙沙：即白龙堆沙漠，地在玉门关之西。

此诗写少年侠士的英雄风采。他们不骛名利，把气节看得比生命还要重要。胸有纵横天下之远志，弯弓如满月，放箭似流星，身手何等了得。以伍子胥、张骞一流的英雄为榜样，一弓一箭走遍交河古道，龙沙绝域。为了知己和信念，可以生死以之，毫不犹豫。这是一首英雄侠士的颂歌，忠肝义胆，令人为之动容。对唐代重武功、崇义烈的边塞雄风，起了推动作用。

# 杨素

杨素（544—606），字处道，华阴（今陕西县名）人。隋代开国功臣，武功甚著，封越国公。诗亦清远可喜。

## 出　塞

漠南胡未空①，汉将复临戎。

飞狐出塞北②，碣石指辽东。

冠军临瀚海③，长平翼大风④。

云横虎落阵⑤，气抱龙城虹⑥。

横行万里外，胡运百年穷。

兵寝星芒落，战解月轮空。

严谯息夜斗⑦，驿角罢鸣弓⑧。

北风嘶朔马，胡霜切塞鸿。

休明大道暨⑨，幽荒日用同⑩。

方就长安邸，来谒建章宫⑪。

**【注释】**

① 漠南：泛指蒙古大漠以南的地区。当时为突厥所据。

② 飞狐：即飞狐口（今河北涞源）。

③ 冠军：汉霍去病封冠军侯。

④ 长平：汉卫青封长平侯。

⑤ 虎落：藩篱。此指遮护城堡的工事设施。

⑥ 龙城：匈奴祭祖之地，一曰龙庭。

⑦ 严谯：森严防卫的谯楼（城上望敌之楼）。　夜斗：巡夜敲击的刁斗。

⑧ 驿角：红色牛角，用来调校弓弦之物。

⑨ 休明：政治清明。　暨：至、到。

⑩"幽荒"句：谓荒僻幽远之地也同样日日受到王泽的呵护。

⑪建章宫：汉宫名。后泛指宫阙。

这首诗是写隋兵反击东突厥的一次战争。杨素本人为这次反击战的统帅。他大败突厥，漠南遂无敌踪。事在仁寿初年（601—602）。前段写大兵远征的军事态势，西起飞狐，东抵碣石，全线向北夹击，直指突厥巢穴。"冠军"以下四句，是说勇猛如卫青、霍去病之军旅，横扫虎落，直捣龙庭，犁庭扫穴，彻底肃清了敌人的势力。兵戈征杀的庚气化作了祥和绚丽的彩虹。末了以天兵到处，胡运终结，结束了诗的前半部分。

诗的后半部分写战罢的场景及体验。兵戈已息，月落星沉，刁斗无声，硬弓不响。只有朔马嘶风，鸿唳霜空而已。最后四句是说：清明的政化从此开始，僻远之地可以同沐王泽。自己也可以回家向皇帝汇报了。如此空前大捷却说得平静，毫无矜功使气之色。举重若轻，足见作者胸怀之博大，笔力之健举。沈德潜称其诗"幽思健笔，词气清苍"（《说诗晬语》）。王士禛亦云："沉雄华赡，风骨甚道，已辟唐人陈、杜、沈、宋之轨"（《古诗选·凡例》），是不错的。

# 明余庆

明余庆，隋代诗人，生卒不详。平原鬲（今山东邹平）人。仕隋，历官司门郎、国子祭酒。

# 从 军 行

三边烽乱惊①，十万且横行。

风卷常山阵②，笳喧细柳营③。

剑花寒不落，弓月晓逾明。

会取河西地④，持作朔方城⑤。

**【注释】**

① 三边：汉时指匈奴、南越、朝鲜。后亦泛指边境。

② 常山阵：即常山蛇阵，首尾相救，难以攻破。见《孙子兵法》。

③ 细柳营：汉周亚夫屯军细柳，故名。

④ 河西：指汉武所设武威、张掖、酒泉、敦煌等地。

⑤ 朔方：郡名，汉武所设。治所在内蒙杭锦旗北。

    这首军威震赫的诗作，以横扫顽敌、平靖北边为目的。主要是针对突厥入侵而发的。诗中借用了许多汉代典故，贴切自然，很有气势。最后以收复河西重镇朔方相勉励，立论正大，声情俱壮。其属对、炼字，无不精当，对唐诗有积极的影响。

# 杨广

    杨广（569—618），即隋炀帝。文帝杨坚次子。初封晋王，后以计废太子杨勇，立为皇储。文帝暴卒，即位。杨广干练有治才，曾"南平吴会，北却匈奴"，对推动经济文化发展不为无功。但好大喜功，虐民以逞。大举修运河，征高丽，横征暴敛，导致民变蜂起。终为其部将宇文化及缢杀于江都。杨广精音乐，有才艺，工诗文。有《白马篇》、《野望》、《纪辽东》等诗文传世。

# 纪 辽 东

## 一

辽东海北剪长鲸①，风云万里清。
方当销锋散马牛②，旋师宴镐京③。

## 二

秉旄仗节定辽东，俘馘变夷风④。
清歌凯捷九都水⑤，归宴洛阳宫。

**【注释】**

① 海北：渤海北面。 长鲸：此指与隋朝对立的高句丽。
② 销锋：销毁兵器。
③ 镐京：西周首都，在西安东南沣水东岸。
④ 馘（guó）：割下左耳。
⑤ 九都水：当作丸都水。丸都，在吉林集安市。高句丽王都所在。

史载：大业八年（612），隋炀帝发兵征高丽"遂围辽东"，"夏六月帝至辽东，攻城，不克。"此词当作于初至辽东时。它表现了对扫平割据势力，一统天下，销兵镝，放战马，长享太平的愿景。然而事与愿违，终致举国大乱。这首词是现今见到最早的年代可考的长短句。全词气概雄豪，不可一世。同行的文臣王胄也有同题之作。另据任中敏《敦煌歌辞总编》中收有相同体格的《求因果》45首，则其影响深远可知了。千古词源，乃起于隋代。宋人王灼所谓："盖隋以来，今之所谓曲子者渐兴。"于此得到应证。

# 李世民

李世民（599—649），唐高祖李渊次子。武德九年（626）继帝位，史称唐太宗，为人英武有谋，任贤纳谏，政治清明，史称"贞观之治"。诗亦气格宏远，雄伟不群。

## 帝 京 篇

秦川雄帝宅，函谷壮皇居。
绮殿千寻起①，离宫百雉余②。
连甍遥接汉③，飞观迥凌虚。
云日隐层阙，风烟出绮疏④。

### 又

落日双阙昏，回舆九重暮⑤。
长烟散初碧⑥，皎月澄轻素⑦。
搴幌玩琴书⑧，开轩引云雾。
斜汉耿层阁，清风摇玉树。

【注释】

① 寻：八尺为一寻。千寻：极言其高。
② 雉：城墙长三丈，高一丈曰一雉。
③ 甍：屋脊。汉：霄汉。
④ 绮疏：精美的窗棂。
⑤ 九重：宫门九重，指皇宫。
⑥ 初碧：指傍晚渐转深碧的夜色。
⑦ 轻素：柔和洁白有如素练的月光。

⑧搴幌：撩起帘帷。

《帝京篇》是李世民歌咏长安的组诗，共有十首，这里选的是第一和第七首。第一首着重刻画帝京长安的壮丽气象：西有八百里秦川，东扼崤函险关，所谓金城陆海之地，其形势之雄伟如此。大殿凌霄，离宫铺地；云日被殿宇遮蔽，风烟只能从窗户中流动。其建筑之伟岸如此。这就是唐都长安之壮观，是当时现状的实录。堪称举世无双，足令每个中国人为之自豪。

后一首则写其公余退朝，游息艺文的情景：宫前双阙染上了金色余辉，回到内廷已是暮色苍然了。碧色的夜空，荡漾着皓月的清辉。诗人先揽起帷帘赏玩琴书，再推开窗户放进云气，已是星河横斜，清风摇树，良夜深沉的时候了。全诗运笔轻灵，赋情澹泊，出自一代开国英主之手，的确是不同凡响。胡应麟称："唐初惟文皇帝京篇，藻赡精华，最为杰作。视梁、陈神韵少减而富丽过之，无论大略，即雄文当驱走一世。"（《诗薮》）

# 饮马长城窟行①

塞外悲风切，交河冰已结②。
瀚海百重波，阴山千里雪。
迥戍危烽火③，层峦引高节④。
悠悠卷斾旌，饮马出长城。
寒沙连骑迹，朔吹断边声⑤。
胡尘清玉塞⑥，羌笛韵金钲。
绝漠干戈戢⑦，车徒振原隰⑧。
都尉反龙堆，将军旋马邑。
扬麾氛雾静，纪石功名立⑨。
荒裔一戎衣⑩，灵台凯歌入⑪。

## 【注释】

①"饮马长城窟行"是汉代乐府古题。相传古长城边有水窟，可供饮马，曲名由此而来。

②交河：西域高昌国首府，在今吐鲁番西北。

③迥戍：远方的边戍。

④高节：高扬的旗帜。

⑤朔吹：北风。

⑥玉塞：玉门关。

⑦干戈：指武器。 戢：收藏。

⑧原隰：原野。 隰，指低湿之地。

⑨纪石：刻石纪功。

⑩荒裔：边荒。 一戎衣：语出《书·武成》："一戎衣天下大定"，即以武力平定天下，实现太平之意。

⑪灵台：周代台名。史有文王伐密筑灵台的记载。这里借指都城。


全诗立意高远，言辞从容，层次分明，音韵优美，达到了艺术手段与诗中立意的高度统一。一扫六朝以来的绮靡和宫廷诗的艳丽，堪称唐诗的辟荒之作。在这首诗中，诗人描写了边疆的凄迷、旷远之景。为保卫疆土，诗人率兵出征，犁庭扫穴，消弭边患。诗中充满了对自己国家、民族的自信和自豪。全诗表现的是塞外悲壮之景与奋然出征的大勇与大武之情，表达了以武功平定天下，实现太平之伟大理想。


## 骆宾王

骆宾王（约626—684后），义乌（今浙江市名）人。曾任临海丞。后随徐敬业起兵反武则天，兵败不知所终。诗文与王勃齐名，为初唐四杰之一。有《骆宾王集》。

# 从军行

平生一顾重<sup>①</sup>，意气溢三军。
野日分戈影，天星合剑文<sup>②</sup>。
弓弦抱汉月，马足践胡尘。
不求生入塞，惟当死报君。

**【注释】**

① 一顾重：指朝廷礼遇光顾之恩情。《战国策·燕策二》有经伯乐一顾而马价十倍之说。后以"一顾"喻受人引举称扬或提携知遇。

② 剑文：指宝剑的光气上冲南斗。事见《晋书·张华传》。

这是一首壮气干霄，词华高朗的边塞诗。

《从军行》古辞多是描写从军之苦，骆宾王此作则一反其意，以君王之顾为重。全诗意气高扬，表达了诗人驰骋沙场，誓死为报的愿望。初唐时候，国势日隆，当时文人间诗词往来也多有从军以明志的风气。此诗作于咸亨元年（670），吐蕃入寇，朝廷命将出征。刚从监狱出来的骆宾王自请西行出塞从军效力。"弓弦抱汉月"，既实写月夜张弓，复以月形喻引弓，妙在虚实之间。李太白《塞下曲》之"弯弓辞汉月"、"边月随弓影"，皆从此脱化而得，可见当时已是脍炙人口的佳句。诗表现了诗人驰骋疆场，建立功勋的英雄壮志。抒发了慷慨从戎，抗敌御侮的爱国情怀。表现了一种至大至美的阳刚英气，一种感天地、泣鬼神的悲壮美。

# 杨炯

杨炯（650—不详），华阴（今陕西华县）人。十一岁举神童，授校书郎，迁盈川令，卒于官。工诗，为初唐四杰之一。

## 从 军 行

烽火照西京①，心中自不平。
牙璋辞凤阙②，铁骑绕龙城。
雪暗凋旗画，风多杂鼓声。
宁为百夫长③，胜作一书生。

**【注释】**

① 西京：长安。
② 牙璋：调兵遣将的兵符。 凤阙：皇宫。
③ 百夫长：指低级军官。

这是一首言志之作。从报警的烽烟传到首都，卫国保家的豪情陡然从心中升起。愿领兵符，带铁骑，直捣匈奴的龙城巢穴。哪管它长风急雪，旗鼓杂乱，艰危万重。最后两句直接抒发了投笔从戎、书生报国的壮志豪情，可谓烈胆忠肝，英气勃勃。

# 沈佺期

沈佺期（656—714），字云卿，相州内黄（今河南内黄县）人。上元进士，官至太子詹事。工诗，与宋之问齐名。有《沈佺期集》。

# 杂 诗

## 三

闻道黄龙戍①，频年不解兵。

可怜闺里月，长在汉家营。

少妇今春意，良人昨夜情。

谁能将旗鼓②，一为取龙城！

**【注释】**

① 黄龙戍：即黄龙冈，在今辽宁开原县北。

② 将：率领。

这是沈佺期的《杂诗》之一，是有感于连年不断的战争而发。"可怜闺里月，长在汉家营"，寄相思于明月，以换位的方式表现征人的苦怀，构想新奇，有摇荡心魂的魅力。无可讳言，它也流露出很深的厌战情绪。然而结唱甚高，能从民族大义出发，呼唤龙城飞将，大张旗鼓，一举攻克敌巢，永弭战祸。出之以问语，言短而意深，沉挚顿挫，愈觉感人。

# 陈子昂

陈子昂（661—702），字伯玉。射洪（今四川县名）人。少任侠，富才学，仕至右拾遗。后回乡，被县令段简所诬，瘐死狱中。子昂诗重风骨，为革新诗风的先驱。有《陈伯玉集》。

# 送魏大从军

匈奴犹未灭，魏绛复从戎①。
怅别三河道②，言追六郡雄。
雁山横代北，狐塞接云中③。
勿使燕然上，惟留汉将功。

**【注释】**

① 魏绛：春秋时晋国大夫。曾以和戎之策，消除了边患。

② 三河：古称黄河中部的河东、河内、河南为三河。

③ 狐塞：即飞狐口，在今河北涞源地境。

这首送友参军之作写得词情俱壮，不同凡响。魏大为魏姓排行第一者之昵称，当为作者关系密切之友人。前二句是将他与靖边名将魏绛相比，可见其抱负与地位之高。中二联写部队之去向，气概雄阔，属对精整，毫无堆砌之迹。末二句是以大破北匈奴之窦宪相勉励，表现了高昂的斗志和必胜的信心。笔力浑成，纯是初唐气象。

# 登幽州台歌①

前不见古人，后不见来者。
念天地之悠悠，独怆然而涕下。

**【注释】**

① 幽州台：即黄金台，在今北京西南。

这是一首悲动千古之绝唱。万岁通天元年（696），契丹作乱，武则天遣武攸宜征讨，子昂随军任参谋。对武之轻率，多次谏言规劝，不纳，招致兵败。次年更降子昂为军曹。子昂高才受扼，报国无门，孤怀落寞。遂于登高怀古之际，缅想燕昭王礼遇郭隗、乐毅之事，对比今日之遭遇，无限悲怆，一齐涌出。诗从广阔悠远的时空背景着眼，抒发英雄失路的悲愤与孤独。这是一种历史性的深悲大喟，又出以参差不齐的散文句式，更显得苍凉慷慨、哀感无端。

# 王昌龄

王昌龄（约687—约752），字少伯，江宁（今南京）人。或云长安人。开元十五年（727）进士，曾任校书郎等职，后贬龙标尉。安史乱起，为刺史闾丘晓所杀。诗擅七绝，有"诗家天子王江宁"之誉。

## 出　塞

秦时明月汉时关，万里长征人未还。
但使龙城飞将在<sup>①</sup>，不教胡马度阴山<sup>②</sup>。

**【注释】**

① 但使：只要。龙城：匈奴祭天处。在内蒙大青山附近。飞将：指汉朝名将李广，匈奴畏惧他的神勇，特称他为"飞将军"。

② 阴山：山脉西起河套，沿内蒙古南境与东北之兴安岭相接。

这是一首慨叹边战不断、国无良将的边塞诗。诗的首句最耐人寻味，地处汉代设的关卡，举头却仿佛看到秦时明月，用"互文"的手法让人顿生江山变换，争战不休的感慨。二句写征人未还，多少儿男战死沙场，留下多少悲剧。三、四句写出千百年来人民的共同意愿，冀望有"龙城飞将"出现，平息胡乱，安定边防。全诗以直白的语言，唱出雄浑豁达的主题，格调雄伟，一气呵成。被明人李攀龙誉为唐代七绝压卷之作。

# 从 军 行①

## 其四

青海长云暗雪山，孤城遥望玉门关②。
黄沙百战穿金甲，不破楼兰终不还③。

【注释】

① 从军行：乐府旧题，内容多写军队战争之事。

② 玉门关：汉武帝置，因西域输入玉石取道于此而得名。故址在今甘肃敦煌西北小方盘城。六朝时关址东移至今安西双塔堡附近。

③ "黄沙"二句：金甲都被黄沙磨穿，极写战争的艰苦，反衬意志的坚定，真是撼天动地的文字。

这首边塞诗在抒写戍边将士的豪情壮志的同时，并不回避对战事艰苦的描绘，使得全篇不再是空洞肤浅的抒情，而是环境与人物感情高度统一。

诗人巧妙的捕捉戍边将士立体化的精神面貌，辅以多样化的色彩描写，为我们呈上一幅基调悲凉壮美，意境深邃高远的边塞画图，鲜明地表现出生活在盛唐时代爱国诗人的情感脉动。

# 从 军 行

大漠风尘日色昏，红旗半卷出辕门。
前军夜渡洮河北①，已报生擒吐谷浑②。

① 洮河：水名，在甘肃西南部。

② 吐谷浑（tú yù hún）：西域国名。

贞观九年（635）李靖等西击吐谷浑，其可汗伏允败走。薛万均率精锐追奔，入碛数百里，大战于大非谷。伏允缢死，其子称臣内附，这就是此诗的背景。作者以倒戟而入的手法，先写后援部队：风尘蔽日中，一彪人马半卷红旗，火速追击，这场景何其火辣。然而当人们为其战局担心时，作者却推出了一个意外的喜讯：前锋报捷，敌酋已被活捉。诗以浓重的色彩、强烈的动感与大开大合的手法将一场恶战表现得波澜起伏、威猛生动，今日读之，犹觉怦然心动。

# 王之涣

王之涣（688—742），字季凌，晋阳（今山西太原）人。以门荫补官，未几弃去，遍游山水。晚年曾任莫州文安县尉。诗风高健，尤长于边塞之作。

## 登鹳雀楼①

白日依山尽，黄河入海流。
欲穷千里目，更上一层楼。

【注释】

① 鹳雀楼：故址在今山西永济西南城上。前瞻中条山，下瞰黄河。因有鹳雀栖其上，故名。

此诗绝胜之处，在于气势恢宏，妙谐理趣。前二句登楼放目：西则落日尽于山陬；东则长河没于海口。万里河山，尽归指顾，这是何等胸襟气概！后二句则别翻新意，出人意表。指出只有更上层楼，方能穷尽远目。寄寓了自强不息的上进、奋取的精神。从景物中生发出哲理的觉解，可谓深谙理趣的妙句，寥寥二十个字，不但使读者得到感官上的满足，而且获得了精神上的升华。

## 凉州词①

黄河远上白云间②，一片孤城万仞山。
羌笛何须怨杨柳，春风不度玉门关。

**【注释】**

① 凉州词：乐府曲名。甘肃河西一带，古属凉州。三国魏时始以武威为凉州郡治所。唐代同。

② 黄河：一作"黄沙"。 远上：一作"直上"。

此诗千余年来极为脍炙人口。明人王世懋取之为唐七绝压卷（《艺圃撷余》），清人王渔洋亦同此主张（《唐诗别裁注》）。甚至早在唐人《集异集》中就有赌唱旗亭的传说，可谓誉满天下。此诗之妙，在于神韵超远，寄兴深微。试想诗人行军时，极目天西，黄河好像从白云下流过，更远的西方，该是孤茕大漠的玉门关了吧。此等神奇景象皆从想象中生出。一如太白之梦游天姥，神驰蜀道，虚构成分很大，不宜如算博士一一加以坐实。"羌笛"二句写边关的荒寒，借以暗示将士之艰苦。杨升庵云："言恩泽不及于边塞，所谓君门远于万里也"（《升庵诗话》）。全诗情景兼胜，真是一片化机！

# 李颀

李颀（生卒不详），赵郡人，寄居颍阳（今河南许昌）。开元二十三年（735）进士，调新乡尉。后辞官归隐。与王维、王昌龄、高适交往甚多。诗风豪放，尤长于边塞之作。

## 古从军行

白日登山望烽火，黄昏饮马傍交河①。
行人刁斗风沙暗②，公主琵琶幽怨多③。
野云万里无城郭，雨雪纷纷连大漠。
胡雁哀鸣夜夜飞，胡儿眼泪双双落。
闻道玉关犹被遮④，应将性命逐轻车⑤。
年年战骨埋荒外，空见葡萄入汉家。

**【注释】**

① 交河：唐安西都护府治所。两河交会，故名。地在今吐鲁番西北。

② 刁斗：军中铜质炊具，夜则敲击以警戒。

③ 公主：汉刘细君，下嫁乌孙王。思乡时弹琵琶以寄情思。

④ 被遮：汉李广利伐大宛不利，请求罢兵，武帝大怒，遣使遮玉门，入者斩之。

⑤ 轻车：汉有轻车将军的名号。李蔡曾任此职。

这是一首批判穷兵黩武、向往和平生活的诗作。前四句为一韵，写戍边者紧张凄苦的生活状况。日夜在望烽火、饮战马与风沙中巡行，处处暗藏杀机，能不哀怨？中四句另起一韵，写胡地环境之恶劣及胡人的痛苦挣扎。末四句韵再变，写汉廷不许罢兵，千万人捐躯异域，而唯一的战果是入贡葡萄！

其主旨如沈德潜所言，在说明"以人命换塞外之物，失策甚矣。为开边者垂戒，故作此诗"（《唐诗别裁注》）。更可贵的是，它不仅为汉人忧，而且对"胡儿"也深抱同情。突破了狭隘的种族界限，能从更高、更广的层次与角度来观察问题。这种博爱精神、和平理想是高出于时代的，同样也是高尚的爱国主义之表现。最后两句反差极大，真能震荡心神，光耀千古。

# 常建

常建（生卒不详），开元十五年（725）与王昌龄同榜进士。曾任盱眙尉，癖好山水，风格与王孟为近。边塞之作尤多警策佳句。殷璠编选《河岳英灵集》以建为首，可见享誉之高。籍贯不详，或云长安人。

## 塞 下 曲

玉帛朝回望帝乡①，乌孙归去不称王②。
天涯静处无征战，兵气销为日月光。

【注释】
　①玉帛：朝贡之礼品。　帝乡：指帝京长安。
　②乌孙：西域国名。汉武帝时来朝，帝妻以公主，与汉家长期保持了友好关系。

这是一首立意高远、独放异彩的边塞诗。它不是炫耀武力、嗟叹时运，而是立足于民族和睦的高度，讴歌化干戈为玉帛的民族友好的主题。一、二句平述史实，作为铺垫。三、四句顺势腾骞，波起云涌，造成高潮。一个"静"字昭示了积骸成莽的战争结束，和平宁静终于回到了万里漠原。结句尤雄健入神：战争的氛霾已然消尽，日月的光华照彻寰宇。这是一曲高响入云的和平统一的颂歌。沈德潜称其"句亦吐光"，真是当之无愧。

# 王维

王维（701—761），字摩诘，太原祁（今山西祁县）人。少有妙才，历任大乐丞、尚书右丞等职。晚年退隐辋川，参究佛理，多写田园山水之诗。风格与孟浩然相近，世称王孟。有《王右丞集》。

## 老 将 行

少年十五二十时，步行夺得胡马骑①。
射杀山中白额虎②，肯数邺下黄须儿③。
一身转战三千里，一剑曾当百万师。
汉兵奋迅如霹雳，虏骑崩腾畏蒺藜④。
卫青不败由天幸，李广无功缘数奇⑤。
自从弃置便衰朽，世事蹉跎成白首。
昔时飞箭无全目⑥，今日垂杨生左肘⑦。
路傍时卖故侯瓜⑧，门前学种先生柳⑨。
苍茫古木连穷巷，寥落寒山对虚牖⑩。
誓令疏勒出飞泉⑪，不似颍川空使酒⑫。
贺兰山下阵如云，羽檄交驰日夕闻。
节使三河募年少，诏书五道出将军。
试拂铁衣如雪色，聊持宝剑动星文⑬。
愿得燕弓射天将，耻令越甲鸣吾君⑭。

莫嫌旧日云中守⑮，犹堪一战取功勋。

## 【注释】

①"步行"句：李广受伤被俘，乘机夺得胡儿良马，单骑驰回。

②"射杀"句：《晋书》：周处膂力过人，曾射杀南山白额虎。

③黄须儿：曹操子曹彰，性刚勇，黄须。北伐代郡，获胜归。操曰："黄须儿竟大奇也。"

④蒺藜：本指带刺的植物，此指阻滞敌军的铁制蒺藜。

⑤数奇（jī）：命不好。

⑥无全目：指射中雀眼。喻武艺高强。事出《帝王世纪》。

⑦垂杨生左肘：谓左肘长有异物，形容年老衰弱，箭术荒疏。"柳生其左肘"见《庄子》。"柳"通"瘤"，疖瘤。王维变"柳"为"杨"，是通假用法。

⑧故侯瓜：秦东陵侯召平，入汉，以种瓜为生。

⑨先生柳：陶渊明归隐田园，门植五柳，号五柳先生。

⑩虚牖（yǒu）：没有装饰的小窗。

⑪"疏勒"句：后汉耿恭驻疏勒，匈奴截断水源。士兵掘井十五丈不得水。恭向井拜祝，水涌出。匈奴以为神助，解围而去。

⑫"颍川"句：汉灌婴性刚直，好借酒骂坐，终被诛杀。

⑬动星文：指宝剑的光气可以上彻星象。一曰：指剑上的星状纹饰。

⑭越甲：越兵。《说苑·立节篇》：越兵攻齐。齐臣雍门子狄曰：越兵惊动国君，是臣子的耻辱，因而自刎。

⑮云中守：汉文帝时魏尚为云中守，深得军心，匈奴不敢进犯。然以斩获不多，上报数字有误，被削职。后经冯唐推荐，才得以复职。

《老将行》是一首乐府歌行体的叙事诗。它塑造了一位勇冠万夫而遭废罢的老将形象，是王维的爱国主义杰作之一。

全诗凡三十句，十句一转韵，共三段。第一段写老将青壮年时的传奇经历：赫赫战功、骁勇无比，然却功赏不至。第二段写其退伍废置，落拓卖瓜，筋力衰朽之状。第三段写获知西陲告急，犹勤拂铁衣，挥舞宝剑，渴望重上战场的悲壮情怀。

此诗大量使用典故和对仗，既整饰而又扩充了内涵与历史的深度。当然也增加了阅读的难度。读者细心体认，自可发现其丰富的意蕴。诗中主人公的这种以身许国，万死无回，老而弥笃的操守情怀，令人感动。

# 使至塞上

单车欲问边①，属国过居延②。
征蓬出汉塞③，归雁入胡天。
大漠孤烟直，长河落日圆。
萧关逢候骑④，都护在燕然。

【注释】

① 问边：到边境慰劳戍守的将士。

② 居延：泽名，在甘肃张掖西北。

③ 征蓬：远飞的蓬草，比喻客子远行。

④ 萧关：关名，在今宁夏同心县境。萧关，一作"萧条"，荒凉貌。
候骑：侦察骑兵。

开元二十五年（737）河西节度副大使崔希逸战胜吐蕃，唐玄宗命王维以监察御史的身份出塞宣慰，察访军情。这首诗作于赴边途中。王维擅于写景，他即景设喻，用归雁自比，既叙事，又写景，感情真挚，贴切自然，表达出诗人对大唐广袤疆土的赞美和热爱。尤其是"大漠孤烟直，长河落日圆"一联，写进入边塞后所看到的塞外奇特壮丽的风光，画面开阔，意境雄浑，王国维称之为"千古壮观"的名句。

# 汉江临眺

楚塞三湘接<sup>①</sup>，荆门九派通<sup>②</sup>。
江流天地外，山色有无中。
郡邑浮前浦，波澜动远空。
襄阳好风日<sup>③</sup>，留醉与山翁<sup>④</sup>。

**【注释】**

① 楚塞：楚地城塞。 三湘：漓湘、蒸湘、潇湘之总称。

② 荆门：山名，在宜昌南。 九派：泛指长江的九条支流。

③ 襄阳：今湖北襄阳，位于汉江南岸。

④ 山翁：山简，晋时镇守襄阳。有政绩，好饮洒。

此诗为登襄阳城南眺汉江之作。开元廿八年（740）冬，王维以侍御史知南选，自长安经襄阳、郢州、夏口至岭南。诗似即作于翌年春日，故有"好风日"之语。诗人以化工之笔为我们描绘出一幅绝美的江山无尽图。汉江为襄阳命脉之所在，诗的构思即从此开展。三湘、九派迢遥数千里，非目所能见。然而凭藉着南去的汉水不是可以波澜相接吗？刘勰所谓"文之思也，其神远矣，故寂然凝虑，思接千载；悄焉动容，视通万里"，正是对此绝好的说明。"江流天地外，山色有无中"，则掷笔虚空，取神象外，将一种朦胧缥渺的山川灵气和远韵表现得自然高妙。王世贞称之为"诗家俊语，却入画家三昧"，是很到位的评价。纪昀批曰："三、四好，五、六撑不起，六句尤少味，复衍三句故也"，是说"波澜"句与三句意重，这种意见不无道理，但失之过苛。"动远空"则遥空随波荡漾，亦有乾坤摆荡气象，尚不失为佳句。

# 李白

李白（701—762），字太白，号青莲居士。祖籍成纪（今天水附近），生于碎叶（今吉尔吉斯斯坦之托克马克市附近），长于绵州（今四川绵阳）。少有捷才，二十五岁离蜀远游。天宝初供奉翰林。后以入永王幕府，流放夜郎。赦还，卒于当涂。诗风雄奇豪放，极富浪漫精神，人称李谪仙。有《李太白集》。

## 古 风

### 其三

秦王扫六合①，虎视何雄哉。
挥剑决浮云②，诸侯尽西来。
明断自天启③，大略驾群才。
收兵铸金人④，函谷正东开。
铭功会稽岭⑤，骋望琅琊台⑥。
刑徒七十万⑦，起土骊山隈。
尚采不死药，茫然使心哀。
连弩射海鱼，长鲸正崔嵬。
额鼻象五岳，扬波喷云雷。
鬐鬣蔽青天⑧，何由睹蓬莱。
徐市载秦女，楼船几时回？
但见三泉下，金棺葬寒灰⑨。

【注释】

① 秦王：秦始皇。 六合：天地四方。

② 决浮云：划破浮云。见《庄子》："天子之剑……上决浮云，下绝地纪。"

③ 天启：天生。

④ 铸金人：指收缴兵器铸为铜人十二，以示太平。

⑤ 铭功：勒铭颂功。 会稽岭：即绍兴会稽山。

⑥ 琅玡台：即今山东诸城海滨之琅玡山。

⑦ 刑徒：罪人、囚徒，始皇遣刑徒七十万人修陵墓。

⑧ 鬐鬣（qí liè）：鱼的脊鳍。

⑨ 金棺：铜棺，始皇的棺材。

这首咏史诗是对雄霸千古的秦始皇的一帧精彩画像。前半部写其削平六国、治理天下的伟略雄才：扫六合、决浮云、铸金人、开函关，真是声威赫赫，笼盖天地，可谓传神之笔。后半部则写其修陵墓、求神仙之荒唐行为。中间穿插射长鲸一段，瑰伟怪奇，惊心动魄。这是用巨伟的怪力来反衬生命有限的无奈。批判的锋芒深刻而辛辣。值得指出的是，此诗还有讽今的意味。唐明皇晚年好神仙方术，迎张果老入宫，各地争献符瑞。太白作此亦有为而发。在艺术上更是纵横驰骤，神变无方，极浪漫奔放之能事。洵为《古风》中杰出的代表作品。

## 梦游天姥吟留别①

海客谈瀛洲，烟涛微茫信难求。越人语天姥，云霞明灭或可睹。天姥连天向天横，势拔五岳掩赤城②。天台四万八千丈③，对此欲倒东南倾。我欲因之梦吴越，一夜飞度镜湖月④。湖月照我影，送我至剡溪⑤。谢公宿处今尚在⑥，渌水荡漾清猿啼。脚著谢公屐，身登青云梯。半壁见海日，空中闻天鸡。千岩万转路不定，迷花倚石忽已暝。熊咆龙吟殷岩泉⑦，栗深林兮惊层巅。云青青兮欲雨，水澹澹兮生烟。列缺霹雳⑧，丘峦崩摧。洞天石扉，訇然中开⑨。青冥浩荡不见底，日月照耀金银台。霓为衣兮风为马，云之君兮纷纷而来下。虎鼓瑟兮鸾回车，仙之人兮列如麻。忽魂悸以魄动，恍惊起而长嗟⑩。惟觉时之枕席，失向来之烟霞。世间行乐亦如此，古来万事随流水。别君去兮何时还，且放白鹿青崖间。须行即骑访名山。安能摧眉折腰事权贵，使我不得开心颜。

## 【注释】

① 天姥 (mǔ)：山名，在浙江嵊县东。

② 赤城：山名，在浙江天台北。

③ 天台：天台县北有天台山，与赤城山相连。

④ 镜湖：在绍兴市南。

⑤ 剡 (shàn) 溪：水名，在嵊县南。

⑥ 谢公：谢灵运。性好山水，常穿特制木屐游山。

⑦ 殷：声音宏大貌。

⑧ 列缺：闪电。

⑨ 訇 (hōng) 然：大声貌。

⑩ 悸：同"悸"，恍惚迷乱。

这首梦游之作，《河岳英灵集》题为"梦游天姥山别东鲁诸公"，可知作于天宝三年自翰林院放还以后。他在东鲁家中住过一段时间，然后继续其山水漫游。而天姥山的神奇传说使他怦然心动。人未到而魂梦先至。于是为我们留下了这首诡谲幻奇，令人目迷魂荡的绝作。诗从构思上可分三个自然段。前八句写传闻印象：极言天姥之高，可以横天、拔岳，连四万八千丈的天台也匍匐脚下。中二十六句为第二段，写梦中所见。海日、天鸡，熊龙咆哮，电闪雷轰。乃至仙人列阵，鸾虎回车。以迷离惝恍、千变万化的密集意象，表现梦中所见，冲击着读者的心灵。楚骚以后无此笔墨。最后十一句为第三段，写梦醒后的感慨。诗人天马行空，从神游仙界中醒来，深感到人间世的龌龊与拘束之可鄙。同他那豪迈无羁的性格格不入。于是发出了摒弃万事，放浪形骸，寄情山水的豪唱。最后两句"安能摧眉折腰事权贵，使我不得开心颜"，集中表现了他追求自由的个性，以及要跟统治集团决裂的决心。诗人的这种觉醒，除了其价值取向之外，也同奇山异水的感召、启迪不无关系。正是这些造化的杰作使诗心得到升华，使诗笔焕发异彩。

# 秋 浦 歌①

## 十四

炉火照天地，红星乱紫烟。
赧郎明月夜②，歌曲动寒川。

**【注释】**

　　① 秋浦：今安徽贵池古曰秋浦，出产银、铜。

　　② 赧（nǎn）郎：面色红赤的冶炼工人。

　　这是难得的反映矿冶劳动的诗歌。写得极有气势，是盛唐气象的生动体现。炉火映彻夜空，火星在紫烟中四溅，多么壮伟的场面。鼓风的巨型皮囊与熊熊燃烧的冲天的火光，体现了当时最先进的生产力。脸膛黑红的青年工人在月光下放声歌唱，寒川上回荡着青春似火的热烈歌声。这是一幅瑰伟壮丽的寒夜冶炼图，是中国诗史上歌颂冶工的极可宝贵的珍品。它与庄子笔下的庖丁形象如双星朗照，并有千秋。

# 从 军 行

百战沙场碎铁衣，城南已合数重围。
突营射杀呼延将①，独领残兵千骑归。

① 呼延：即呼衍。为匈奴、鲜卑的贵族种姓。

这首诗刻画了一位英勇将军的形象。而所写的战争从全局上看虽然处于被动，但这位将军却不气馁。也只有李白这样的天才横溢的盛唐诗人才敢于在一首小诗里描写严酷的斗争，敢于写败仗。并从败仗中显出豪气，给人以精神鼓舞。诗人通过这种传奇化的笔法把一股英雄主义精神气概表现得异常鲜明，是不可多得的佳作。

# 戎昱

戎昱（生卒不详），荆州（今湖北江陵）人。举进士，不第。后官至虔州、辰州刺史。与王季友、颜真卿有交往。诗多守边御寇之作。

## 泾州观元戎出师①

寒日征西将，萧萧万马丛。
吹笳覆楼雪②，祝纛满旗风③。
遮虏黄云断④，烧羌白草空。
金铙肃天外⑤，玉帐静霜中。
朔野长城闭，河源旧路通。
卫青师自老，魏绛赏何功。
枪垒依沙迥⑥，辕门压塞雄。
燕然如可勒，万里愿从公。

①泾州：今甘肃泾川，古为泾州，唐为泾原节度使治所。

②"吹笳"句：形容笳声大作，震得雪片飘落。

③祝纛（dào）：祭旗。大旗曰纛。

④遮虏：拦击胡人入侵。

⑤金铙：铜铃。行军时用铙声节制鼓点。

⑥枪垒：犹战垒。


　　这是一首赞颂泾原节度使马璘的诗。马为中兴名将，镇泾原八年，曾大败吐蕃，进爵为王。此诗写其率军出征之声威与业绩。前四句写军行之肃穆：浩荡前进之军阵，除萧萧马鸣，悠悠旗展与阵阵笳声外，无一点杂音，则治军之整肃可知了。中四句表战绩：切断虏骑卷起的黄尘，烧光掩蔽羌人的白草，中军帐内静谧无哗，战斗迅以胜利结束。"朔野"四句写成功之后，将军已老而功高不赏，流露出对朝廷寡恩的批评。魏绛为晋国大臣，和协西戎有功。这里借指马璘平抑吐蕃之事（马璘很晚才封为郡王）。最后四句则表示愿追随左右去建立奇勋。

　　通篇格调庄严，音节雄亮，措语沉著得体，非马璘不足以当此，非大手笔不足以表之，颂诗中佳作也。


# 高适

　　高适（702—765），字达夫，一字仲武，渤海蓨（tiāo）（今河北景县）人。曾任哥舒翰幕职、西川节度使，散骑常侍。诗能直抒胸臆，风格苍茫，尤长于边塞之作，有《高常侍集》。

# 燕 歌 行

开元廿六年，客有从御史大夫张公出塞而还者①，作燕歌行以示适。感征戍之事，因而和焉。

汉家烟尘在东北，汉将辞家破残贼。

男儿本自重横行，天子非常赐颜色。

摐金伐鼓下榆关②，旌旆逶迤碣石间。

校尉羽书飞瀚海，单于猎火照狼山③。

山川萧条极边土，胡骑凭陵杂风雨。

战士军前半死生，美人帐下犹歌舞。

大漠穷秋塞草腓④，孤城落日斗兵稀。

身当恩遇恒轻敌，力尽关山未解围。

铁衣远戍辛勤久，玉箸应啼别离后⑤。

少妇城南欲断肠，征人蓟北空回首。

边庭飘飘那可度，绝域苍茫更何有！

杀气三时作阵云⑥，寒声一夜传刁斗。

相看白刃血纷纷，死节从来岂顾勋？

君不见沙场征战苦，至今犹忆李将军。

## 【注释】

① 张公：张守珪，时任幽州节度使。曾破契丹，先胜后败。隐瞒败状，事泄，贬杭州刺史。

② 摐（chuāng）金：敲击铜钲。 榆关：即山海关。

③ 狼山：狼居胥山，今内蒙古克什克腾旗西北。

④ 腓：黄。

⑤ 玉箸：妇女的泪痕。

⑥ 三时：早、午、晚。

这首边塞诗写汉军与入侵的胡骑在大漠穷秋进行殊死决斗。是充满爱国主义与现实主义精神的杰作。

前八句为一段，写胡人入侵东北，汉家出师迎战。一方面是摐金伐鼓，旌斾蔽空；另一方面则烟尘滚滚，狼山猎火，为我们勾画出汉胡双方壮阔、激烈的战争场面。次八句则写胶着苦斗。在同疾如狂风暴雨的胡骑搏斗中，伤亡惨重，围久不解。再八句为第三段，写征人少妇，苦苦相思。用弥天的杀气阵云来衬托儿女柔情，更觉凄断。最后四句叫破本题：希望有体恤士卒的飞将军李广，能克敌制胜，毋令将士枉死沙场。这里有对忠勇将士的歌颂与同情；有对贪图享乐的将领的鞭挞。"战士军前半死生，美人帐下犹歌舞"二句，何等沉痛。

通篇波澜壮阔，声情顿挫，思致深刻，笔力健举，在边塞诗中允为上乘之选，传诵千古，非偶然也。

# 别　董　大①

千里黄云白日曛，北风吹雁雪纷纷。
莫愁前路无知己，天下谁人不识君。

**【注释】**

① 董大：疑为琴师董庭兰。房琯门客，行大。

此为送别董大之作。时值初冬，黄沙遮日，北风吹雪，而此际北行，难免酸楚。前两句刻画苦恶环境，极为逼真。有此铺垫，再转手便易入妙。"莫愁"句以慰藉口吻，一笔宕开。最后归结到"天下谁人不识君"上。顿觉境界别开，破涕为乐。气格之高，识见之远，真堪独步千古。

# 张巡

张巡（709—757），南阳（今河南南阳市）人。开元末进士。安史乱中，与许远同守睢阳。粮尽援绝，英勇殉国。

## 守睢阳作①

接战春来苦，孤城日渐危。
合围俦月晕②，分守若鱼丽③。
屡厌黄尘起，时将白羽挥④。
裹疮犹出阵，饮血更登陴⑤。
忠信应难敌，坚贞谅不移。
无人报天子，心计欲何施？

**【注释】**

① 睢阳：今河南商丘之古称。

② 俦：等、同。 月晕：指敌人包围圈如月亮外面的晕圈。

③ 鱼丽：阵法名。

④ 白羽：白旄。主帅用以指挥的旗帜。

⑤ 登陴：登上城头的矮墙。

这是身处绝境的英雄的悲歌。他的忠勇爱国之精神，历百世而为人们所传诵。至德二年（757）正月，安庆绪猛攻睢阳。张巡率部增援，与许远联手拒敌，以不足万人之师抗拒十倍于己的叛军，坚守危城将近一年。诗即此一战况的实录。"接战"二句以一"危"一"苦"，统摄全篇。围则如月晕之稠迭，守则若鱼丽之严正。裹疮出战，饮血登陴更是触目惊心之极笔。将士悲壮忠勇之状俨然如现，非身历者无法想象。义胆忠肝，光昭日月。正是这种爱国精神为我们民族筑起了一道不可摧毁的血肉长城，保障着华夏民族的生存、发展和不断壮大。

# 题《南霁云祠》[①]

血洒睢阳谁笑痴？故乡俎豆靡穷期[②]。
李唐社稷今何在？不及将军尚有祠！

**【注释】**

① 此诗见于《清丰县志》，作者不详。

② 俎豆：祭祀的礼器。砧板曰俎，豆为盛放祭品的容器。

南霁云（712—757）是唐朝玄宗、肃宗时期一位英勇绝伦的名将，顿丘（今河南省清丰县）人。出身农家，操舟为业。安禄山作乱，从张沼起兵讨伐。膂力绝人，尤精骑射，百步之内，每发必中。奉张巡命与雷万春攻打宁陵，斩将二十，杀敌万余。尹子奇率十万众围睢阳（今商丘），被南一箭中其左目，敌遂退。后久困危城，以三十骑突围，向河南节度使贺兰进明求援。贺兰不为动。南乃于宴上拔出佩刀自断中指责以不义，痛哭而出。至城外抽矢回射佛寺，矢着砖曰："吾破贼必灭贺兰，此矢所以志也。"及睢阳城破，尹子奇劝南投降。张巡曰：南八，男儿死则死耳，不可为不义屈。"霁云笑曰："欲将有为也"乃慷慨就义。安史乱平，赠扬州大都督，绘像凌烟阁。有祠庙立于故乡，号南将军祠。此诗见于《清丰县志》清人陈政典有诗赞曰："男儿肝胆过人多，万死台前箭早磨。"张同堂亦赞曰："逆贼未平兰未灭，时时按剑手频摩"今人梁羽生亦有句云："敢笑荆轲非好汉，好呼南八是男儿。"南霁云这种万死不辞、成仁取义的品格，被誉为中华第一真男子。毛泽东曾多次表彰挥刀断指以攀救兵的南霁云。毛的老师徐特立 1909 年曾在大

会上慨然断指明志反对腐败的政府时论以南霁云比之。足见其风烈
感人之深。


# 杜甫

杜甫（712—770），字子美。祖籍襄阳，生于巩县（今河南县
名）。祖审言，初唐名家。甫少即诗才颖发，后以献赋得官为参军。
历任右拾遗、检校工部员外郎。毕生为诗，各体兼备。作品真实地
再现了当时的历史，人称诗史，尊甫为诗圣。后病死干湘江舟中。
有《杜工部集》。

## 春　望

国破山河在①，城春草木深②。
感时花溅泪③，恨别鸟惊心。
烽火连三月，家书抵万金。
白头搔更短，浑欲不胜簪④。

**【注释】**

① 国：国都。 破：被攻破。指安史叛军攻下国都长安。

② 城：指长安城，当时被叛军占领。 深：茂盛、茂密。

③ 感时：感伤时局。

④ 浑：简直。簪（zān）：束发之针状饰物。


至德元年（756）六月，安史叛军攻下长安。《春望》写于次
年三月。诗人眼见山河依旧而国破家亡，春回大地却满眼荒凉，
不禁触景生情，而作《春望》。自然景物本不会因时势的变化而改

易。而眼前的景物，却因"移情"的心理作用，染上了浓郁的悲情色彩。烽火连天，死生未卜，故有书抵万金之感。兵戈满地，前途渺茫，因生"白头搔更短，浑欲不胜簪"之深悲大恨。其实杜甫才四十五岁。诗人负荷了太多的悲伤，故颓唐如此，时代使之然也。

# 望　岳

岱宗夫如何①？齐鲁青未了。
造化钟神秀②，阴阳割昏晓③。
荡胸生曾云④，决眦入归鸟⑤。
会当凌绝顶⑥，一览众山小。

**【注释】**

① 岱宗：泰山的尊称。

② 造化：大自然。　钟：聚合。　神秀：神奇景色。

③ 阴阳：山的北面和南面。　昏晓：明暗。

④ 曾云：层层叠叠的云气。

⑤ 决眦：眼眶睁裂。

⑥ 会当：定要。

这首歌咏泰山的诗立意高远，笔势雄浑，登临中之极品。杜甫于开元二十四年（736），开始了裘马清狂的齐赵漫游，诗当作于此时。时诗人年仅二十四岁，然而这位天才下笔不凡，极饶气象。且看诗中展现的神采：泰山怎么样呢？它映照得齐鲁两地一片青苍。这真是想落天外的惊人比喻！大自然的神秀之气聚合在这里，天色的明暗在这里划分。吞吐的烟云使人胸襟荡漾，投林的归鸟教人目眦欲裂。等到登上了绝顶，千山万壑便都一一匍匐脚下。青年诗人的磅礴大气与高远襟怀同这座名山浑融为一体，展示了一种华夏民族的壮美，令人得到精神的升华与爱国情怀的陶冶。

# 洗 兵 马

中兴诸将收山东<sup>①</sup>，捷书夜报清昼同。
河广传闻一苇过<sup>②</sup>，胡危命在破竹中。
只残邺城不日得<sup>③</sup>，独任朔方无限功<sup>④</sup>。
京师皆骑汗血马，回纥喂肉葡萄宫<sup>⑤</sup>。
已喜皇威清海岱，常思仙仗过崆峒<sup>⑥</sup>。
三年笛里关山月，万国兵前草木风。
成王功大心转小<sup>⑦</sup>，郭相谋深古来少<sup>⑧</sup>。
司徒清鉴悬明镜<sup>⑨</sup>，尚书气与秋天杳<sup>⑩</sup>。
二三豪俊为时出，整顿乾坤济时了。
东走无复忆鲈鱼<sup>⑪</sup>，南飞觉有安巢鸟<sup>⑫</sup>。
青春复随冠冕入，紫禁正耐烟花绕。
鹤驾通宵凤辇备<sup>⑬</sup>，鸡鸣问寝龙楼晓。
攀龙附凤势莫当，天下尽化为侯王。
汝等岂知蒙帝力，时来不得夸身强。
关中既留萧丞相<sup>⑭</sup>，幕下复用张子房。
张公一身江海客<sup>⑮</sup>，身长九尺须眉苍。
青袍白马更何有？后汉今周喜再昌<sup>⑯</sup>。
寸地尺天皆入贡，奇祥异瑞争来送。
不知何国致白环<sup>⑰</sup>，复道诸山得银瓮<sup>⑱</sup>。
隐士休歌紫芝曲，词人解撰河清颂。
田家望望惜雨干，布谷处处催春种。
淇上健儿归莫懒<sup>⑲</sup>，城南思妇愁多梦。
安得壮士挽天河，尽洗甲兵长不用！

**【注释】**

① 中兴诸将：指平定安史之乱的大将。 山东：华山以东。

② 一苇：形容小如苇叶的舟船。

③ 邺城：即相州，今河南安阳市，当时被安庆绪所盘据。

④ 朔方：指朔方节度副大使郭子仪。独任：专任。

⑤ 喂肉：指回纥去葡萄官大吃大喝。

⑥ 仙仗：皇帝的仪仗。 崆峒：甘肃山名，收京前唐肃宗常在此活动。

⑦ 成王：李俶，即唐代宗。时为天下兵马元帅。

⑧ 郭相：指中书令郭子仪。

⑨ 司徒：指检校司徒李光弼。

⑩ 尚书：指兵部尚书王思礼。

⑪ 忆鲈鱼：西晋张翰见秋风起，托言思家乡鲈鱼辞官东归。

⑫ "南飞"句：古诗有"越鸟巢南枝"，形容南归者可以回乡安居了。

⑬ 鹤驾：太子的车驾。

⑭ 萧丞相：刘邦曾任萧何留守关中。此指房琯。

⑮ 张公：张镐，时为宰相。 江海客：浪迹江湖之人。

⑯ 后汉：东汉。 今周：东周。皆中兴朝代。

⑰ 白环：白玉环。传说西王母曾献白环与帝舜。

⑱ 银瓮：《孝经援神契》云：神灵滋液有银瓮，不汲自满。

⑲ 淇上：淇水边上，指围攻邺城的士兵。


这是一首寓规于颂陈述政见的长诗。作于乾元二年（759），即收复两京，围攻相州之时，基调颇为欢快，然亦时露隐忧。此诗凡四转韵，每韵十二句自为一段。第一段歌颂捷报频传的总体态势。第二段赞美成王及中兴将相整顿乾坤的业绩。第三段则在揭露攀附与滥赏的弊政之同时也歌颂了良相们扶颠济困的功绩。最后一段在称颂国泰河清的同时，抒发了举国企盼的"净洗甲兵长不用"的和平理想。内容生动，见解深刻。褒贬兼具而又波澜起伏，气势雄浑。诗中使典精切，佳句纷呈。如"三年笛里"一联，"以和平端雅之调，寓愤郁凄戾之思，古今壮句者难及此"（胡应麟《诗薮》卷五），即是一个显例。

# 闻官军收河南河北

剑外忽传收蓟北①，初闻涕泪满衣裳。

却看妻子愁何在②？漫卷诗书喜欲狂。

白日放歌须纵酒，青春作伴好还乡③。

即从巴峡穿巫峡，便下襄阳向洛阳。

**【注释】**

① 剑外：剑门关以南，即蜀中。 蓟北：蓟州、幽州一带，安史叛军的根据地。

② 却看：回看。

③ 青春：春天。

这是杜甫平生的第一首快诗。作于广德元年（763），这年正月史思明的儿子史朝义兵败自缢。其部将田承嗣、李怀仙等相继投降，延续八年的叛乱终于平息。漂泊天涯、艰险备尝的诗人闻讯狂喜，一气呵成地创作了这首涕泪滂沱的快诗。"忽传"与"初闻"二句，准确地表现了这意外的惊喜在诗人心中掀起情感巨澜。它太突然了，太巨大了，这些年间有太多的期盼、委曲与磨难，一下子涌到面前，怎能不热泪倾涌、手舞足蹈，喜不自禁呢？"却看"、"漫卷"皆极为传神。后四句设想还乡的情景。一气旋折，淋漓尽致。浦起龙云："八句诗，其疾如风，题事只一句，余俱写情，得力全在次句。于情理妙在逼真，于文势妙在反振，……生平第一快诗也"。黄白山云："盖能以性情达之纸墨，而后人之性情类为之感动故也"，是极有见地的。似此至情文字，真若神来之笔。

# 岑参

岑参（715—770），江陵（今湖北地名）人。开元末年进士，曾作幕边庭，仕至嘉州刺史。擅长七言歌行。所作边塞诗尤为杰出，与高适齐名，并称高岑。有《岑嘉州集》。

## 走马川行奉送出师西征①

君不见走马川，雪海边，平沙莽莽黄入天。轮台九月风夜吼②，一川碎石大如斗，随风满地石乱走。匈奴草黄马正肥，金山西见烟尘飞③，汉家大将西出师。将军金甲夜不脱，半夜军行戈相拨，风头如刀面如割。马毛带雪汗气蒸，五花连钱旋作冰④，幕中草檄砚水凝⑤。虏骑闻之应胆慑，料知短兵不敢接，车师西门伫献捷⑥。

## 【注释】

① 西征：天宝十三年（754）冬，岑参任安西北庭节度判官，节度使封常清西征播仙，岑参作诗送行。 走马川：未详，或说即左末河。距播仙（左末城）五百里。

② 轮台：地在今新疆米泉县境。为北庭都护驻节之地。

③ 金山：阿尔泰山之古称。

④ 五花：良马名。连钱：马毛斑纹如铜钱连属。

⑤ 草檄：起草檄文。

⑥ 车师：安西都护府所在地，在今吐鲁番附近。

这是一首轮台送封常清率师西征的壮歌。走马川是西征的方向，雪海茫茫，黄沙际天，何其苦寒莽旷。轮台是出发之地。塞外九月，夜风狂作，如斗乱石满川飞滚。六句如鬼斧神工，刻画出谲奇险怪的塞外景象。"匈奴"三句写敌骑入侵。我军迎击，只一笔带过，旋即转写我方威猛森严的军行态势。将军戎服戒夜，战士顶风突击。风如刀割，马汗凝冰。真可谓忠勇绝伦的劲旅精兵。敌方只能闻风丧胆，溃败受擒了。

全章三句一换韵，一起三句长短交互，奇气险句，诡谲多变。通篇波澜开合，变幻无端，真歌行中射雕手也。

# 白雪歌送武判官归京

北风卷地白草折，胡天八月即飞雪。
忽如一夜春风来，千树万树梨花开。
散入珠帘湿罗幕，狐裘不暖锦衾薄。
将军角弓不得控，都护铁衣冷犹着。
瀚海阑干百丈冰①，愁云惨淡万里凝。
中军置酒饮归客，胡琴琵琶与羌笛。
纷纷暮雪下辕门，风掣红旗冻不翻。
轮台东门送君去，去时雪满天山路。
山回路转不见君，雪上空留马行处。

**【注释】**

① 阑干：纵横貌。

这首轮台幕府送人归京之作，在表现边塞军营中的奇寒与天山、瀚海壮丽的雪景，能生面别开，奇气风发。像"千树万树梨花开"、"风掣红旗冻不翻"，何等奇伟，又具有何等强烈的生命意识。"山回路转不见君，雪上空留马行处"，一结悠远空灵，令人怀想无尽。

# 严武

严武（726—765），华阴人（今陕西华阴）。中书侍郎严挺之子。初为拾遗，后任成都尹。击败吐蕃入侵，镇蜀有功，封郑国公。

## 军城早秋

昨夜秋风入汉关，朔云边月满西山<sup>①</sup>。
更催飞将追骄虏<sup>②</sup>，莫遣沙场匹马还。

**【注释】**

① 西山：岷山，是控扼吐蕃的要冲。
② 骄虏：此指内犯的吐蕃军队。

安史之乱后吐蕃崛起，不断入侵，大伤元气的唐王朝节节败退。广德元年（763），吐蕃曾一度攻入长安城，六军逃散。同年十二月又陷西川三州。高适不能救。二年春，严武往代。秋间破吐蕃七万余众，拔当狗城。十月又一举收复盐川。诗即作于此次反击吐蕃入侵的战役中。诗气豪健，表现了这位英文巨武的统帅指挥若定的大将风范。前二句中的"秋风"、"朔云边月"都是喻指吐蕃的入侵，以自然景象比喻战氛，生动而得体。后两句直云，遣飞将而追骄虏，毋令匹马只轮生还，举重若轻，尤令人神往。

# 卫象

卫象（生卒籍贯不详），大历中居荆州。建中年间（780—783）任长林令，与司空曙过从甚密。贞元中（785—804）为荆南节度从事、检校侍御史。

# 古　词

鹊血琱弓湿未干[①]，鸂鶒新淬剑光寒[②]。
辽东老将鬓成雪，犹向旄头夜夜看[③]。

**【注释】**

① 鹊血琱弓：即鹊画弓，古代的一种良弓。涂以鹊血增强功效。琱：同"雕"，刻画。

② 鸂鶒：水鸟名。以其油涂剑可防锈蚀。

③ 旄头：昴星，又称胡星，为战祸的象征。

此诗将戍边老将的高昂斗志与爱国的深情栩栩如生地凸现了出来。前两句写紧张备战：以鹊血涂弓，用鸟膏淬剑，战争已然是迫在眉睫，一触即发了。通过细节描写烘托战氛，令人有身临其境的感觉。后两句写白头老将夜觇星空以窥敌踪的情节，其忠贞卫国、夙夜匪懈的精神世界表现得尤为感人。抓住典型事物，用动作来塑造人物性格，这首诗为我们树立了很好的榜样。

# 西鄙人[①]

西鄙人（生卒不详），意即西部边境之人。

# 哥 舒 歌

北斗七星高，哥舒夜带刀[②]。
至今窥牧马[③]，不敢过临洮[④]。

**【注释】**

　　① 西鄙人：指唐朝西北边地之人，生平姓名不详。因著有《哥舒歌》而传世。

　　② 哥舒：指哥舒翰，唐代大将，突厥族哥舒部的后裔。

　　③ 窥：窥伺，偷看状。

　　④ 临洮：地名，在今甘肃岷县附近。秦筑长城西起于此。

　　这是一首西域边境人民歌颂哥舒翰战功的诗。诗以北斗起兴，喻哥舒翰的功高；以胡人"至今"、"不敢"南下牧马，喻哥舒翰功劳的影响深远。全诗内容平实茂朴，音节铿锵和顺，既有民歌的自然流畅，又不失五言诗的劲健沉雄。所以，沈德潜说："与《敕勒歌》同是天籁，不可以工拙求之。"

# 柳中庸

　　柳中庸（生卒不详），名淡，蒲州（今山西永济）人。萧颖士之婿。大历间进士，与颜真卿、皎然时相酬唱。曾授洪州户曹参军，不就，卒。

## 征 人 怨

岁岁金河复玉关[①]，朝朝马策与刀环[②]。

三春白雪归青冢，万里黄河绕黑山③。

**【注释】**

① 金河：唐代县名，地在今内蒙古呼和浩特市南。

② 马策：马鞭。 刀环：刀柄上的铜环。

③ 黑山：一名杀虎山，在今呼和浩特市境内。

《征人怨》是一首广为传诵的名篇。从思想上讲，它突出了人民厌倦战争、渴望和平的强烈愿望。从艺术上讲，它巧妙地塑造了一群马足车尘、出生入死的征人形象。一、二句互文，即言无年无日不在金河、玉关间驰驱厮杀；后二句以景结情，犹言春光被拘禁在白雪笼罩的青冢周围；黄河也摆不脱荒凉的黑山的控制。一种有家不能归的怨情，随着诗人的妙笔游荡在金河、白雪、黑山、玉关这广阔时空之中。四句皆作对语，穿插着大量的地名与物名，而神气流行，绝不板滞，非长才健笔不能措手。

# 李益

李益（748—约827），字君虞，祖籍姑臧（今武威），生于郑州。大历进士，曾五度从军，累官至礼部尚书。诗名卓著，乐工争传，边塞诗尤为有名。

## 塞 下 曲

伏波惟愿裹尸还①，定远何需生入关②。
莫遣只轮归海窟③，仍留一箭定天山④。

① 伏波：后汉马援，曾任伏波将军。常云男儿当死于边塞，以马革裹尸还葬。

② 定远：班超封定远侯，曾有"但愿生入玉门"之语。

③ 海窟：指瀚海中敌人的根据地。

④ 定天山：薛仁贵发三矢射杀三人，突厥请降。军中歌曰："将军三箭定天山"。

这首诗通过歌颂历史上安边的名将，激励将士奋勇杀敌，保卫家邦。他呼吁学习以身许国，准备马革裹尸的马援，而不必非得效班超功成名就入玉门关。力主全歼敌寇，不让它片甲只轮得以生还。而且强调须派骁勇的大将驻守边关，以策长治久安之计。

此诗句句用典，却不觉堆砌，立意高而气势壮也。故能高屋建瓴，化裁成典一如己出。若无此胸襟而徒为大言，则必声嘶力竭，成为败笔。

# 从军北征

天山雪后海风寒①，横笛遍吹行路难②。
碛里征人三十万③，一时回首月中看。

【注释】

① 海风：瀚海，大漠中的寒风。

② 行路难：汉乐府杂曲名。

③ 碛（qì）：沙漠。

这是作者军旅生活的实录。他在《从军诗序》中自称："五在兵间，故为文多军旅之思。或军中酒酣，塞上兵寝，投剑秉笔，散怀于斯文，皆出慷慨意气。"此诗剪取塞外营垒生活的一个片断，加以化裁，便有极强的感染力。在雪后的凛冽寒风中，传来了哀叹人生艰苦离恨的笛曲，大漠中的将士无不回头望月静静聆听。何限思乡恨别之情，都在回首一望中婉转而深挚地表现了出来。虽不言愁，而乡愁欲活。胡应麟云："七言绝，开元以下，便当以李益为第一。如《夜上西楼》、《从军北征》、《受降》、《春夜闻笛》诸篇，皆可与太白、龙标竞爽，非中唐所得有也。"（《诗薮》）

# 孟郊

孟郊（751—814），字东野，湖州武康（今浙江德清）人。少贫困，贞元十二年（796）年四十六始中进士，后任溧阳县尉。与韩愈交厚，时相酬唱。诗风寒苦瘦硬，与贾岛齐名。有《孟东野集》

## 猛 将 吟

拟脍楼兰肉①，蓄怒时未扬。
秋鼙无退声②，夜剑不隐光。
虎队手驱出③，豹篇心卷藏④。
古今皆有言，猛将出北方。

**【注释】**

①楼兰：汉时西域国名，即鄯善。屡屡勾结匈奴，与汉为敌。此指入侵西部的敌国。 脍：切肉成细丝。

②秋鼙：秋天的战鼓。 退声：鼓声主进攻，故无退却之意。

③虎队：虎狼之队，指入侵者。

④豹篇：兵书有《豹韬》八篇。

这首《猛将吟》塑造了一位怒目金刚式的北方武将：他义愤填膺、蓄怒待发，恨不得把祸害边境的敌人切成肉丝，彻底消灭；他战场上不断出击，高举起闪光的宝剑；他驱除虎狼般凶恶的敌人，大展心中的韬略。这就是古今公认的叱咤风云的北方武将的形象。孟郊诗风以古拙险硬著称，这些特点在《猛将吟》中得到充分体现。尽管这种激烈突兀的风格不是所有的人都能认同，但它却是这位苦吟诗人的本色特征之一，可谓唐诗画廊中另类的花朵。

# 卢纶

卢纶（748—800），字允言，蒲州（今山西永济）人。大历十才子之一。曾任河中元帅府判官，仕至检校户部郎中。存诗五卷，多酬答之作。而以边塞诗尤为有名。

## 塞 下 曲

### 其二

林暗草惊风，将军夜引弓。
平明寻白羽，没在石棱中。

这是一段有关猿臂将军李广的传奇故事的诗意素描。《史记·李将军列传》："广出猎见草中石以为虎而射之。中石没镞，视之石也。"卢纶即以此衍而为诗：黝黑的林中风起草偃，猿臂将军以为虎出，弯弓而射之。清晨去寻找白羽之箭，原来竟深没在石棱之中了。射石没羽，这是何等神力绝技。诗人通过快镜似的诗笔，纵横涂抹便把李广的神采写得活灵活现，令人拍案叫绝。

## 其三

月黑雁飞高，单于夜遁逃。

欲将轻骑逐，大雪满弓刀。

　　诗写一组战斗场面。但一、二句次序上故为颠倒。是遁逃的匈奴军队惊起雁群黑夜里高飞乱叫。正要集合轻骑追逐逃虏的将士，刹那间弓刀上落满了厚厚的雪花。这是多么紧张、奇诡、雄壮、豪放的边塞战斗之剪影。字里行间充满了冲天的豪气，读来令人振奋不已。

# 张籍

　　张籍（约 766—约 830），字文昌，吴郡（苏州）人，后迁居乌江（今安徽和县）。贞元进士，韩愈荐为国子博士，仕至水部员外郎、国子司业。诗与王建齐名，尤工乐府。有《张司业集》。

# 没蕃故人

前年伐月支①，城下没全师。

蕃汉断消息，死生长别离。

无人收废帐，归马识残旗。

欲祭疑君在，天涯哭此时。

**【注释】**

　　① 月支（ròu zhī）：古西域国名。原活动在敦煌、祁连间。后为匈奴所败，西迁。此处泛指西域。

这是一首苍凉悲痛的哀祭之作。安史之乱后吐蕃乘机崛起，向外发动掠夺性战争。与唐争夺西域乃至陇右一带，历时百余年之久。此为诗人追伤陷没于吐蕃故友之作。在前年一次与吐蕃恶战中，汉军大败全军覆没，从军的故人生死未卜。"无人"一联，最为惨痛：营垒的废帐无人收拾，只有幸存的老马回到残破的战旗旁迷茫地徘徊着，寻觅已经战没的旧主人。这是直指奔心的痛语。末联写面对生死未决的情景，教人祭哭都难。语虽平淡，意却深惨。寄悲情于毫墨，边塞诗中的别响，揭示了战争的另外一面，具有警世的意味。

# 昆 仑 儿①

昆仑奴住海中州，蛮客将来汉地游。
言语解教秦吉了②，波涛初过郁林洲③。
金环欲落曾穿耳，螺髻长卷不裹头。
自爱肌肤黑如漆，行时半脱木绵裘。

**【注释】**

①昆仑儿：方回《瀛奎律髓》卷三十八："此所谓昆仑儿，即今之黑厮。"方回，南宋末人。著有《瀛奎律髓》。说明当时宦门贵族亦有使唤黑奴的习惯。

②秦吉了：了哥，能学人言语之鸟。

③郁林洲：此指南海一带。《旧唐书·南蛮传》："林邑国汉日南象林之地，……林邑以南皆拳发黑身，通号为昆仑。"昆仑奴身手矫健，侠义可信，文献上颇有记录。

诗人笔下的黑人，虽来自蛮荒远地，却落落大方。请看："自爱肌肤黑如漆，行时半脱木棉裘。"不是处处透出着豪迈自信与近乎游侠的个性吗？这就是千余年前在大唐王朝诗人笔下，备受尊重的黑人形象。

# 令狐楚

令狐楚（766—837），字殼士，敦煌人。贞元七年进士，官至礼部尚书，辅政十年，位重一时。才思俊杰，诗文俱佳。

## 少 年 行①

弓背霞明剑照霜，秋风走马出咸阳。
未收天子河湟地②，不拟回头望故乡。

**【注释】**

① 少年行：乐府歌名。
② 河湟：指青海湟水流域和黄河西部，当时为异族占领。

令狐楚曾历任诸镇节度，留下数篇脍炙人口的军旅诗，其中又以《少年行》为最。这首诗描写了一位少年将军为实现心中的抱负而出战的坚定信念，以及他为祖国捐躯的义无反顾和公而忘私的高尚情操。全诗主调高昂激越，洋溢着保家卫国的豪情壮志。末二句跌宕起伏，最为感人。

# 王建

王建（766—约830），字仲初，关辅（今西安）人。祖籍颍川（许昌），大历年间进士。与张籍"年状皆齐"，官至陕州司马。工诗，尤长乐府、宫词。有《王司马集》。

# 赠李仆射①

和雪翻营一夜行②，神旗冻定马无声。
遥看火号连营赤③，知是先锋已上城。

**【注释】**

①李仆射：李愬以平淮西擒吴元济功，升检校尚书左仆射，封凉国公。

②"和雪"句：元和十二年（817）十月，李愬大风雪中疾驰百二十里，夜半到蔡。奇袭淮西治所蔡州（今河南汝南），斩关翻营而入，敌不为备。遂擒吴元济。

③火号：燃火为号。

这是一首讴歌李愬出奇制胜生擒吴元济的战斗凯歌。字字矫厉骇奇，充满动感和张力。像"和雪翻营"的迅疾，旗冻马喑的肃杀，以及火号连营的威武，皆惊心动魄，为诗中罕见之意象。既真实而又极为生动。妙手诗家攫取了这次传奇性的动人瞬间，加以提炼，定格为辉煌的历史画面。它同韩愈、柳宗元、刘禹锡、段文昌以及李商隐的同一题旨之作相较，虽大小有别，就其艺术魅力来讲绝无逊色之处。

# 薛涛

薛涛（约760—832），字洪度，长安人。幼随父薛郧官于蜀中。父卒，遂流落而入乐籍为歌舞伎。能诗，多感伤之作，称女校书。居浣花溪，创制小红笺，人称薛涛笺。今存《薛涛诗》一卷。

# 贼平后上高相公<sup>①</sup>

惊看天地白荒荒<sup>②</sup>，瞥见青山旧夕阳。
始信大威能照映，由来日月借生光。

**【注释】**

　　① 高相公：高崇文。元和元年（806）讨平据西川为逆的刘辟。翌年晋同中书门下平章事。

　　② 白荒荒：犹白晃晃，光明貌。

　　刘辟割据成都为逆，杀戮无辜，蜀中大乱。高崇文一举讨平叛逆，恢复了正常的生活。薛涛诗中热情讴歌了他的巨大贡献。起句即不同凡响：惊喜地看到山河大地一派光明，青山的夕照依旧辉煌壮丽。我这才相信伟人的威严能照彻天地，日月也因此增加光彩。这首诗无论从立意、构思和用语上都戛然独造，新奇可喜。

# 筹 边 楼<sup>①</sup>

平临云鸟八窗秋，壮压西川四十州。
诸将莫贪羌族马<sup>②</sup>，最高层处是边州。

**【注释】**

　　① 筹边楼：李德裕镇剑南时建成，在成都西郊附近。

　　② 羌族：此指吐蕃。

　　本诗是赠剑南西川节度使李德裕的，在大和五年（831）或略后。大和四年冬李德裕出镇剑南，旋即巩固边防，抑制吐蕃取得了显著成效。翌年建筹边楼，列南诏及吐蕃军情、地险于其上。与习边事者指画商订，尽知其情伪。薛涛诗中对此大加称赞。"平临"二句极言其高峻，可以平瞰云鸟，览尽秋色，壮压西川四十州之地。这是既美其楼又颂其人的两面关锁技法，十分得体。三、四句则更进一步，勉以莫贪小利（吐蕃之马）而须长规远驭收复边州失地，固我疆域。立意正大，结意高远。这时薛涛已七十二岁。一位年已衰暮的女诗人，仍时刻系念着国运民生，无一点脂粉气，是很难得的。

# 皎然

皎然（生卒不详），字清昼，本姓谢，为谢灵运十世孙。湖州（今浙江吴兴）人。天宝后漫游南北。与颜真卿、韦应物、孟郊皆有交往。诗风清远，有《诗式》、《皎然集》等。

## 塞 下 曲

都护今年破武威<sup>①</sup>，胡沙万里鸟空飞。
旌竿瀚海扫云出<sup>②</sup>，毡骑天山踏雪归。

**【注释】**

① 都护：汉唐官名。为监督西北边庭事务的最高长官。 破武威：清除了武威之敌。汉元狩二年霍去病大败匈奴休屠单于，以其地为武威郡。

② 瀚海：沙漠之别称。

好一派星流彗扫、席卷横行之气概。破除武威之敌后，万里息烽，人静鸟飞。战旗扫尽烟霾，飘扬于大漠之上。骁勇的骑士驰突天山，冲雪而归。这场景何其壮伟，这构思何等神奇。泱泱华夏威灵，于此大放异彩。

# 韩愈

韩愈（768—825），字退之，河阳（今河南孟县）人。贞元八年（797）进士。元和元年（806）授国子博士，官至吏部侍郎。毕生推崇儒术，以继承道统为己任。提倡古文。诗亦力求奇崛，自开一派。有《昌黎先生集》。

## 过 鸿 沟①

龙疲虎困割川原，亿万苍生性命存。
谁劝君王回马首②，真成一掷赌乾坤。

**【注释】**

① 鸿沟：古运河，今湮。在河南境内，旧从广武北引黄河水东至淮阳而入颍水。为粮运孔道。秦末刘邦、项羽以此为界，东为楚，西为汉，中分天下。

② "谁劝"句：楚汉分界既定，项王如约东归。张良、陈平劝刘邦毁约，回师追击楚军。

这是一首寄慨良深的咏史诗。史称：楚汉连年争战，百姓疲苦。项羽告刘邦速决雌雄，毋苦天下百姓。刘邦不从。后遂以鸿沟为界，各引兵归去。而张良、陈平唆使刘邦毁约回师追袭。项羽中计，卒至败亡。诗即为此而发。"割川原"，指楚河汉界划疆而治，双方休兵，亿万生灵稍得休养生息。这不失为一种较好的战略选择。"回马"二句是说：谁教汉王大杀回马枪呢？这是把天下国家作一次狂赌啊！这是英雄欺人，还是奸雄罔世呢？难怪阮籍对此有"时无英雄，使竖子成名"之浩叹。

# 左迁至蓝关示侄孙湘①

一封朝奏九重天②，夕贬潮阳路八千。

欲为圣明除弊事，肯将衰朽惜残年。

云横秦岭家何在？雪拥蓝关马不前。

知汝远来应有意，好收吾骨瘴江边③。

**【注释】**

① 据日本藏《又玄集》，此诗题作《贬官潮州出关作》。左迁：贬谪。蓝关：在今陕西蓝田县境。

② 一封：指一本奏章。元和十四年（819）宪宗遣人迎佛骨入官供养。韩愈上章谏止，获罪贬潮阳（今广东潮州）。

③ 瘴江：此泛指南方多瘴气之水。潮州附近的韩江，是有名的瘴疠之地。《左传·僖公三十二年》载蹇叔哭师语："必死是间，余收尔骨焉。"

韩愈潮州之贬是他的一个闪光点。元和十四年（819），韩愈上《谏佛骨表》，力谏宪宗"迎佛骨入大内"，"触怒人主"。由刑部侍郎贬为潮州刺史，一贬八千里。此诗即在赴潮州途经蓝关时所写。他因反对佛教迷信力谏迎供佛骨之非，获重谴几乎丧命。然此诗中却表露他不屈不挠，置生死于度外的贞梗刚毅的情怀。即使贬逐八千里外的蛮荒之地，但为除弊事，岂惜残年。诗作景阔情悲，蕴涵深广，文字沉郁顿挫，苍凉悲怆，遂成千古名句。前四句论政事，大气盘旋，以散文笔法写出，渐开宋诗一派。后四句写萧条旅况，云横雪拥，凶多吉少，乃至以收骨瘴江相托，何等凄恻。此诗与《谏佛骨表》堪称精光万丈的文坛双璧。其谋国之忠，立论之勇，品节之高，文采之雄都是令人仰止的。

# 刘禹锡

刘禹锡（772—842），字梦得，洛阳人。贞元九年（793）进士，授太子校书，监察御史等职。因参加王叔文变法集团，被贬朗州司马，连州刺史，后仕至太子宾客，检校礼部尚书。诗文俱称大家。诗作尤多，词意高妙，有诗豪之目。传世有《刘梦得文集》。

## 西塞山怀古①

王濬楼船下益州②，金陵王气黯然收③。
千寻铁锁沉江底④，一片降幡出石头。
人世几回伤往事，山形依旧枕寒流。
今逢四海为家日，故垒萧萧芦荻秋。

【注释】

① 西塞山：在湖北大冶县东，是长江的要隘。

② 王濬：晋朝益州刺史。受命伐吴，率大批战舰（楼船），从成都出发。攻下石头城，孙皓出降。

③ 王气：秦始皇时，相传金陵（南京）有天子之气。

④ 铁锁：吴人在长江险要处安置横江铁锁，以阻遏晋师东下。王濬以火炬烧断铁链，战船遂直抵建业。

这是一首讴歌国家统一、民族团结的名作。前四句写晋军沿江直下，攻灭东吴的历史。起句雄杰，一气贯下，如"黄鹄高举见天地方圆"（沈德潜评语）。第三句抓住了一个最富戏剧性的情节——"（濬）又作火炬长十余丈，大数十围，灌以麻油。在船前，遇锁燃炬烧之，须臾融液断绝，船无所碍。"——以当时的"高科技"水中熔铁法，破除障碍，直捣金陵。"千寻铁锁沉江底"七字，笔飞墨舞，何等传神。后四句转向述今，写唐朝的政治形势。第五句"人世几回伤往事"括尽了六朝的兴亡，又是何等简练之笔。下面"四海为家"是诗中重笔，即百族和谐，天下一统之意。这是中华民族亘百世而不变，虽九死而无悔的共同理想。晋朝的统一是短暂的，而大唐盛世才真正使之成为现实。当年的故垒也就任其淹没在萧疏的芦荻中吧。计敏夫《唐诗纪事》提到"长庆中元稹、刘禹锡、韦楚客与白居易同赋金陵怀古诗。白览刘作曰：'四人探骊龙，子先获珠，所余鳞爪，何用耶，于是罢唱。'"事未必真有，而这种传说却反映了人们对它的高度好评。

# 白居易

　　白居易（772—846），字乐天，号香山居士，太原人。贞元进士。元和间以主张缉拿刺杀武元衡凶手事，贬江州司马。后任杭州、苏州刺史，官至刑部尚书。倡导新乐府，诗风平易，与元稹齐名，世称元白。有《白氏长庆集》。

## 闻李尚书拜相，因以长句寄贺微之①

　　　　怜君不久在通川②，知己新提造化权③。
　　　　夔皋定求才济世④，张雷应辨气冲天⑤。
　　　　那知沦落天涯日，正是陶钧海内年⑥。
　　　　肯向泥中抛折剑，不收重铸作龙泉。

【注释】

　　①李尚书：李夷简，元和十三年以礼部尚书同中书门下平章事。微之：元稹，字微之，时贬谪外地。

② 通川：江河。此指流离于道途中。

③ 造化权：创造生命之权力。

④ 夔皋：夔为舜之贤臣。皋为禹之治水功臣，商之始祖。

⑤ 张雷：晋人张华与雷焕，能望气而知龙光宝剑之所在。

⑥ 陶钧：陶人转动钧轮以制胚模。此处作培养与化成讲。


这诗作于元和十三年，白居易在诗中鼓励久处逆境的友人元稹保持锐气、砥砺才能，为国家干一番事业。大意是说：于今公正爱才的李夷简出任宰相，掌握了用人之权。相信他会像上古的贤相爱惜人材，像张华、雷焕一样辨识宝物。你前一段的沦落天涯，正是砥砺才具的机会。谁能把折断的宝剑抛置泥中，而不将它重铸为龙泉利剑呢？

这首诗纯是议论，却写得极有气象，比喻巧妙得体。如以造化之机喻丞相，以陶钧才具自喻，便精警而有理趣。不仅令人耳目一新，而且很有鼓动性。


# 西湖晚归，回望孤山寺赠诸客

柳湖松岛莲花寺，晚动归桡出道场①。
卢橘子低山雨重②，栟榈叶战水风凉③。
烟波淡荡摇空碧，楼殿参差倚夕阳。
到岸诸君回首望，蓬莱宫殿海中央。


【注释】

① 道场：佛堂。

② 卢橘：金橘，一曰枇杷。

③ 栟榈：棕榈。

这是一幅绝美的孤山晚棹图。在柳丝掩映的西湖中央，有一座莲花环绕的佛寺。诗人的扁舟从道场驶出，绕过果实累累的枇杷林与凉风习习的棕榈树，划过烟波缥缈的湖水。这时孤山寺错落的楼阁被夕阳染得一片辉煌。上岸回望蓬莱仙阁宛如耸立在海波中间。这一派绝美的景致与闲逸的风情，真把孤山的佳致写到了极处，令人读罢不能不深深地爱上这充满灵气与诗意的胜景。从章法上讲，也很有层次，起二句点题，中四句大小远近分咏。最后以"回首"点明文章的脉络，正如方东树所说"总写一句收足，所谓加倍起棱"法也。


# 柳宗元

　　柳宗元（773—819），字子厚，河东（山西永济）人。贞元九年进士。授校书郎等职。因参加王叔文革新集团，被贬永州司马，后迁柳州刺史。宗元与韩愈一道倡导古文运动，并称韩柳。诗亦清隽可喜。有《柳河东集》。


## 与浩初上人同看山寄京华亲故①

海畔尖山似剑芒②，秋来处处割愁肠。
若为化得身千亿③，散向峰头望故乡。

**【注释】**

① 浩初上人：僧人名，潭州（今长沙）人。
② 剑芒：剑锋。
③ 若为：怎能，何能。

据《刘禹锡年谱》，此诗作于元和十二年（817）。宗元来柳州已三年，时四十五岁。柳宗元是杰出的革新家和文学家，可是正当大有为之时，却遭到保守势力残酷迫害，远逐蛮荒，不予起用和昭雪。理想幻灭，生命消蚀，阅世千尘，填胸万感，折磨着自己。故凭危阑而望千山、思故里，真如剑割愁肠，怆痛之极。"若为"二句苦语衷情，喻想入妙。灵均首丘之思，贾生鹏鸟之叹，不过如此。诗人满腹苦情无可言告，只得向世外僧人一倾怀抱，其孤独哀苦可知了。

## 吕温

吕温（772—811），字和叔，河东（今山西永济）人。吕渭之子。贞元十四年进士。与王叔文、刘禹锡、柳宗元善。贞元二十年以侍御史出使吐蕃，拘留经年。官至刑部郎中，贬道州刺史，卒于衡州刺史任上。有《吕和叔文集》。

## 蕃中答退浑词①

退浑种落尽在，而为吐蕃所鞭挞。有译者诉情于予，故以此答之。

### 一

退浑儿，退浑儿，朔风长在气何衰。
万群铁马从奴虏②，强弱由人莫叹时③。

### 二

退浑儿，退浑儿。冰消青海草如丝。

明堂天子朝万国，神岛龙驹将与谁④？

**【注释】**

① 退浑："吐谷浑"的音变。西域国名。后徙居青海一带。唐高宗时为吐蕃所并。

② 从奴虏：任人奴役。

③ 强弱由人：是强是弱决定于自己本身。

④ 神岛龙驹：青海湖中有岛，产良马，称青海龙马。

这是一首为吐谷浑余部加油打气的诗。它为我们提供了一个新的视角，展示了一种政治角力的新局面。此诗作于吐蕃拘留期间，意在鼓动受吐蕃奴役的吐谷浑种落，挣脱羁绊，重振昔时威武。前章强调种落尽在，铁马万群，应奋起图强，切不可叹时认命。后章则宣扬唐朝强盛——天子端坐明堂，接受万国朝贺，意在鼓动吐谷浑献龙驹天马而归顺唐朝。史称吕温讲求王霸富强之术，有美才，工诗文。观此诗可见韬略之宏远，而诗亦足以传后。

# 元稹

元稹（779—831），字微之，河南（洛阳）人。世居京兆（今西安）。贞元进士，授校书郎，后迁监察御史。因开罪守旧官僚及宦官，外贬多年。后在宦官支持下官至同中书门下平章事。旋改授外任，卒于武昌军节度使任上。诗与白居易齐名，号元白体，所作传奇《莺莺传》等为世盛传。有《元氏长庆集》。

# 哭吕衡州① (六首录三)

## 一

气敌三人杰②，交深一纸书③。
我投冰莹眼④，君报水怜鱼。
髀股惟夸瘦⑤，膏肓岂暇除⑥。
伤心死诸葛，忧道不忧余。

## 二

望有经纶钓⑦，虔收宰相刀⑧。
江文驾风远⑨，云貌接天高⑩。
国待球琳器⑪，家藏虎豹韬⑫。
尽将千载宝，埋入五原蒿。

## 四

雕鹗生难敌，沉檀死更香⑬。
儿童喧闹市，赢老哭碑堂⑭。
雁起沙汀暗，云连海气黄。
祝融峰上月⑮，几照北人丧。

【注释】

①吕衡州：吕温元和三年转刑部郎中，为守旧派宰相李吉甫所嫉，贬道州刺史。转衡州刺史，六年卒于贬所。

②三人杰：张良、韩信、萧何史称汉初三杰。

③一纸书：晋荆州都督刘弘，每有政策变动，必函告宰相，提出详尽建

议。人称："刘公一纸书，胜过十部从事。"此指吕温对元稹多有规戒之书。

④冰莹眼：青眼。

⑤髀股：髋骨之内侧。常骑鞍马则髀肉消瘦。此言鞍马劳碌。

⑥膏肓：不治之症。

⑦望：吕望，即钓于磻溪的姜太公。

⑧虔：吕虔，三国魏徐州刺史。有宝刀。相士谓佩此可登三公。虔即以此赠王祥。

⑨江文：江淹富有文采。

⑩云貌：陆云文采风度照映当世。

⑪球琳器：宝贵的玉器，此指英才。

⑫虎豹韬：兵书韬略。

⑬沉檀：即沉香。木心坚黑沉水，愈久愈香。

⑭羸老：瘦弱老人。

⑮祝融峰：南岳主峰，在衡阳境内。


这是一组用血泪写成的悲悼亡友的至情文字。一代英才吕温被保守势力迫害，贬死衡州，朝野为之痛惜。而元稹此时也有类似的遭遇。他因劾奏官吏奸事及与宦官仇士良争驿站正厅相斗而贬为江陵士曹参军。这诗写于贬所，除了悼念吕温外，也有自伤身世，惺惺相惜之意。

第一首谈二人交谊。言彼此气概之雄可追比汉初三杰，相期之深也无让刘弘的直言书简。彼此互相尊重，鱼水同欢。为医治国家的膏肓重病，不惜鞍马奔驰，累垮身体。你的过世有如诸葛亮的殒灭，真教人为国家的前途担忧啊！

第二首写吕温才具之高，举世罕有。既有吕尚、吕虔的经纶天下的相才，又有江淹、陆云的文采，还精通兵书韬略，真是国家难得的至宝。如此千载难遇的奇才，就这样赍志没世埋骨荒原了。

第三首写百姓悲悼之情。一、二句言其生前英才磊落，无人可及；死后更如沉檀入水，永久流芳。衡州的儿童与老人都在号啕悲哭。水边与天际都染上凄苦的颜色。祝融峰顶的月亮可为此作证，几曾见过如此悲动天地的北人的丧礼呢？

元稹政治上抱负宏大，而又才俊情深，同处逆境，这就给本诗投射出一种异彩和深情。他不只是为个人惜至友，而且是为天下惜奇才，为百姓惜司命。站的地步既高，遣词又恳挚沉郁，故能引起强烈共鸣，令人难以卒读。

# 姚合

姚合（约779—846），陕州硖石（今河南陕县）人。姚崇曾侄孙。元和十一年进士，授武功主簿，官至秘书少监。诗风清奇高拔，与贾岛为近。南宋四灵派奉为宗师。有《姚少监诗集》。

## 穷边词

### 一

将军作镇古汧州①，水腻山春节气柔。
清夜满城丝管散，行人不信是边头。

### 二

箭利弓调四镇兵②，蕃人不敢近东行。
沿边千里浑无事，惟见平安火入城③。

**【注释】**

① 汧（qiān）州：今陕西凤翔地区陇县千阳一带，唐代为兵家重镇。

② 四镇：唐以朔方、泾原、陇右、河东为四镇。

③ 平安火：报告平安的烽火。

这两首边塞诗为我们描绘的是一派升平景象。时间大约在元和十四年或稍后。这时坐镇陇右的节度使为李愬（李晟之子），袭家族之余威，凭国力之新张，郊野无事，百姓平安。于是大兴土木，颇事声色狗马之欢。这些都在《穷边词》及《题凤翔西郭新亭》中得到反映。这两首诗的调子非常轻快。第一首中"水腻山春节气柔"，何等俊美！"清夜"两句，真是阳春有脚，来到百姓人家。第二首则突出武备。有弓强箭锐的四镇雄兵驻守，吐蕃人不敢东犯。平安烽火日夕报来。诗人撷取了中唐时期少有的比较强盛与祥和的一段光景，用诗笔加以讴歌，为我们留下了美好的瞬间。

## 李贺

李贺（790—816），字长吉，福昌（今河南宜阳）人。为皇室远支，官奉礼郎。诗才早熟，见知于韩愈。风格新奇诡异，能开径自行，人称鬼才。有《李长吉集》。与李白、李商隐三人并称唐代"三李"。是中唐浪漫主义诗人的代表，又是中唐到晚唐诗风转变期的重要人物。

### 南　园①

五

男儿何不带吴钩②，收取关山五十州③。

请君暂上凌烟阁④，若个书生万户侯。

**【注释】**

　　① 南园：昌谷南园为李贺读书处。其《南园》组诗十三首，写当地景物和杂感，此为第五首。

　　② 吴钩：吴地所产的弯刃宝刀。"吴钩，刀名也，刃弯，今南蛮用之，谓之葛党刀。"（沈括《梦溪笔谈》）

　　③ 关山五十州：指当时藩镇割据，中央不能掌管的地区。《通鉴·唐纪》载唐宪宗元和七年李绛云："今法令所不能制者，河南北五十余州。"

　　④ 暂上：登腾而上。 暂：突然跃起。 凌烟阁：在长安。唐太宗贞观十七年（643）画开国功臣二十四人像于凌烟阁。

　　这首诗起于设问，不设铺垫，开门见山，直抒胸臆。文字中透着血气方刚的男儿气概，抒发了好儿郎当立马横刀开疆拓土的豪情。后两句笔锋一转，诗人的视野仿佛又回到无可奈何的现实，全化作怀才不遇的失落和激愤不平之声，感情跌宕起伏，令人震撼。然而无论哪一种情绪都强烈的表达了诗人为国建功的抱负。

# 马　诗

## 五

大漠沙如雪①，燕山月似钩。
何当金络脑②，快走踏清秋。

**【注释】**

　　① 大漠：沙漠。此指西北沙漠地带。

　　② 何当：安得，怎能。 金络脑：金质的马络头。

李贺作马诗共二十三首。此为第五首，可以作为二十三首诗的代表。这首诗开篇叙景，眼前砂砾如雪，又有残月如钩，一副酷烈惨淡的边塞图景跃然纸上，可谓传神之笔。且境界阔大，气势磅礴。而后借马抒情，以骏马驰骋于广阔天地为喻，抒发着有朝一日可以得偿所愿为国效力的渴望。全诗雄健豪迈，一气贯通。"快走踏清秋"尤觉发扬蹈厉，威猛无限矣。清人方世举云："乃聚精会神，伐毛洗髓而出之。造意撰辞，犹有老杜诸作未至者。率处皆是炼处"，评价极高。

# 雁门太守行①

黑云压城城欲摧，甲光向日金鳞开②。
角声满天秋色里，塞上燕脂凝夜紫③。
半卷红旗临易水，霜重鼓寒声不起。
报君黄金台上意，提携玉龙为君死④。

## 【注释】

① 雁门太守行：本乐府旧题，多咏征戍之苦。

② 金鳞：形容铁甲在日照下的反光。

③ 燕脂：指落日的霞光。

④ 玉龙：剑之别名。

《雁门太守行》是李贺描写战争的代表作品，一直广为流传。写的是塞上的边境战争而非有些人所说平抑藩镇之战。前半段写坚守城池的苦斗。一、二句用黑云蔽天，忽露赤日来形容敌势之凶悍强大。日光映照铁甲，如金鳞闪闪发光，一派森严而恐怖的战氛。号角震天，落日余辉把战场染得像胭脂一样，何其怵目惊心。一场殊死的攻防战正惨烈地进行着。后四句写援军的出击。红旗半卷，进抵易水。可是助威的战鼓却怎么也擂不响，说明形势严峻。忠勇的将士为了报答君恩，提着宝剑正与敌人作拼死的决斗。

这就是此诗大致的情节。作者用诡异的意象、浓重的色彩与夸张变形的手法来表现与诠释他对这种边塞战争的理解。尽管它是那样惨烈和触目惊心，可是为了国家的安宁与民族的生存，这种牺牲是无法避免的。我想这就是其艺术生命永存的道理吧。

# 张祜

张祜（约792—约853），字承吉，南阳（今河南邓县）人。早年浪迹江湖，举进士不第。曾久客扬州，又屡任幕职。辛于大中年间。工诗，早享盛名，并传入禁中。有《张处士诗集》。

## 观徐州李司空猎①

晓出郡城东②，分围浅草中。
红旗开向日，白马骤迎风。
背手抽金镞，翻身控角弓。
万人齐指处，一雁落寒空。

【注释】

① 李司空：李愬于元和十三年起任武宁节度使驻徐州。平李师道之乱后，进位同中书门下平章事。

② 郡城：指徐州。

这是对一位战功赫赫的大将之弓马绝技的生动描绘。李愬，河西将家子，与父晟平叛抑乱，两世奇功，当时无第二人。张祜此诗突出塑造了他惊人的武艺。"红旗开向日，白马骤迎风。"环境是这么壮美；而背手抽箭，翻身发矢，又是那样身手矫健。在万目睽睽之下，大雁中箭自空坠地。好一个射雕老将英武绝伦的形象，就这样栩栩如生地被描绘出来，定格成为凝固的历史。堪称写生高手。

## 徐凝

徐凝（生卒不详），睦州（今浙江建德）人。元和、长庆间与白居易交往颇密，以布衣终。诗风古朴，时有奇致。存诗一卷。

## 送日本使还

绝国将无外①，扶桑更有东②。
来朝逢圣日③，归去及秋风。
夜泛潮回际，晨征苍莽中。
鲸波腾水府，蜃气壮仙宫。
天眷何期远④，王文久已同⑤。
相望杳不见，离恨托飞鸿。

【注释】

① 绝国：极遥远的国家。 无外：不视为外人。

② 扶桑：中国古代传说中的东方海国。此指日本。

③ 来朝：朝贡。 圣日：指时代圣明。

④ 天眷：指朝廷对日本的关爱。 何期远：不远。

⑤ 王文：书同文之意。指日本采用汉字。

这首诗歌颂了唐朝开明的外交政策，以及中日两国人民的友好情谊。不愧为爱国主义和国际友好的一曲赞歌。一、二句十分精彩，体现了"王者无外"的博爱思想，境界很高。中间一段写大洋中的鲸波、蜃气，十分壮观。"天眷"二句是说朝廷对日本很亲密、很关怀。而且文字相同，来往密切。最后两句则表达自己对这位遣唐使离别的思念。寄相思于鸿雁，一结悠远，令人怀想无尽。

## 庐山瀑布

虚空落泉千仞直，雷奔入江不暂息。
千古长如白练飞，一条界破青山色<sup>①</sup>。

**【注释】**

① 界破：划出一条青白分明的界限。"界"字用如动词。

　　庐山飞瀑，天下奇景。然而面对这一自然壮观，不同诗人会有不同的感受与解读法。"飞流直下三千尺，疑是银河落九天"是谪仙人飘逸的诗魂之再现。而到徐凝笔下则一变为奇崛险硬的一群意象。万斛泉源，虚空直泻，响声如雷，直奔长江而去。这亘古不变的白练，在翠峰中豁然冲破了单一的色调，而给人以强烈的视觉冲击。"界破"二字新奇而有力度。从孙绰的"瀑布飞流以界道"化出，但更有力度。然而苏东坡对此另有看法。他在《戏作》中说："帝遣银河一派垂，古来惟有谪仙词。飞流溅沫知多少，不与徐凝洗恶诗。"在崇尚自然流转的东坡看来，过分的夸张、生野是不足取的。平心而论，徐凝此诗自有其独到的眼光与美学的创见，不能一概抹煞。如施肩吾的"豁开青冥巅，写出万丈泉。如裁一条素，白日悬秋天"，就是追踪徐作的，不是也很有气魄吗？

# 刘皂

刘皂（生卒不详），咸阳人。长期旅居并州。元和中代任孝义尉，以忤长官弃去。后不知所终。

## 旅次朔方

客舍并州已十霜①，归心日夜忆咸阳。
无端更渡桑干水，却望并州是故乡。

**【注释】**

① 并州：太原。

此诗曾误为贾岛之作。贾岛为范阳（今北京）人，是不会把咸阳当作故乡的。据《元和御览诗集》知为贞元诗人刘皂作品，应属可信。大意是说旅居并州时，老想回咸阳去。现在要到更为荒远的桑干河以北的地方去时，心里反而恋眷起并州来了。这种退而求其次的心理，是人皆有之的常态。但一经诗笔的腾挪，把这种感情移位——由第一故乡转移到第二故乡，便显得熨贴入情，能唤起人们熟稔而有差别感的心理共鸣。

# 施肩吾

施肩吾（生卒不详），元和十五年（820）进士。字希圣，号栖真子，睦州分水（今浙江桐庐）人。与张籍等有交往。诗风奇丽，有《西山集》。

# 赠 边 将

轻生奉国不为难①，战苦身多旧箭瘢。
玉匣锁龙鳞甲冷②，金铃衬鹘羽毛寒③。
皂貂拥出花当背④，白马骑来月在鞍。
犹恐犬戎临虏塞⑤，柳营时把阵图看⑥。

## 【注释】

① 轻生奉国：为国捐躯。

② 龙：指匣中宝剑，花纹如鳞甲。

③ 金铃：当指猎鹰颈上所系小铃。

④ 皂貂。黑色貂裘。 花当背：未详。似是背花站立之意。

⑤ 犬戎：此指吐蕃。

⑥ 柳营：西汉周亚夫屯兵细柳营，以精锐善战著称。

诗写一位久于征战的戍边老将，身上箭疮累累，仍老当益壮，时刻警惕着敌人的进犯。中二联描写细节十分生动：匣中有龙纹宝剑，臂上有系铃的鹰鹘。在众将官簇拥下披挂而出，跨上白马月下奔驰。一位武将的形象，便栩栩如生地勾勒出来。结尾两句强调朝夕警戒吐蕃的入侵，时时审视阵图，决心粉碎来犯之敌。"柳营"二字，把他比作严于治军骁勇无比的周亚夫，是对这位边将的高度肯定与殷切期盼。文字很平易，寄意却相当深远。

## 许浑

许浑（生卒不详），字用晦。润州丹阳（今属江苏）人。宰相许圉师之后。太和六年（832）进士，官至睦、郢二州刺史。与杜枚、李频交好。长于律诗，多登高怀古之作。有《许丁卯集》。

## 咸阳城西楼晚眺

一上高城万里愁，蒹葭杨柳似汀洲。
溪云初起日沉阁，山雨欲来风满楼。
鸟下绿芜秦苑夕，蝉鸣黄叶汉宫秋。
行人莫问当年事，故国东来渭水流。

  这是一首伤感情调很浓的诗。登上咸阳城楼，顿有愁生万里之感，此何故？乃因蒹葭杨柳而引发的浓郁乡思。其《泊松渡》亦有"杨柳北归路，蒹葭南渡舟"，皆是由草木而引发对其故乡的怀念。"溪云"二句一篇警策。溪，据诗人自注指咸阳城南的磻溪；阁，即城西的福寺阁。斜日在初起的溪云中沉下，山雨在狂风满楼中逼近。以连动句式表达山雨骤至、天暗风狂的情景。真是绘声绘色，奇险峭拔之妙句。虽音调小拗却骨力愈健。后四句阑入怀古伤今之感喟。无论是秦苑和汉宫俱已成为过去了。那么当今又怎样呢？诗人从东边来到这座故国城楼，唯见滔滔渭水无语流去。这是以景结情，表示了对国运深沉的忧虑。许浑在多次碰壁之后，好不容易于太和六年考中进士。而朝政腐败，宦官专横，使他深为忧虑。其所亲宋丞相申锡因谋诛宦官贬死开州（作者有诗纪其事）。太和九年仇士良又诛杀王涯、李训等朝官，天下大事皆决于宦官，政局混乱已极。诗人满怀忧国的忠愤与浓郁的乡思，登楼赋句，不禁悲从中来。"山雨"之句既写实景，亦寓政治。深刻地反映了那个混乱的时代，从而赢得人们强烈的共鸣。

# 杜牧

杜牧（803—852），字牧之，京兆万年（今西安）人。杜佑孙。太和二年（828）进士。历监察御史、各州刺史，官至中书舍人。工诗文，明政略，为晚唐大家。有《樊川文集》。

## 题乌江亭

胜败兵家事不期①，包羞忍耻是男儿②。
江东子弟多才俊，卷土重来未可知。

【注释】

① 事不期：事难预料。

② 包羞：把羞辱感包藏起来。

乌江是项羽兵败自刎的地方。当时亭长劝他过江，以图再起。他以"无颜见江东父老"回绝而拔剑自戕。对此杜牧有不同看法。他认为男儿应忍人所不能忍，为人所不敢为。要咽下这口气，积蓄力量，卷土重来，未必不能取胜。诗人认为抱持百折不挠、韧性战斗的精神，才是耿耿奇男子应采取的态度。

这是一首议论诗，贵在不落窠臼，提出醒人耳目的高见来。此正如吴景旭在《历代诗话》中所说："用翻案法，跌入一层，正意益醒"。

## 题木兰庙①

弯弓征战作男儿，梦里曾经与画眉。
几度思归还把酒，拂云堆上祝明妃②。

①木兰庙：此指黄冈西边木兰山的庙宇。诗为杜牧任黄州刺史时作。

②拂云堆：地在今包头西北，唐时有神祠，突厥人战前必于此祷祭。后为唐之中受降城。

写木兰代父从军的诗不少，而这首却有特殊的思路。它突出了其女性的特点。尽管也写弯弓征战，鞍马驰突，但这个男儿身是乔装打扮"作"出来的。所以作梦时还在描画黛眉，而且还乡心不断。即使到了受降城上还要为和蕃的昭君洒酒致敬。此诗少了些战斗气氛，多了些民族和睦的祝福与女性化的特色。这是一个新的充满人情味的花木兰，她同样令人喜欢。

# 江 南 春

千里莺啼绿映红，水村山郭酒旗风。
南朝四百八十寺，多少楼台烟雨中。

好一幅绝美的江南春色图。千里上下处处莺啼于绿树红花之间，水村旁山郭畔沽酒的青帘迎风招展，水边山野一派和煦景象。那么作为南朝首都的建业呢？只见金碧辉煌的四百八十座梵宫禅刹的殿宇楼台，都掩映在迷蒙的烟雨之中。它是那样生机勃勃而又朦胧缥缈。如此绘声绘色、心灵交感之美景，再好的画师也难以措笔。杨慎在《升庵诗话》中提出异议："千里莺啼，谁人听得……若作十里，则莺啼绿红之景、村郭楼台、僧寺酒旗，皆在其中矣。"何文焕反驳说："即作十里亦未必听得着，看得见……此诗之意既广，不得专指一处，故总而命曰《江南春》"（《历代诗话考索》）。显然何的理解要比强作解人的杨升庵高明，因为它道出了艺术概括的真谛。

# 陈陶

陈陶（约 803—约 879），字嵩伯，籍贯不详。大中时游学长安，举进士不第。好游名山，自称三教市衣。后隐居南昌西山，不知所终。后人辑有《陈嵩伯诗集》。

## 陇 西 行

誓扫匈奴不顾身，五千貂锦丧胡尘<sup>①</sup>。
可怜无定河边骨<sup>②</sup>，犹是春闺梦里人。

**【注释】**

① 貂锦：指穿貂衣锦裘的汉羽林军精锐部队。天汉二年，李陵以步卒五千深入匈奴，因无后援而败没。

② 无定河：即奢延河，由塞外流入陕西榆林。

陈陶的《陇西行》组诗，共四首。其主旨是批判黩武战争。如其一云："纵饶夺得林胡塞，碛地桑麻种不生"；其四云："自从贵主和亲后，一半胡风似汉家"，这种倾向十分明显。本诗是以李陵五千精兵震没的历史作为原型来展开艺术再创造的。这么多忠勇将士，喋血胡沙，这是何等惨痛的损失。然而更令人撕心裂肺的是这样的场景：那些暴露在无定河附近的白骨，依然是春闺少妇日思夜想的夫君。三、四两句一经跌宕，便别开新境，成为千古警句。杨升庵称其："一变而妙，真夺胎换骨矣。"沈德潜亦云"作苦语无过此者"（《唐诗别裁》），可谓中肯之言。

# 温庭筠

温庭筠（约812—约870），原名岐，字飞卿，太原祁（今山西祁县）人。貌寝而才捷，手八叉而八韵成，人称温八叉。官至国子助教。词作尤为藻丽，名噪一代，为花间词派开山。有《温庭筠诗集》、《金荃词》。

## 苏 武 庙①

苏武魂销汉使前，古祠高树两茫然。
云边雁断胡天月，陇上羊归塞草烟。
回日楼台非甲帐②，去时冠剑是丁年③。
茂陵不见封侯印④，空向秋波哭逝川。

**【注释】**

① 苏武：西汉人，奉武帝命出使匈奴，被扣十九年，流放北海，九死一生，不为所屈。后回长安，武帝已先卒。

② 甲帐：武帝以夜光、明月诸珍宝饰甲帐，居神仙。次为乙帐，自己居之。

③ 丁年：壮年。

④ 茂陵：武帝陵墓。

此为歌颂苏武大忠奇节之作。苏武受汉武帝派遣出使，被匈奴扣留十九年，百般诱逼，不为所屈。昭帝即位，与匈奴和亲。汉使向匈奴求苏武，并诈称于上林苑雁足得书，知武尚在。乃得相见。"魂销"二字，写苏武与汉使见面时悲喜惝惘之况。中二联极精警。雁影断于胡天，是说南回无望；陇羊归于塞草，是把北海放牧与陇上（苏武家乡）的归羊联想在一起，表示对故乡魂萦梦绕的思念。

"回日"一联，千古名句。意谓中年出使，暮齿始归。而以逆挽法（先说迟暮，再言中年）出之。用典极自然、贴切、浑成，而富有错综变化之美感。沈德潜以为"律诗得此，化板滞为跳脱矣。"说得极是。尾联是说苏武被封关内侯，食邑三百户。而武帝已不及见了。作为一个亲蒙擢拔的侍卫老臣，只有带着无尽的遗憾向秋波哭诉那逝去的岁月了。一结凄惋，成功地塑造了白发老臣的感人形象。

# 李商隐

李商隐（813—约858），字义山，号玉溪生。河内（今河南沁阳）人。少年有才，深得令狐楚赏识，开成二年进士。因受牛李党争影响，潦倒终身。诗才绝艳，寄意遥深。无题言情之作尤为脍炙。被宋人尊为西崑体。有《李义山诗集》。

## 浑 河 中①

九庙无尘八马回②，奉天城垒长春苔③。
咸阳原上英雄骨，半是君家养马来。

**【注释】**

①浑河中：浑瑊，唐中兴名将，以功升尚书左仆射同平章事河中尹，晋封咸宁郡王。

②九庙：天子立九庙，以祭先祖。 八马：唐皇宫外立八马仪仗。

③奉天：陕西乾县，唐时名奉天县。

奇思壮彩，别开生面之佳作。浑瑊先祖世居皋兰（今兰州），为铁勒九部浑族领袖，有大功于唐室。特别是建中四年（783）朱泚据长安作乱，德宗奔奉天（今陕西乾县），朱泚率兵猛攻奉天。浑瑊血战经月，击走叛军，奉天围解。继收复咸阳，与李晟等光复京城。有荡平叛乱、再造唐室之大勋。

此诗前二句写其破贼、光复之功。抓住最有象征意义的九庙与八马来着笔，气象庄严肃穆，便胜过千军万马的厮杀之声。此之谓武戏文唱，举重若轻。后二句尤为奇横：偌多的英雄烈士，大都为君家之厮养兵卒。犹言再造唐室，功出于浑氏家兵。浑河中家族之显赫，功略之壮伟，尽在不言中了。立意之新，笔力之健，可谓高绝一代。


# 重 有 感<sup>①</sup>


玉帐牙旗得上游<sup>②</sup>，安危须共主君忧。
窦融表已来关右<sup>③</sup>，陶侃军宜次石头<sup>④</sup>。
岂有蛟龙愁失水<sup>⑤</sup>，更无鹰隼与高秋<sup>⑥</sup>。
昼号夜哭兼幽显<sup>⑦</sup>，早晚星关雪涕收<sup>⑧</sup>。


**【注释】**

①重有感：此咏甘露之变。前已有诗作，故曰重有感。

②玉帐牙旗：谓主将的军帐与营前矗立的军旗，以象牙装饰旗杆，故曰牙旗。此为昭义军节度使刘从谏而发。刘多次上表追究宦官擅杀的责任。

③窦融：东汉凉州刺史。闻刘秀将讨隗嚣，即上表请出兵。 关右：函谷关以西之地。

④陶侃：东晋荆州刺史。闻苏峻谋反，即率师东下石头城，诛杀苏峻。

⑤蛟龙"句：指皇帝受制于仇士良等宦官。

⑥鹰隼：猛禽鹰鹫，指驱除宦官的武将。 与：犹举，飞翔。

⑦幽显：鬼神与人。

⑧星关：天门，指朝廷。 雪涕：堕泪。

这是一首政论式的抒情诗。作者满腔悲愤都是针对宦官肆虐、诛杀忠良的甘露之变而发的。大和九年（835）十一月，宰相李训、凤翔节度史郑注在唐文宗授意下谋诛仇士良等宦官，事泄。李、郑及未曾与谋的王涯、贾餗等遭灭族之诛。诗人卢仝因在王涯家也被殃及，造成了"流血千门、僵尸万计"的惨祸。京城内外的官员噤不敢言，只有昭义军节度使刘从谏上表力辩王涯等无辜，并表示如奸臣难制，誓以死清君侧。商隐诗即为此而发。头两句是说手握重兵的藩镇将领，为帝王的安危分忧是义无旁贷的责任。现在刘从谏已像窦融一样上了诛奸的表章，其他的将领也应像陶侃一样出师讨贼。哪有九五之尊的帝王受制于宦竖小人，竟没有鹰隼一样的忠义之士来保驾护航、歼灭丑类呢？最后两句表示自己要效申包胥作秦廷之哭以感动人神，搬来救兵，收复京城而清除无恶不作的宦官势力。商隐此时年方二十余岁，而忧国之深沉，见解之高卓，述情之悲怆，运典之贴切，皆高出流辈远甚。高步瀛盛赞此诗"沉郁悲壮，得老杜之神髓"，允为的论。

## 曹松

曹松（约830—约902），字梦征，舒州（今安徽潜山）人。咸通中尝游湖广，后南依李频于建州。光化四年进士，授校书郎。诗学贾岛，取境幽深，工于炼句。《全唐诗》录其作品二卷。

### 己亥岁作①

泽国江山入战图，生民何计乐樵苏②。
凭君莫话封侯事，一将功成万骨枯。

**【注释】**

① 己亥岁：唐僖宗乾符六年（879）。

② 樵苏：打柴曰樵，割草曰苏。

这首诗作于黄巢之乱中。公元 880 年秋冬，黄巢破宣州，入浙东，十二月陷福州，次年春高骈分道击黄巢，大败之于福州。"泽国江山"成了战场，即指此而言。"樵苏"，本是百姓的苦活计，可诗中着一"乐"字，太平犬胜于乱离人也，悲情可见矣。"封侯"两句最为脍炙，是打通后壁语，揭示了侯王之封是建立在万人枯骨之上的。触目惊心，最为警策。

# 南海旅次①

忆归休上越王台②，归思临高不易裁③。
为客正当无雁处④，故园谁道有书来。
城头早角吹霜尽，郭里残潮荡月回。
心似百花开未得，年年争发被春催。

**【注释】**

① 南海：广州，唐时为南海郡治所。

② 越王台：南越王赵佗所建，在广州越秀山上。

③ 裁：处分、安排。

④ 无雁处：旧传雁不过衡阳，故南海为无雁之地。

这是客子怀乡之诗。寄情之深，造语之妙，堪称一流。想登高远眺，却怕归思恼人，无法排遣。刻画矛盾心情细致入微。金圣叹称："忽然快翻'远望当归'旧语，成此崭新妙起。"是很中肯的。领联"为客正当无雁处"，一言地远，二言信杳，何等颖妙。对句"故园"略嫌犯复，难免小疵。"吹霜尽"暗喻冬去春归，为后文伏线。"残潮荡月"意象何等奇雄。亦可见出眺望之久。最后两句化用李商隐"春心莫共花争发，一寸相思一寸灰"诗意。说自己的心情就像不敢开的春花，尽管它年年被春光催促着。其故何在？怕思乡之情啃噬心灵啊！化裁成典，宛转关情，真高手也。

# 贯休

贯休（832—912），字德隐，俗姓姜，兰溪（今浙江县名）人。七岁出家，读书过目不忘，诗亦奇险。与陈陶、张为、韦庄、罗隐等时有酬唱。初为钱镠所重，后入蜀依王建，号禅月大师，亦称得得和尚。有《宝月集》。

## 古塞上曲

### 六

地角天涯外，人号鬼哭边。
大河流败卒，寒日下苍烟。
杀气诸蕃动，军书一箭传。
将军莫惆怅，高处是燕然。

### 七

山接胡奴水①，河连勃勃城②。
数州今已伏，此命岂堪轻。
碛吼旌头落，风干刁斗清。
因嗟李陵苦，只得没蕃名③。

【注释】

① 胡奴水：沙州（敦煌）有胡奴碛。

② 勃勃城：即榆林城，赫连勃勃所建。

③ 没蕃名：指死没于蕃邦，不能回故土。

这两首吊古之诗都是写边塞战争的力作，角度新而立意高，很有特色。

前首先写杀气之重。在人号鬼哭的地角天涯，河里流淌着死尸，烟云遮蔽着白日。又被蕃军重重包围，军情只得靠飞箭传递。可谓危苦万状。最后两句结得极好：莫要惆怅与悲伤吧！前头就是勒石纪功的燕然山了。胜利已经在望，诸君努力奋斗吧。先抑后扬，令人有意外的惊喜。

后首充满历史的沉重感。一场恶战在胡奴碛与勃勃城之间的广阔漠南地区展开。数州失地已取次光复，身负重任，岂能轻掷！"碛吼"一联，写环境的苦恶。碛里的狂风飞沙走石，把战旗的旌饰都吹落了。晚上刁斗声声在干风中更显得清脆而惊心。句意奇险，篇中警句。最后一联以李陵作结。嗟叹这位骁勇无比的猛将，只落得没身蕃邦的可悲结局。这里既有哀其不幸的成份，更有非大丈夫所应为的感慨在内。此诗着重描写大决战中主将的忠悃爱国的怀抱，调子悲凉而偏于低沉，写出了英雄人物的另一人性的侧面，是深刻而真实的。

## 罗隐

罗隐（833—910），本名横，字昭谏，余杭（今杭州）人。十举进士不第，改名隐。唐末入镇海军节度使钱镠幕，官至给事中。工诗善文，尤精小品。诗风浅易流畅。有《罗昭谏集》。

# 登夏州城楼①

寒城猎猎戍旗风，独倚危楼怅望中。

万里山川唐土地，千年魂魄晋英雄②。

离心不忍听边马，往事应须问塞鸿。

为脱儒冠从校尉，一枝长戟六钧弓③。

**【注释】**

① 夏州：今陕西榆林，古为夏州。东晋义熙中匈奴裔人赫连勃勃叛后秦自立夏国，于此筑城，刀锥不入，亦称勃勃城。

② 晋英雄：义熙十四年（418），关中晋军将领傅弘之累败夏军。后陷于敌，不屈死。

③ 六钧弓：硬弓。一钧三十斤。用六钧之力张弓谓之强弓。

夏州为九边第一要塞，北临沙漠，乃兵家必争之地。诗人登高眺远，只见旌旗猎猎，寒风萧瑟。这里是唐室万里山川的北部边塞，是晋代英雄傅弘之等喋血之所。在这英武神圣的土地上徘徊，便联想起苏武牧羊北海，雁足传书的传说，令人不忍离去。最后说自己有心脱掉儒服投笔从戎，挥舞长戟，挽开强弓去参加战斗。"万里山川"与"千年魂魄"编织成一幅时空交错的宏大画面，令人壮怀顿起。在晚唐诗坛中有此巨响，可谓凤鸣朝阳。

# 韦庄

韦庄（约836—910），字端己，杜陵（今西安）人。韦应物四世孙。乾宁进士，授校书郎。后入蜀依王建，仕至吏部侍郎同平章事。庄工诗，尤善词，为花间派重要代表。有《浣花集》。

# 赠 边 将

昔因征远向金微①，马出榆关一鸟飞②。
万里只携孤剑去，十年空逐塞鸿归。
手招都护新降虏，身着文皇旧赐衣③。
只待烟尘报天子，满头霜雪为兵机。

**【注释】**

① 金微：山名，在居延塞外，大漠之北。

② 榆关：山海关。此为泛指。

③ 文皇：唐太宗。

这是写赠给一位毕生战斗在边疆的老将之歌。前四句写少壮时远征金微，上马如风，一剑横行万里。然而时运不济，十年过去了，却空手归来。后四句转写现在：身穿皇帝亲赐的战袍，指挥着招降来的胡人。随时准备为皇上平息胡尘，银发满头地筹画着应战方案。鞠躬尽瘁的感人形象，跃然纸上。

## 卢汝弼

卢汝弼（不详—921），字子谐。卢纶之孙，河中（今山西永济）人。文采秀发，中景福进士。昭宗时任知制诰。后依李克用，荐为河东节度副使。今存诗八首。

# 和李秀才边庭四时怨

## 四

朔风吹雪透刀瘢①，饮马长城窟更寒。
半夜火来知有敌②，一时齐保贺兰山③。

**【注释】**

① 刀瘢：刀伤留下的瘢痕。
② 火来：指报告敌情的烽火。
③ 贺兰山：在今宁夏西部。

艰险、雄壮，边塞诗中极品。前二句写艰苦之环境。"刀瘢"前着一"透"字，化工之笔，益觉气候之严酷，老将之英勇。"饮马"句，添一"更"字，化旧为新，自然入妙。后二句直点主题，写出将士的英勇。俞陛云以为"言夜半忽烽堠传警，虏骑窥边，一时万甲齐趋，竞保西陲险隘。军令之整迅，将士之争先，皆于末句七字见之。觉虎虎有生气也。"（《诗境浅说续编》）其言极是。

# 沈彬

沈彬（约864—945），字子文，高安（今江西县名）人。唐末试进士不第，南游湖湘，学长生之术。南唐李昇辟为秘书郎，以吏部郎中致仕。诗才狂逸，下笔成咏，与齐己、贯休为方外交。韦庄、杜光庭亦雅重其人。

# 入　塞

欲为皇王服远戎①，万人金甲鼓鼙中。
阵云黯塞三边黑，兵血愁天一片红。
半夜翻营旗搅月，深秋防戍剑磨风。
谤书未及明君爇②，卧骨将军已殁功③。

**【注释】**

①服远戎：征服远方的戎蛮之敌。

②谤书：告状信。《战国策》：乐羊攻中山，三年拔之。归语其功，魏文侯示之以谤书一箧。　爇（ruò）：烧。

③卧骨：白骨横陈，战死沙场之意。

慷慨悲凉，为戍边征房者一恸！

前二句言率兵远征以引起后文。中二联以阵云黑塞，兵血红天形容战斗之惨烈；以军旗搅月，戍剑磨风言兵马之精强。寓悲壮于精工，发神奇于典雅，真功深百炼，才具千钧之笔力也。末联笔势一顿，诗境陡变：诬告的谤书还没有来得及烧掉，而战死沙场的凶讯已经报到朝廷了。马援以薏苡而获谤，邓艾因矜伐而致诛，此志士勋臣之深悲大恨也。诗以此作结，令人倍感沉痛。

## 符彦卿

符彦卿（891—969），字冠侯。后唐中书令符存审第三子。宛丘（今河南淮阳）人。年十三能骑射，为龙武都虞候。历晋、汉入周封魏王，宋开宝初加太师，移凤翔节度。被劾罢。

# 知汴州作①

全军十万拥雄师，正是酬恩报国时。

汴水波涛喧鼓角，隋堤杨柳拂旌旗。

前驱红旆关西将，环坐青娥赵国姬。

为报长安冠盖道②，粗官到底是男儿。

**【注释】**

① 汴州：今河南开封。

② 冠盖：贵官。

符彦卿后唐时曾任汴州知州事。当时士风重朝官而轻外任，视外镇官为粗官，鄙其乏文采也。彦卿此诗乃对此而发之感慨。意谓身为十万大军统帅，正是立功报恩的时候。隋堤两岸旌旗招展，鼓角喧天，有关西猛士为前锋，有赵地歌姬环左右，岂不壮哉，岂不美哉。为我传话给朝中的权贵吧，我们这些粗官才是真正的男子汉。

诗以报国酬恩的粗官自命，反讽那些自鸣清高的长安豪贵，明显地带有夸耀味道，诗格并不高。但属对工稳，一气呵成，自有一种桀骜的豪气。

# 李煜

李煜（937—978），字重光，南唐元宗李璟第六子，初名从嘉。文献太子卒，以尚书知政事，居东宫。元宗十九年，立为太子。元宗南巡，太子留金陵监国。建隆二年嗣位，开宝八年宋将曹彬攻破金陵，李煜出降。明年，至宋都为违命侯。太平兴国三年，为宋太宗赐牵机药毒毙而殂，年四十二岁。李煜是词的历史上带有转折意义的人物。王国维认为词到了李煜的手中"眼界始大",一变伶工之词为士大夫之词。李煜笃信佛教,起浮屠,礼僧尼,以是废政事。后于战争中自毁长城,错杀名将,遂至亡国。后人辑李璟词与其词为《南唐二主词》。

# 破 阵 子

四十年来家国,三千里地山河。凤阁龙楼连霄汉,琼枝玉树作烟萝。几曾识干戈。　　一旦归为臣虏,沈腰潘鬓销磨①。最是仓皇辞庙日②,教坊犹奏别离歌③。垂泪对宫娥④。

## 【注释】

① 沈腰潘鬓:《梁书·沈约传》引《与徐勉书》:"百日数旬,革带常应移孔;以手握臂,率计月小半分,以此推算,岂能支久?"后即以沈腰比喻腰肢瘦损。晋潘岳《秋兴赋》序:"余春秋三十有二,始见二毛。"赋曰:"斑鬓发以承弁兮,素发飒以垂领。"后即以潘鬓比喻中年鬓发初白。

② 辞庙:中国古代最为广泛的信仰是祖先崇拜,社会基层单位家族有祠堂,而皇室供奉列祖列宗牌位的地方就是祖庙。辞庙就意味着亡国。

③ 教坊:唐代掌管女乐的官署名。凡国家重大庆典或祭祀活动,由教坊负责演奏雅乐,而更多的时候是供宫中宴乐。

④ 垂泪对宫娥:苏轼《东坡志林》评曰:"后主既为樊若水所卖,举国与人,故当恸哭于九庙之外,谢其民而后行,顾乃挥泪宫娥,听教坊离曲。"

公元 975 年,宋将曹彬攻破金陵,李煜只好率南唐群臣归降。这是他入宋以后追念当时景遇,所作的一首词。词一开篇,即以"四十年来家国,三千里地山河"对仗,通过时空的交织表达了失去的东西是多么的珍贵。他不但失去了国家赖以存在的土地,更失去了国家延续多年的历史,这种痛苦也就愈加深沉。追想当年的繁华胜景，哪里会想到世界上还有"干戈"这回事呢？这种不虞之祸，让人隐约感受到命运悲剧的力量。"一旦归为臣虏，沈腰潘鬓销磨。"天地之大，时间之久，李煜的心灵却无所逃遁。他永难忘记的，是拜别南唐祖庙的那一天，平日曾给他带来生命的愉悦的教坊歌妓，奏出来的是令人肠断的别离之歌。

王国维曾经说过，李后主的词有基督担荷世界罪恶的意味。此词不是仅囿于亡国之恸，词中悲凉凄切的情感，表达了对于一切美好的东西毁灭的无尽哀婉，也就成为具有永久艺术魅力的绝唱。

# 柳永

柳永（约987—约1053），原名三变，字耆卿，崇安人。他的《鹤冲天》词里面有"忍把浮名，换了浅斟低唱"这样的句子。结果他考进士的时候，皇帝亲自批示：且去浅斟低唱，要甚浮名？于是仕进的道路就断绝了。他就自称"奉旨填词柳三变"，长期和下层的乐工妓女交往。近五十岁时，改名柳永，才考中进士，做了一个小官。有《乐章集》。

## 望 海 潮

东南形胜，三吴都会①，钱塘自古繁华。烟柳画桥，风帘翠幕，参差十万人家。云树绕堤沙。怒涛卷霜雪，天堑无涯②。市列珠玑，户盈罗绮，竞豪奢。　　重湖叠巘清嘉。有三秋桂子，十里荷花。羌管弄晴，菱歌泛夜，嬉嬉钓叟莲娃。千骑拥高牙③。乘醉听箫鼓，吟赏烟霞。异日图将好景，归去凤池夸④。

**【注释】**

① 三吴：吴兴、吴郡、会稽合称三吴。

② 天堑：原指长江，此处借指钱塘江。

③ 高牙：军中的大旗。

④ 凤池：朝廷的中书省。杜甫《和贾至舍人早朝诗》："池上于今有凤毛。"

这首写景名篇作于景德初年（1004 年左右），是柳永酬赠两浙转运使孙何的。当时还不足二十岁。大量使用偶句是它的一个特点。百来字中，光四字一句的对语就有六对。头六句中，前后三句各为一股，也是对称的。是所谓赋体的笔法。这种结构最宜铺叙渲染，对表现杭州的佳胜，真有淋漓尽致的艺术效果。"三秋桂子，十里荷花"，巧妙地摄住了夏秋间湖山景物的诗意的灵魂，取景目前而妙语天成，流传极广。据《鹤林玉露》等书记载：金主完颜亮闻歌欣慕，兴兵南犯，结果丧命于瓜州渡口。所以谢处厚有诗纪事云："谁把杭州曲子讴，荷花十里桂三秋。哪知卉木无情物，牵动长江万里愁。"影响之大，是文学史上罕见的。

# 范仲淹

范仲淹（989—1052），字希文，北宋政治家、文学家。守卫边塞多年，敌人不敢侵犯，说他"胸中自有数万甲兵。"官至参知政事。工诗文。所作《岳阳楼记》更流誉千古，最响盛名。有《范文正公文集》。

## 渔 家 傲

塞下秋来风景异，衡阳雁去无留意①。四面边声连角起。千嶂里，长烟落日孤城闭。　　浊酒一杯家万里，燕然未勒归无计②。羌管悠悠霜满地。人不寐，将军白发征夫泪。

## 【注释】

①"衡阳"句：古代传说，大雁飞到衡阳，就不会再往南飞了。

②勒：刻。后汉窦宪追击北匈奴至燕然山，刻石记功而还。

这首词通过描写边塞秋日的风光景色，抒发了词人抗击西夏、为国立功的雄心壮志。同时也流露了壮志未酬、久戍不归的苦闷心情。风格苍凉悲壮。

# 欧阳修

欧阳修（1007—1072），字永叔，号醉翁、六一居士。江西庐陵人，有《欧阳文忠公文集》。在宋代他是第一个在散文、诗、词诸方面都取得杰出成就的作家，是当时公认的文坛领袖。

## 渔家傲

儒将不须躬甲胄①，指挥玉麈风云走②。战罢挥毫飞捷奏，倾贺酒，三山遥祝南山寿。　　草软沙平春日透，萧萧下马长川逗。马上醉中山色秀。

## 【注释】

①躬甲胄：穿甲胄。躬：亲自。

②玉麈：玉柄拂尘，儒雅名士手执之物。

据魏泰《东轩笔录》：王尚书素出守平凉，欧阳修作《渔家傲》一词送之。其断章曰："战胜归来飞捷奏，倾贺酒，玉阶遥献南山寿。"顾王曰："真元帅事也。"此词亦有作庞籍者，然时间不相及，当定为欧作。此词突出儒将风范，以折冲尊俎之间，而决胜千里之外。重在表现"上将伐谋"，不须亲上沙场狼斗也。此词一气呵成，有举重若轻之概。

# 苏轼

苏轼（1037—1101），字子瞻，号东坡居士，眉山（四川县名）人。他在文学艺术方面堪称全才。嘉佑二年（1057）与弟辙同中进士，父洵亦能文，世称三苏。苏轼成名很早，但仕途十分坎坷。他反对过王安石的变法，却也不赞成司马光尽废新法，"不复较量利害，参用所长"的保守态度，因此迭遭贬逐。晚年更远谪儋州（今海南省市名）。遇赦北归，卒于常州。苏轼是北宋文坛的主将，诗歌散文，无不精妙，其《东坡乐府》是宋词发展上的一座重要里程碑。他所开创的豪放词派，清旷雄奇，气象万千。丰富了表现手法，扩大了词的领域，有着转变风气的巨大作用，影响十分深远。

## 念奴娇·赤壁怀古①

大江东去②，浪淘尽、千古风流人物。故垒西边③，人道是、三国周郎赤壁④。乱石穿空，惊涛拍岸，卷起千堆雪。江山如画，一时多少豪杰。　　遥想公瑾当年，小乔初嫁了⑤，雄姿英发⑥。羽扇纶巾⑦，谈笑间、樯橹灰飞烟灭⑧。故国神游⑨，多情应笑我，早生华发。人间如梦，一尊还酹江月⑩。

**【注释】**

① 赤壁：山名。在湖北黄冈县境，与三国鏖兵之地——嘉鱼之赤壁有别。

② 大江：长江。

③ 故垒：古代的营垒。

④ 周郎：周瑜，字公瑾，人称周郎。赤壁之战中，为吴兵统帅。

⑤ 小乔：周瑜之妻，著名美人。

⑥ 英发：英气勃勃。一说议论高卓。

⑦ 羽扇纶 (guān) 巾：儒将的装束。 纶巾：一种配有青色丝带的便帽。

⑧ 樯橹：指战船。桅杆曰樯，桨曰橹。

⑨ 故国神游：追想昔日的战况。 故国：指旧战场。

⑩ 酹 (lèi)：浇酒祭奠，凭吊之意。


词作于元丰五年（1082）。苏轼出狱以后谪居黄州已经两年多了。忧患余生，片长莫展。面对形胜的江山，追想古人的勋业，不免有早生华发，人间如梦的慨叹。但这是壮志未酬的感喟，不全是消极的。他对赤壁景色描绘，对英雄人物的刻画，雄浑壮丽，极为生动，可说是夐夐独造的新境。这首词是他豪放风格和革新精神的代表性作品，向有所谓"须关西大汉，铜琵琶，铁绰板，唱大江东去"之语（《吹剑续录》）。并被誉为宋金十大曲之一（《芝庵论曲》），历来深受人们喜爱。


# 江城子·密州出猎①

老夫聊发少年狂。左牵黄，右擎苍②。锦帽貂裘，千骑卷平冈。为报倾城随太守，亲射虎，看孙郎③。　酒酣胸胆尚开张。鬓微霜，又何妨。持节云中，何日遣冯唐④？会挽雕弓如满月，西北望，射天狼⑤。

**【注释】**

① 密州：今山东诸城。出猎：据《纪年录》"乙卯（1075）冬祭常山回与同官习射放鹰。"

②"牵黄"二句：牵着黄色猎犬，举着苍鹰。

③ 孙郎：孙权。权曾乘马射虎，马为虎伤，权投以双戟，虎却废。这里是以孙权自喻。

④ 冯唐：汉文帝时老臣，曾持节赦免守边有功的魏尚，恢复了他云中太守的职位。

⑤ 天狼：星名，主战乱。


东坡作此词时年四十。虽谦称"老夫"却充满少年豪气。请看他左牵黄犬，右架苍鹰，带着千骑军兵，长围出猎，何等威风。挽雕弓如满月，手射天狼，更是气雄万夫。他在《与鲜于子骏书》中说："近却颇作小词，虽无柳七风味，亦自是一家。呵呵！数日前猎于郊外，所获颇多。作得一阕，令东州壮士抵掌顿足而歌之，吹笛击鼓以为节，颇壮观也。"看来是他得意之作，而且是有意与柳永词风加以区隔。可说是他自觉地开创豪放词派的成功的实践。夏承焘先生盛赞为"一扫风花出肝肺，密州三曲月经天"《瞿髯论诗绝句》，获誉之高可见了。


# 汪藻

汪藻（1079—1154），字彦章，德兴人，有《浮溪集》。


## 己酉乱后寄常州使君侄①

草草官车渡，悠悠虏骑旋。

方尝勾践胆，已补女娲天。

诸将争阴拱②，苍生忍倒悬。

乾坤满群盗，何日是归年！

## 【注释】

① 己酉：宋高宗建炎三年。当年十一月金兵渡江占领建康，十二月攻常州，被岳飞打退。

② 阴拱：暗自敛手，袖手旁观。语出《汉书·英布传》。

这首诗以质朴的语句，表达了作者悲愤的心情。诗一开头，作者就给当时南宋官兵在金兵追击之下仓皇逃遁的情形作了一个特写。"草草"、"悠悠"，两个叠词把战争胜负双方的情态刻画得入木三分。颈联谓朝廷的不抵抗与苍生的哀痛形成惨酷的对照，也因此"乾坤满群盗，何日是归年"的哀愤显得更加有力。

# 朱敦儒

朱敦儒（1081—1159），字希真，洛阳人。早年隐居山林，清望颇高。绍兴二年（1132）始应征诏出秘书省正字。后以"专立异论"与李光（主战派）交通，免官。秦桧当政，被罗致为鸿胪少卿，以文饰太平。桧死，被废。词有《樵歌》，其忧国伤时诸作，写得慷慨悲凉，应为爱国词中的精品。

## 水龙吟

放船千里凌波去，略为吴山留顾①。云屯水府②，涛随神女③，九江东注④。北客翩然，壮心偏感，年华将暮。念伊嵩旧隐⑤，巢由故友⑥，南柯梦⑦，遽如许！ 回首妖氛未扫⑧，问人间，英雄何处！奇谋报国，可怜无用，尘昏白羽⑨。铁锁横江，锦帆冲浪，孙郎良苦⑩。但愁敲桂棹⑪，悲吟梁甫⑫，泪流如雨。

**【注释】**

①吴山：泛指长江下游诸山。江苏古为吴地。

②水府：指水神的官殿。

③神女：指江妃一类的水仙。

④九江东注：长江至浔阳分为九派，东行复汇于大江入海。

⑤伊嵩：伊阙、嵩山。皆河南名山。

⑥巢由：巢父、许由。上古的隐士。

⑦南柯梦：李公佐《南柯记》载：淳于棼梦为槐安国南柯太守，入为驸马，备极荣华，醒来才知是一场幻梦。

⑧妖氛：指金兵猖獗的气焰。

⑨白羽：即白羽扇。《语林》：诸葛亮与司马懿战于渭滨，"亮乘素舆，白羽扇，指挥三军"。尘昏白羽：指战局不利。

⑩孙郎良苦：三国末年，晋军沿江东下攻吴。吴主孙皓命以铁锁横截江碛要害之处，又做铁锥暗置江中，以拒舟舰。晋人烧断铁锁，长驱直入，灭了吴国。孙郎：孙皓。

⑪桂棹：桂木造的船桨。

⑫梁甫：即梁甫吟。乐府歌曲，诸葛亮隐居南阳，好为梁甫吟。

这是一首吊古伤今的名作。词人一叶扁舟，江湖漂泊，追想起当年旧隐，真是恍如隔世了。"南柯梦，遽如许"。六字中包含了几多凄迷和伤感的情绪。下片"妖氛未扫"是致慨的根由。"英雄何处"、"可怜无用"皆自此中翻出。面对着猖狂的敌骑，他想起了崛起于此地的古代英雄，以及其最后的结局。既然奇谋报国也无力回天，铁锁横江又招致失败，抚今追昔，他只有悲吟梁父、泪流如雨了。情绪十分沉痛，打下了艰危时局的烙印。

# 李纲

李纲（1083—1135），字伯纪，邵武（今福建）人。政和二年（1112）进士。历任尚书右丞，升右相。南渡初掌宰执，凡七十七日而罢。以反对和议久遭排摈。卒于荆湖南路安抚使任上。为抗金名臣。有《梁溪词》，多咏史寄慨之作。

## 苏武令

塞上风高，渔阳秋早①，惆怅翠华音杳②。驿使空驰，征鸿归尽，不寄双龙音耗③。念白衣、金殿除恩④，归黄阁、未成图报⑤。　谁信我、致主丹衷⑥，伤时多故，未作救民方召⑦。调鼎为霖⑧，登坛作将，燕然即须平扫。拥精兵十万，横行沙漠，奉迎天表⑨。

**【注释】**

①渔阳：古郡名。秦汉治所在今密云西南。

②翠华：本是帝王仪仗中以翠鸟羽为饰的旗帜，此处代指皇帝。

③双龙：指徽宗、钦宗。

④白衣：布衣，没有官职的平民。除恩：授以官职。

⑤黄阁：汉代宰相厅事的门称黄阁，借指宰相。

⑥丹衷：丹心。

⑦方：方叔，周宣王时，曾平定荆蛮反叛。召：指召虎，即召穆公，召公之后。周宣王时，淮夷不服，召虎奉命讨平之。方、召都是周宣王中兴时名臣。

⑧调鼎为霖：出自《尚书·说命》。商王武丁举傅说于版筑之间，任他为相，将他治国的才能和作用比作鼎中调味。武丁又说："若岁大旱，用汝（傅说）作霖雨。"

⑨ 天表：形容天子非凡的仪表。

李纲作为南宋高宗时著名的抗战派宰相，一生以收复故土为己任。这首词就是作者罢相后壮志未申、报国无门的慨叹。文字间充满了作者对故土遗民的怀念，表现出深切的爱国主义情怀。诗人虽屡遭挫折，但愈挫愈勇，仍旧雄心勃勃。力图"挽狂澜于既倒，扶大厦之将倾"，这种坚韧不拔的爱国激情，令人心折。

# 陈与义

陈与义（1090—1138），字去非，自号简斋，洛阳人。有《简斋集》。政和三年（1113）进士。绍兴中官至参知政事。他是北宋南宋之交最杰出的诗人，江西派代表人物之一。后半生因靖康之难而多历凶险，逐渐形成抑郁悲凉的诗风。

## 伤 春

庙堂无策可平戎，坐使甘泉照夕烽①。
初怪上都闻战马，岂知穷海看飞龙②。
孤臣霜发三千丈，每岁烟花一万重③。
稍喜长沙向延阁④，疲兵敢犯犬羊锋⑤。

**【注释】**

① 甘泉：汉行宫名。《史记·匈奴列传》："边烽火通于甘泉。"这句是说，边陲的重要所在遭受了异族的侵扰。

②"岂知"句：建炎三年金兵攻陷建康，宋高宗一直逃到了海上。

③"孤臣"二句：李白《秋浦歌》："白发三千丈，缘愁似个长。"杜甫

《伤春》:"关塞三千里,烟花一万重。"

④ 向延阁:即向子諲,当时的长沙太守,正组织军民抗金。 延阁:是汉代的史官职务,向子諲曾直秘阁。

⑤ 犬羊锋:古代北方民族的戎和羌,他们常常穿着狗皮的和羊皮的衣服。所以戎又称犬戎,羌和羊是同部首的。这是用犬羊锋比喻金兵。

西汉文学家扬雄作《甘泉赋》,矜夸富丽,而北宋积弱,不但边地的行宫遭到侵扰,甚至连国都也沦于金兵的铁蹄之下。国都沦陷就已经是史上罕见的奇变,而宋高宗竟然仓皇颠沛地逃到海上。"初怪"二句以"岂知"转折,给悲愤的国耻加上了着重号。颈联下句"每岁烟花一万重"是说锦绣中原,如此美丽,却沦于敌手,不尽言外之意溢于其中。然而作者终究没有失去恢复的希望,他在结尾通过赞誉向子諲,为作品增添了一点亮色。

## 牡 丹

一自胡尘入汉关,十年伊洛路漫漫①。
青墩溪畔龙钟客②,独立东风看牡丹。

**【注释】**

① 十年:诗作于公元 1136 年,距离靖康二年(1126)金人攻破汴梁,掠走二帝,正好十年。 伊洛:洛阳。 路漫漫:洛阳是作者的故乡,因为靖康之难,作者逃到了南方,所以说"路漫漫"。

② 青墩溪:在浙江桐乡。

此诗含蓄蕴藉,独得唐诗风致。"十年"可见乱局之长,"路漫漫"可见乱离之苦,"独立东风",则把百无聊赖之情全盘托出。

# 张元干

张元干（1091—1170），字仲宗，自号芦川居士，长乐人。向子諲之甥。曾任李纲行营属官。高宗绍兴年间，主战派胡铨反对和议，上书请斩秦桧，被除名编管新州。他作词送行，也被削去官职。著有《芦川词》。他的词风影响了后来张孝祥、陆游、辛弃疾等人的创作风格。

## 贺新郎·送胡邦衡待制赴新州

梦绕神州路①。怅秋风、连营画角，故宫离黍。底事昆仑倾砥柱，九地黄流乱注②。聚万落千村狐兔。天意从来高难问，况人情老易悲难诉。更南浦，送君去。　　凉生岸柳催残暑。耿斜河、疏星淡月，断云微度。万里江山知何处？回首对床夜语。雁不到、书成谁与？目尽青天怀今古，肯儿曹恩怨相尔汝③。举大白，听金缕④。

**【注释】**

①神州：此处专指中原沦陷区。

②"底事"二句：以昆仑砥柱倾塌，洪水滔天比喻国势的危亡。底事：为何？

③相尔汝：韩愈《听颖师弹琴》："昵昵儿女语，恩怨相尔汝。"

④大白：大酒尊，大酒杯。《说苑·善说》："饮不釂者，浮以大白。"金缕：《金缕曲》。《贺新郎》又名《金缕曲》。这两句的意思是：且听我的这首《金缕曲》而浮一大白吧。

这是首一洗绮罗之气的壮词。词的开篇，就不作任何铺叙，而是以"梦绕神州路"五字孤峰突起，整首词的情感也始终处在激越悲凉的氛围当中。作者通过象征的手法，描绘了昆仑砥柱倾塌、洪水滔天的景象，意在说明国事难为，朝廷板荡。过片情感张而能弛，为接下来的高潮张本。以"万里江山知何处"一转，又营造了另一个悲愤的高峰。整篇作品，始终处在浓郁的悲愤当中。

# 曹勋

曹勋（1098—1174），字公显，曹组子，阳翟人。宣和五年（1123）进士。从徽宗北迁。后遁归，出御书于衣领中，以授赵构。孝宗朝授太尉，开府仪同三司。绍兴十一年至十二年，出使金国，写了一些感慨深沉的诗。有《松隐文集》。

## 出　塞

闻道南使归，路从城中去。
岂如车上鈃①，犹挂归去路。
引首恐过尽，马疾忽无处。
吞声送百感，南望泪如雨。

**【注释】**

① 鈃：车上挂的瓶子，里面盛的是用以润滑车轴的油膏。

绍兴十二年，曹勋出使金国南归。中原旧地的百姓在街上引首而望，默然相送。这首诗就是当时的写实。作者没有用一个典故，他只是细腻地把握住了当时的一幕实景：在南使的车辆经过的时候，中原父老都引领凝望。似乎不是车在动，而是路在动，细节的真实带来了艺术感染力的真实。

# 岳飞

岳飞（1103—1141），字鹏举，相州汤阴人。北宋末年以"敢战士"入伍。后屡建奇功，为南宋初年最著名的抗金名将。因力主抗金，迎接二圣（宋徽宗、宋钦宗）还朝，为宋高宗和秦桧以"莫须有"的罪名害死在风波亭。孝宗年间平反，追封为鄂王。

## 满江红①

怒发冲冠②，凭栏处、潇潇雨歇。抬望眼、仰天长啸③，壮怀激烈。三十功名尘与土④，八千里路云和月⑤。莫等闲、白了少年头⑥，空悲切。　靖康耻⑦，犹未雪⑧。臣子恨，何时灭⑨。驾长车踏破、贺兰山缺⑩。壮志饥餐胡虏肉，笑谈渴饮匈奴血。待从头、收拾旧山河⑪，朝天阙⑫。

**【注释】**

①　此调又名《念良游》、《伤春曲》。格调沉郁激昂，宜于抒发悲壮怀抱，故为苏、辛派词人所爱。双调，九十三字，仄韵（南宋后始见平韵体）。

②　怒发冲冠：《史记·廉颇蔺相如列传》："相如因持璧却立，倚柱，怒发上冲冠。"

③　抬望眼：抬头纵目远望。

④　尘与土：谓功名犹如尘土，指报国壮志未能实现而言。

⑤　八千里路：作者从军以来，转战南北，征程约有八千里。"八千"与前句中的"三十"都是举其成数而言。　云和月：指披星戴月，日夜兼程。

⑥等闲：轻易，随便。

⑦　靖康：钦宗赵桓年号。靖康元年（1126），金兵攻陷汴京，次年掳徽宗赵佶、钦宗赵桓北去，北宋灭亡。"靖康耻"指此而言。

⑧雪：洗雪。

⑨灭：平息，了结。

⑩长车：战车。　贺兰山：在今宁夏西，当时为西夏统治区。此处借为金人所在地。

⑪从头：重新。　收拾：整顿。

⑫天阙：官门。　朝天阙：指回京献捷。

　　这是一首发扬蹈厉、声情俱壮的爱国名篇。全词充满了排山倒海、气吞万里的凛凛节概和匡复社稷、志安天下的耿耿丹心。虽然学术界对其是否出自岳飞手笔还有不同看法，但对其在历史上产生的积极影响，却并无异辞。自明代以来，就已广泛流传。它的珍重年华和以身许国的奇情壮志，一直激励着人们奋勇向前，特别是在民族矛盾尖锐时期尤为突出。这样的作品是值得我们珍视的。

# 陆游

　　陆游（1125—1210），字务观，号放翁。山阴（今浙江绍兴）人。出身官宦人家，以荫补登仕郎。少有才名，试进士，为秦桧所忌，除名。绍兴三十二年（1162）孝宗即位，特赐进士出身，通判隆兴军事。范成大帅蜀，以参议官佐幕成都。嘉泰初，以韩侂胄荐，诏同修国史，升宝章阁待制。韩败，被劾落职。陆游为南宋杰出的爱国诗人。他的作品密切反映时代风雨，洋溢着饱满的爱国激情，产生了广泛的影响。词作不多，同样体现了他忧国伤时的怀抱。雄放清逸，兼有其胜。有《放翁词》（一称《渭南词》），今存一百三十余首。

# 诉 衷 情

当年万里觅封侯①，匹马戍梁州②。关河梦断何处，尘暗旧貂裘③。
胡未灭，鬓先秋④，泪空流。此身谁料，心在天山⑤，身老沧洲⑥。

## 【注释】

① 觅封侯：陆游于乾道八年（1172），入王炎幕干办公事，曾亲临汉中前线追击金兵。本句所指即此。

② 戍：守卫。 梁州：陕西省汉中一带，古属梁州。

③ 貂裘：貂皮外衣。《战国策·秦策》："（苏秦）说秦王，书十上而说不行。黑貂之裘敝，黄金百斤尽，资用乏绝，去秦而归。"这里指自己壮志未成，境况落拓。

④ 鬓先秋：鬓发斑白、稀疏，有如草木遇秋凋零。

⑤ 天山：即祁连山，汉朝与匈奴争战之地。这里借喻抗金前线。

⑥ 沧洲：意同沧江，指隐者之所。略用杜甫《秋兴》诗"一卧沧江惊岁晚，几回青琐点朝班"诗意。

　　壮志未酬而英雄坐老，这就是本词所表达的中心思想。他的这种情绪植根于恢复失地，统一九州的执著的爱国热忱之中，是和全民族的脉搏一起跳动的，因而特别深刻感人。"此生谁料，心在天山，身老沧州"与"原知造物心肠别，老却英雄似等闲"（《鹧鸪天》）旨意相同，隐含着对腐败无能、畏敌如虎的小朝廷的批判。

## 十一月四日风雨大作

僵卧孤村不自哀，尚思为国戍轮台①。
夜阑卧听风吹雨，铁马冰河入梦来。

① 轮台：在新疆轮台县。汉代在那里驻兵屯田。这里泛指边疆地区。

该诗作于宋光宗绍熙三年冬，当时作者家居山阴。尽管已经是六十七岁的老人，他的强盛的生命力却依然磅礴天地之间。

# 示　儿

死去元知万事空，但悲不见九州同。
王师北定中原日，家祭无忘告乃翁①。

**【注释】**

① 乃：你，你的。

这首诗写于陆游生命的最后时刻。在他的生命中，最重要的不是自身，也不是他曾经深爱的唐琬，而是恢复中原的事业。每到国家危亡之时，总有志士仁人吟诵这首诗。

# 张孝祥

张孝祥（1132—1170），字安国，号于湖居士，乌江（今属安徽）人，高宗绍兴二十四年廷试第一。因忤秦桧被贬。孝宗时以显谟阁直学士致仕。他是一个有作为的官员，一个坚定的主战派。

# 六州歌头

　　长淮望断①，关塞莽然平②。征尘暗，霜风劲，悄边声③。黯销凝。追想当年事，殆天数，非人力，洙泗上，弦歌地④，亦膻腥⑤。隔水毡乡，落日牛羊下，区脱纵横⑥。看名王宵猎⑦，骑火一川明。笳鼓悲鸣，遣人惊。　　念腰间箭，匣中剑，空埃蠹⑧，竟何成。时易失，心徒壮，岁将零。渺神京，干羽方怀远，静烽燧，且休兵。冠盖使，纷驰骛，若为情。闻道中原遗老，常南望、翠葆霓旌⑨。使行人到此，忠愤气填膺，有泪如倾。

## 【注释】

　　① 长淮望断：绍兴十一年（1141），南宋与金签订和议，东以淮河、西以大散关为界。

　　② 莽然：草木茂盛貌。

　　③ 悄边声：边境兵马之声都沉寂了。

　　④ 洙泗上，弦歌地：洙、泗都流经曲阜，是孔子讲学的地方。

　　⑤ 亦膻腥：北方少数民族服用牛羊皮革，餐以牛羊肉，膻腥是汉族人对北方少数民族的蔑称。

　　⑥ 区脱：匈奴用以守边的土室，此处代指金人的工事。"区"音"ōu"。

　　⑦ 名王：本为匈奴酋领爵号，此指金兵的首领。

　　⑧ 空埃蠹：徒然地积满灰尘，被蠹虫所蛀。

　　⑨ 翠葆：用翡翠羽毛装饰的车盖。霓旌：彩虹般的旗帜。代指皇帝的车驾。

　　唐诗与宋诗的区别在于唐诗重表现，宋诗重表达。唐诗重形象，宋诗重思考。唐代诗人习惯于用意象来表达情感，而宋代诗人则习惯于直接抒情。这首词在风格上是宋诗一脉。上片言沦陷区的惨厉景象：洙泗腥膻、胡酋夜猎，一派骄纵气焰，真如发声纸上。下片直抒痛愤："埃蠹"、"遗老"诸句，令人悲愤填膺。全词三十八句，二十二句为三言。平声十六韵，仄声五韵。句短韵密，节促声洪，极富表现力。作者不惜笔墨，大力刻画了他悲愤苍凉的心理活动，爱国志士忠愤之情，灼然可见。

# 水调歌头·和庞佑父

雪洗虏尘静，风约楚云留。何人为写悲壮，吹角古城楼。湖海平生豪气，关塞如今风景，剪烛看吴钩。剩喜燃犀处①，骇浪与天浮。　忆当年，周与谢②，富春秋。小乔初嫁③，香囊未解④，勋业故优游⑤。赤壁矶头落照，淝水桥边衰草，渺渺唤人愁。我欲乘风去，击楫誓中流⑥。

## 【注释】

① 燃犀：传说点燃犀牛的角，可以洞见水怪。

② 周与谢：周瑜和谢玄，他们都是抵抗北方强敌而卓有功勋的英雄。周瑜在赤壁大败曹操。谢玄淝水之战，大破前秦符坚。

③ 小乔初嫁：苏轼《念奴娇·赤壁怀古》："遥想公瑾当年，小乔初嫁了，雄姿英发。"

④ 香囊：《世说新语·假谲》十四："谢遏年少时，好著紫罗香囊，垂覆手，太傅患之，而不欲伤其意。乃谲与赌，得即烧之。"谢遏就是谢玄。

⑤ "勋业"句：伟大的功业应如同优游度日一般很从容地做出来。

⑥ "击楫"句：《晋书·祖逖传》记载，东晋初，祖逖任豫州刺史，渡江北伐符秦，中流击楫而誓曰："祖逖不能清中原而复济者，有如大江！"

这首词写得相当从容，是《于湖集》中罕见的"快词"。作者对于靖虏尘、收失地充满信心，豪气勃发。他追想前贤风范，想到这样的人物当今已经很少见了，不免渺渺生愁。但是愁绪只是暂时的，词以祖逖击楫中流的典故作结，表达了他不畏艰辛，坚持抗战的决心。情感激烈高涨，没有丝毫的颓废消极情绪。

# 辛弃疾

辛弃疾（1140—1207），原字坦夫，改字幼安，别号稼轩居士，历城（今山东济南）人。生于汴京沦陷后的金人占领区，自幼受到民族意识和爱国思想的教育。二十二岁参加耿京的抗金义军。后率部南归，历任转运使、安抚使等职，治军、治民都卓有建树。由于他力主抗金，遭到主和派的打击，闲居先后达二十二年。其雄才大略，百无一施。惟有他大声镗鞳的《稼轩词》却如不废江河，一直为人们所爱赏。《稼轩词》气魄雄阔，意境沉郁，抚时感事，寄慨特深。他发展了苏轼所开创的豪放词派，密切反映时代的矛盾冲突，并把它变成进行斗争的武器，标志着宋词发展的新高峰。他也写了一些清新蕴藉的作品，表现了多样化的风格。当然，由于时代的局限，晚年的某些作品流露出一定的消极情绪，有时还有"掉书袋"和过于散文化的缺点。不过，总的来说，仍不失为宋词的杰出代表，对后世有着巨大的影响。

## 水龙吟·甲辰岁寿韩南涧尚书①

渡江天马南来②，几人真是经纶手？长安父老，新亭风景③，可怜依旧。夷甫诸人，神州沉陆，几曾回首④？算平戎万里，功名本是、真儒事，君知否？　　况有文章山斗⑤，对桐阴、满庭清昼。当年堕地⑥，而今试看，风云奔走。绿野风烟，平泉草木，东山歌酒⑦。待他年、整顿乾坤事了⑧，为先生寿。

**【注释】**

① 甲辰：宋孝宗淳熙十一年（1184）。 韩南涧：韩元吉号南涧，南渡后官至吏部尚书，力主抗金。与稼轩交好。

② 天马南来：原指晋室南渡。《晋书·元帝纪》有"五马浮渡江，一马化为龙"之谣。这里指南宋朝廷。

③ 新亭：《世说新语·言语三十一》："过江诸人，每至美日，辄相邀新亭，藉卉饮宴。周侯中坐而叹曰：'风景不殊，正自有山河之异！'皆相视流泪。惟王丞相愀然变色曰：'当共戮力王室，克复神州，何至作楚囚相对！'"

④ "夷甫"三句：王衍字夷甫，西晋重臣，以清谈误国。桓温曾说："遂使神州沉陆，百年丘墟，王夷甫诸人不得不任其责。"见《世说新语·轻诋》。

⑤ 山斗：《新唐书·韩愈传》："自愈后，其言大行，学者仰之如泰山、北斗。"此处用韩愈的典故以赞誉韩元吉，可谓贴切。

⑥ 堕地：呱呱堕地的简称，指出生、降世。

⑦ "绿野"三句：唐宰相裴度有别墅在洛阳，名绿野堂。唐宰相李德裕有别墅在洛阳，名平泉庄。谢安曾退居东山，每游，必带歌妓。这是以博喻的方式来赞誉退居上饶的韩元吉。

⑧ "整顿"句：杜甫《洗兵马》：整顿乾坤济时了。

这是一首寿词，作者没有落入赞誉主人的俗套。而是以"渡江天马南来"领起，为世人展示了一幅南渡以来悲壮雄浑的历史画卷。同时也热情地称赞了主人的经略之才。过片转称文章山斗，又以古代的三位名宰相相许，比拟贴切，让人不觉。而结尾宕开一笔，说等到以后北伐成功，我再来给你祝寿，这就使得辞已尽而意有余了，作者恢复失地的美好希望也又一次感染了人们。

# 永遇乐·京口北固亭怀古①

千古江山，英雄无觅、孙仲谋处②。舞榭歌台③，风流总被、雨打风吹去。斜阳草树，寻常巷陌，人道寄奴曾住④。想当年，金戈铁马⑤，气吞万里如虎。　　元嘉草草⑥，封狼居胥⑦，赢得仓皇北顾⑧。四十三年⑨，望中犹记、烽火扬州路。可堪回首，佛狸祠下⑩，一片神鸦社鼓⑪。凭谁问，廉颇老矣⑫，尚能饭否？

## 【注释】

① 京口：京口镇，孙权所置，在江苏镇江。 北固：山名，在镇江北，下临长江。晋蔡谟建北固楼以贮军需，梁武帝改名北顾亭。

② 仲谋：孙权字。创建东吴，开六朝割据之始。

③ 舞榭歌台：即歌舞楼台。 榭：建在高台上的敞屋。

④ 寄奴：南朝宋武帝刘裕的小名。刘裕出身京口农家，东晋末年北灭南燕、后燕、后秦。三擒国主，是一位战功赫赫的民族英雄。

⑤ 金戈铁马：形容兵马强盛。

⑥ 元嘉草草：宋文帝刘义隆曾于元嘉年间仓促北伐，结果大败。草草，指此。

⑦ 封狼居胥：狼居胥山在内蒙自治区西北。登山筑坛祭天曰"封"。霍去病大败匈奴，封狼居胥山，北至瀚海。事见《史记·霍去病列传》。宋文帝轻信王玄谟北伐之策，也产生了封狼居胥的念头，结果惨败。见《南史·宋书·王玄谟传》。

⑧ 仓皇北顾：元嘉八年（431）北伐失利，滑台陷没。宋文帝有诗伤其事曰："惆怅惧迁逝，北顾涕交流。"

⑨ 四十三年：此词作于开禧元年（1205）出守京口时，上距辛弃疾南归已四十三年了。

⑩ 佛狸祠：在江苏六合瓜步山上。佛狸：北魏太武帝拓跋焘小名。元嘉二十七年佛狸南侵至江，筑行宫于瓜步。南宋时瓜洲也有佛狸寺。词中所

言，当在瓜洲。

⑪ 神鸦：啄食祭品的乌鸦。 社鼓：社日祭神的鼓乐声。旧俗立春后第五个戊日为春社，立秋后第五个戊日为秋社。

⑫ 廉颇：战国时赵将。累挫秦兵，后被诬出亡于魏。赵遣使来视。廉颇一饭尽斗米、肉十斤，披甲上马，以示可用。使者受仇家郭开贿，还报魏王曰："廉将军虽老，尚善饭。然与臣坐顷之，三遗失（屎）矣。"赵王遂不用。事见《史记·廉颇蔺相如列传》。

这是辛弃疾晚年的代表作品。写得激昂悲壮，焕发着爱国主义的灿烂光辉。上片列举孙权、刘裕坐镇东南，累破北兵的业绩，意在激励士气，扫清笼罩在统治集团中的北强南弱、畏敌如虎的怯懦思想。下片拈出元嘉失败之事，则是忠告韩侂胄要吸取历史教训，不可草率从事，贻误大机。最后以廉颇自喻，表示报效国家的强烈愿望。词中体现了元老重臣的深谋远虑与报国的丹心。辞气慷慨，郁勃情深，极为感人。所用典故，也都紧扣题旨，加强了作品的说服力和诗意美，与一味炫博者不同。杨慎以为"辛词当以京口北固亭怀古永遇乐为第一"（《词品》），评价之高，由此可见。

# 破阵子·为陈同甫赋壮词以寄之①

醉里挑灯看剑，梦回吹角连营②。八百里分麾下炙③，五十弦翻塞外声④。沙场秋点兵⑤。　　马作的卢飞快⑥，弓如霹雳弦惊。了却君王天下事⑦，赢得生前身后名。可怜白发生。

**【注释】**

① 陈同甫：陈亮字同甫。力主抗金，为作者好友。 壮词：亦作"壮语"

② 角：号角。 吹角连营：各营的号角连成一片。

③ 八百里：指名牛。《世说新语·汰侈》载，王恺有牛名八百里，与王

济比射以八百里为赌物，王获胜，杀牛作炙。麾下：部下。旌旗曰"麾"。炙：烤肉

④ 五十弦：泛指军乐。《史记·封禅书》："太帝使素女鼓五十弦瑟。"李商隐《锦瑟》："锦瑟无端五十弦，一弦一柱思华年。" 翻：弹奏。

⑤ 点兵：校阅军队。

⑥ 的卢：骏马名，刘备所骑马名"的卢"，能一跃三丈。

⑦ 了却：完成。 天下事：指统一大业。

从戎杀敌，整顿乾坤，这是辛弃疾寤寐不忘的夙愿。词中所写豪气纵横、威棱四射的将军，正是他理想的写照，具有浓厚的浪漫意味。从章法讲，前九句写军戎胜概，痛快淋漓，为一层。后一句"可怜白发生"，表现现实的艰难，为另一层。两相照映，更加重了后者的悲凉情绪。


# 陈亮

陈亮（1143—1194），字同甫，永康学派重要人物，世称龙川先生。他不但是一个文学家，而且是一个哲学家，同时又是一个文武兼备的英雄。婺州人，孝宗时多次上书朝廷，反对和议，力主恢复，三次被诬下狱。光宗绍熙四年（1193）进士第一，授签书建康府官厅公事，未及到任病卒。

## 水调歌头·送章德茂大卿使虏①

不见南师久，谩说北群空②。当场只手③，毕竟还我万夫雄。自笑堂堂汉使，得似洋洋河水④，依旧只流东。且复穹庐拜，会向藁街逢⑤。 尧之都，舜之壤，禹之封。于中应有，一个半个耻臣戎⑥。万

里腥膻如许，千古英灵安在，磅礴几时通？胡运何须问，赫日自当中。

**【注释】**

① 章德茂：章森，字德茂。淳熙十一年（1184）八月使金，祝贺新年。

② "漫说"句：不要说北方没有豪杰。韩愈《送温处士赴河阳序》："伯乐一过冀北之野，而马群遂空。"

③ 只手：当场大事，只手可了。

④ 得似：哪能像。

⑤ "会向"句：姑且向金屈膝，终有一天要把金国国君的头颅悬挂在藁街。藁街是西汉首都外国使臣住的地方。《汉书·陈汤传》记载，陈汤出使西域，计斩郅支单于首。奏请"悬颈藁街蛮夷邸间"以张国威。

⑥ 耻臣戎：以臣服于金人为耻。

这首词上阕劝告章德茂暂且忍辱，但是却写得大气磅礴，不卑不亢。尽管作者对于"耻臣戎"的志士仅仅报微茫之希望，对于千古英灵难觅感慨不已，但却对于未来必胜抱有极大的希望。这首洋溢着爱国激情的壮词，也是陈亮最为后人称道的作品之一。陈廷焯盛赞此词："精警奇肆，几于握拳透爪，可作中兴露布（檄文）读。"

# 姜夔

姜夔（1155—1221），字尧章，自号白石道人，鄱阳人，有《白石道人歌曲》。他是一位词家，也很负诗名。又妙解音律，能自度曲。继承发展了周邦彦的格律派传统，别创清刚挺拔的白石词派。对后世影响很大。

# 扬 州 慢①

淳熙丙申至日②，予过维扬③。夜雪初霁，荠麦弥望。入其城则四顾萧条，寒水自碧；暮色渐起，戍角悲吟。予怀怆然，感慨今昔。因自度此曲。千岩老人④以为有《黍离》之悲也⑤。

淮左名都，竹西佳处⑥，解鞍少驻初程。过春风十里⑦，尽荠麦青青。自胡马、窥江去后，废池乔木，犹厌言兵。渐黄昏、清角吹寒，都在空城。　　杜郎俊赏⑧，算而今重到须惊。纵豆蔻词工⑨，青楼梦好⑩，难赋深情。二十四桥仍在⑪，波心荡、冷月无声。念桥边红药，年年知为谁生。

## 【注释】

①慢：慢、引、近，都是词的音乐体式。

②至日：宋孝宗淳熙三年（1176）冬至这一天。

③维扬：《尚书·禹贡》："淮南维扬州。"后即以维扬指扬州。

④千岩老人：萧德藻，号千岩老人，当时的著名诗人。姜夔的妻子是他的侄女。

⑤黍离：在东周年间，一个小官吏经过了西周的故都，看到当地一片荒芜，长满了禾黍，于是作诗寄慨，这就是《诗经·王风·黍离》一篇。后来就用黍离比喻亡国之痛。

⑥竹西：竹西亭，在扬州城北。杜牧《题扬州禅智寺》诗云："谁知竹西路，歌吹是扬州。"

⑦春风十里：杜牧《赠别》："娉娉袅袅十三余，豆蔻梢头二月初。春风十里扬州路，卷上珠帘总不如。"

⑧杜郎：指唐代诗人杜牧，他曾任扬州刺史，写了很多关于扬州的诗。

俊赏：眼光很高的鉴赏。

⑨豆蔻词工：指注⑦《赠别》诗。

⑩ 青楼梦好：指杜牧《遣怀》："十年一觉扬州梦，赢得青楼薄幸名。"

⑪ 二十四桥：杜牧《寄扬州韩绰判官》："二十四桥明月夜，玉人何处教吹箫？"

《扬州慢》是姜夔早期代表作品。扬州遭到金兵的摧残，珠帘十里的名都，顿成了荞麦丛生的空城。作者用杜郎俊赏的盛况与今日对比，繁华与惨寂合参，格外显得触目惊心，俨然是一篇《芜城赋》了。"波心荡，冷月无声"，何其凄警。"废池"两句，陈廷焯以为"包括无限伤乱语，他人累千百言亦无此韵味"，如此深刻地反映现实，在姜词中是少有的佳作。

# 满 江 红

《满江红》，旧调用仄韵，多不协律。如末句云"无心扑"三字①，歌者将"心"字融入去声②，方谐音律。予欲以平韵为之，久不能成。因泛巢湖，闻远岸箫鼓声。问之舟师，云："居人为此湖神姥寿也③。"予因祝曰："得一席风径至居巢，当以平韵《满江红》为迎送神曲。"言讫，风与笔俱驶，顷刻而成。末句云"闻佩环"，则协律矣。书于绿笺④，沉于白浪。辛亥正月晦也⑤。是岁六月复过祠下，因刻之柱间。有客来自居巢，云："土人祠姥，辄能歌此词。"按：曹操至濡须口⑥，孙权遗操书曰："春水方生，公宜速去。"操曰："孙权不欺孤"，乃撤军还。濡须口与东关相近⑦，江湖水之所出入。予意春水方生，必有司之者，故归其功于姥云。

仙姥来时，正一望千顷翠澜。旌旗共乱云俱下，依约前山。命驾群龙金作轭⑧，相从诸娣玉为冠⑨。向夜深、风定悄无人，闻佩环。　　神奇处，君试看。奠淮右⑩，阻江南⑪。遣六丁雷电⑫，别守东关。却笑英雄无好手⑬，一篙春水走曹瞒⑭。又怎知、人在小红楼，帘影间。

**【注释】**

① 无心扑：此出周邦彦《满江红》词。其结句为："最苦是、蝴蝶满园飞，无心扑"。

② 融入去声：指把"心"字变读成去声。

③ 神姥寿：指祭祀巢湖女神的活动。

④ 绿笺：即绿章。祭神之文写于绿纸上。

⑤ 辛亥：即一一九一年。 正月晦：正月三十日。

⑥ 濡须口：在巢县南，为巢湖水入江之关口。孙权曾与曹操相拒于此。

⑦ 东关：山名。与七宝山对峙，控扼巢湖水道，为兵争要冲。

⑧ 命驾：出车。 金作辖：黄金铸成车辖。

⑨ 诸娣：指妾侍。句下原注为"庙中列坐如夫人者十三人"，"如夫人"即妾之别名。

⑩ 奠淮右：使淮南安定。 奠：安，使动用法。

⑪ 阻江南：充当江南的险阻、屏障。

⑫ 六丁雷电：指传说中的六丁六甲，雷公电母诸神。

⑬ "却笑"句：即无英雄好手之意。曹操对刘备说："今天下英雄，使君与操耳。"又说："生子当如孙仲谋，刘景升儿子若豚犬耳。"这里反用其意，说曹操也非真正英雄。

⑭ 曹瞒：曹操，小字阿瞒。

　　这是首气象开阔、音律谐婉的作品，具有浓郁的浪漫主义色彩。上片写仙姥起驾的气派：翠澜千顷，旗帜如云，可谓极雄浑、壮丽之至。下片写其神通：奠淮右、走曹瞒，有声有色，雄壮威武，皆自想象中生出。"红楼"两句，纤笔细描，与前结"夜深"句相同。以细间阔，刚柔并济，较一味雄豪者更觉韵胜。用重笔歌颂克敌制胜的女神，为词中所仅见。

# 刘克庄

刘克庄（1187—1269），字潜夫，号后村居士，莆田（今属福建省）人。以父荫补官，后因作《梅花诗》讥刺当道，被废十年。淳祐六年（1246）赐同进士出身，仕至龙图阁直学士。著作甚丰，有《后村大全》传世。词凡五卷，名《后村长短句》（一名《后村别调》）。雄浑奔放，不作剪红刻翠之语，堪称辛派后劲。唯议论较多，未免有些芜杂。

## 满 江 红

夜雨凉甚，忽动从戎之兴。

金甲琱戈①，记当日、辕门初立②。磨盾鼻、一挥千纸③，龙蛇犹湿④。铁马晓嘶营壁冷⑤，楼船夜渡风涛急⑥。有谁怜，猿臂故将军⑦，无功级⑧。　　平戎策，从军什⑨，零落尽，慵收拾。把茶经香传⑩，时时温习。生怕客谈榆塞事⑪，且教儿诵花间集⑫。叹臣之壮也不如人⑬，今何及。

**【注释】**

① 金甲：用金线锁结的铠甲。琱戈：雕铸着花纹的兵器。 琱：同"雕"。

② 辕门：军营的大门。

③ 磨盾鼻：在盾牌上磨墨草写军书。 盾鼻：盾钮。

④ 龙蛇：形容字迹飞动。

⑤ 铁马：披着铁甲的战马。

⑥ 楼船：高大的战船。

⑦ 猿臂故将军：指李广。见《史记·李将军列传》。

⑧ 无功级：李广与匈奴七十余战，杀伤相当，不得封侯。 功级：汉代以杀敌首级计功，故称功级。

⑨ 什：诗。《诗经》以十篇为什，后遂为诗的代称。

⑩ 茶经香传：指关于茶叶和香料的著作。

⑪ 榆塞事：指边塞的战局。 榆塞：即榆林塞。蒙恬北逐匈奴树榆为塞，以固北边。地在内蒙河套东北岸，自古为北边要塞。

⑫ 花间集：唐五代词集，赵承祚编。多写酒边花下之旖旎柔情，很少反映时代的严峻面。

⑬ 臣之壮也不如人：嗟叹年老，难以有为。《左传·僖公三十年》：烛之武对郑文公说："臣之壮也犹不如人，今老矣，无能为也已。"

此词起势甚盛。辕门立马，倚盾草檄。硬语盘空，是何等雄烈。"有谁怜"两句，一落到底。以李广之不遇自况，语极悲凉，是对朝廷埋没人才的批评。下片写闲居的生活。"茶经香传"不得已而为之。"生怕"句说明了埋在心底的报国热忱是何等炽烈。结拍两句，故作反语，是激愤之词。与副题"从戎之兴"对参，更为显豁。

# 元好问

元好问（1190—1257）字裕之，号遗山，太原秀容（今山西忻州）人。元德明之子，七岁能诗，从学郝天挺，六载而业成。下太行，渡黄河为赋箕山、琴台之诗。赵秉文以为近世所无，名震京师。兴定五年进士，官至尚书省左司员外郎。金亡不仕，以故国文献自任。就金源历代实录而编纂之。有《遗山集》四十卷，又辑《中州集》、《中州乐府》，金人诗、词多赖是以传。俨然为北国的学术权威与文坛宗主。诗多慷慨悲凉之作，犹如实录，人以史诗目之，词亦逼近苏辛，为世所重。

# 水调歌头·赋三门津①

黄河九天上，人鬼瞰重关。长风怒卷高浪，飞洒日光寒。峻似吕梁千仞，壮似钱塘八月②，直下洗尘寰③。万象入横溃④，依旧一峰闲。　仰危巢，双鹄过，杳难攀。人间此险何用，万古秘神奸⑤。不用燃犀下照⑥，未必伙飞强射⑦，有力障狂澜⑧，唤取骑鲸客，挝鼓过银山⑨。

## 【注释】

① 三门津：即三门峡。《陕州志》："三门：中神门、南鬼门、北人门，唯人门修广可行舟。鬼门尤险，舟筏入者罕得脱。三门之广，约三十丈。"

② "峻似"二句：三门峡险峻和吕梁山相似。吕梁山，今山西离石县东北，《列子·黄帝》篇："孔子观于吕梁，悬水三十仞，流沫三十里，鼋鼍鱼鳖之所不能游也"。壮似钱塘八月，言三门峡水流甚急，有如钱塘八月来潮一样壮观。

③ 尘寰：即尘世。

④ 横溃：谓急湍横溢泛滥。洪水旁决曰"溃"。

⑤ "万古"句：言三门津险要如有神鬼控御，奥秘不可测。

⑥ 燃犀：古有点燃犀角洞照水妖的故事。《晋书·温峤传》："至牛渚矶，水深不可测，世云其下多怪物，峤遂燃犀角而照之。须臾，见水族覆灭，奇形异状，或乘马车著赤衣者。"

⑦ 伙(cì)飞：汉武帝朝官名，掌管弋射鸟兽，取其便利轻疾若飞之意。一云伙飞乃周代楚国勇士。一次渡江，两蛟夹舟，飞拔剑斩蛟得以脱险。

⑧ 障狂澜：韩愈《进学解》："障百川而东之，回狂澜于既倒。"

⑨ 挝(zhuā)鼓：击鼓。 银山：形容波涛的高大。 张继《九日巴丘杨公台上宴集》诗："万叠银山寒浪起。"

词写三门之险，笔势奇横，罕有其匹。上片写景："万象入横溃"，言黄河水势之大；"依旧一峰闲"言砥柱山势之稳。一动一静，相映成趣。下片"人间"以下，转入感慨：天地设险，不过成为大盗巨蠹依凭之所；中流砥柱，也未必能挡住狂澜。这是对政治的批判，语气沉痛、激愤。不是一般的登临之作。

# 吴文英

吴文英（约 1200—1260 左右），字君特，号梦窗，晚又号觉翁。四明（今宁波）人。本翁姓而入继吴氏。毕生不仕，以布衣游公卿间，是当时的专业词人。有《梦窗四稿》，存词三百四十首。填词以周邦彦为宗，讲究字面，烹炼句法，别创密丽秾挚一派。

## 贺 新 郎

陪履斋先生沧浪看梅①。

乔木生云气，访中兴、英雄陈迹②，暗追前事。战舰东风悭借便③，梦断神州故里。旋小筑，吴宫闲地。华表月明归夜鹤④，叹当时、花竹今如此！枝上露，溅清泪。　　遨头小簇行春队⑤。步苍苔，寻幽别坞，问梅开未？重唱梅边新度曲，催发寒梢冻蕊。此心与、东君同意。后不如今今非昔。两无言、相对沧浪水。怀此恨，寄残醉。

【注释】

　①履斋：吴潜号履斋。时为苏州（平江州）知州。　沧浪：亭名。南宋时为韩世忠别墅。乔木苍翠，风景清幽。

　②英雄陈迹：指韩世忠抗金功勋。

　③"战舰"句：指建炎四年韩世忠率八千兵士，以战船截住金兵，先胜

后败。 悭借便：指世忠海舟无风不能动，为金兵所败。

④华表：城阙外的装饰性大柱。《搜神后记》：辽东人丁令威得道。千年后化鹤归来，立于华表。言曰："我是丁令威，去家千年今来归。城郭如故人民非。何不学仙去，空见冢垒垒。"这里以丁令威比韩世忠。

⑤遨头：宋代太守出游，称"遨头游"。

理宗嘉熙三年（1239）正月，吴文英与知州吴潜赴沧浪亭看梅，因作此词。

上片就沧浪亭边韩世忠的别墅大抒感慨。对这位中兴名将居处的一草一木，词人都充满感情。认为乔木上笼罩着葱郁云气。黄天荡的英勇战斗顿时涌向心头，可惜风不助顺，没能全歼金兵，让恢复中原故土之梦破灭了。不久就来此闲居。现在如果化鹤归来，定会对花竹的荒凉而堕下英雄的清泪。全片一笔赶下，自然浑成，既沉郁又顿挫。

下片写陪太守吴潜出游。两人一道寻梅度曲，眼前景物流露出袞袞生机。然而江河日下的国势，使词人发出了"后不如今今非昔"的深忧。他们无言相对，只好寄恨于梅边一醉了。忧国伤时的悲恨通过这次探梅之旅，随意生发，令人有不尽的哀感。全首清空一气，决无堆砌痕迹，泂为梦窗词中异响。

# 刘辰翁

刘辰翁（1232—1297），字会孟，号须溪，庐陵（今江西吉安）人。少从陆九渊学。景定三年（1262）廷试对策，以耿直敢言，忤贾似道，置于丙等。后任濂溪书院山长。宋亡不仕，是个始终一节的爱国志士。生平著作很多，其《须溪词》阔大清健，兼学苏辛。晚年诸作，抱国族沦亡之恸，语尤忠愤悲郁。

# 唐多令

丙子中秋前<sup>①</sup>，闻歌此词者，即席借"芦叶满汀洲"韵<sup>②</sup>。

明月满沧洲，长江一意流。更何人、横笛危楼。天地不知兴废事<sup>③</sup>，三十万、八千秋<sup>④</sup>。　　落叶女墙头，铜驼无恙不？看青山、白骨堆愁。除却月宫花树下，尘坱莽、欲何游<sup>⑤</sup>。

**【注释】**

① 丙子：即 1276 年。是年正月，元兵入杭州。

② 借"芦叶满汀洲"韵：即次刘过《唐多令》之韵。"芦叶"句为其第一韵。

③ 不知兴废事：天地不管兴废，说明天下大乱。

④ 三十万、八千秋：指历劫长久、灾难深重。

⑤ 尘坱（yǎng）莽：尘土蔽天。

这首词作于 1276 年中秋节。这年正月杭州陷落，南宋帝后投降，江南一带惨遭蒙古铁骑的踩躏。"看青山、白骨堆愁"，就是这场浩劫的实录。歇拍二句，以反诘语句诉说出心头的苦恨：除了月宫之外，在这尘霾蔽天的乱世，何处可以容身呢？语极沉痛。

# 文天祥

文天祥（1236—1283），字宋瑞，又字履善，号文山，庐陵人。理宗宝祐四年进士第一，是南宋末年伟大的抗元英雄。多次组织义军抗战。公元 1276 年临安被围，除右丞相兼枢密使，奉命往敌营议和，因坚持抗争被拘，解送北方，至镇江得以脱逃。1278 年在潮州兵败被俘，后于燕京英勇就义。有《文山先生全集》。

# 过零丁洋①

辛苦遭逢起一经②，干戈寥落四周星③。
山河破碎风飘絮，身世浮沉雨打萍。
惶恐滩头说惶恐④，零丁洋里叹零丁⑤。
人生自古谁无死，留取丹心照汗青⑥。

**【注释】**

①零丁洋：在今广东中山县南。南宋帝昺祥兴元年（1278），文天祥在五坡岭（今广东海丰县北）兵败被俘。次年，元朝都元帅张弘范挟文天祥进攻厓山（在今广东新会县南海中，是南宋帝昺最后据点）。此诗是他过零丁洋时所写。张弘范一再强迫文天祥招降坚守厓山的宋将张世杰，文天祥出示此诗给张，以明其志不可动摇。

②"辛苦"句：指他经考试进士及第被朝廷起用。遭逢：遭际，指被朝廷选拔。起一经：因通晓《易》、《书》、《诗》、《礼》、《春秋》五经之一而被起用做官。文天祥以明经考取进士。

③干戈：指战争。寥落：零落。周星：岁星（木星）十二年一周天，称为周星。地球十二个月围绕太阳运行一周，也称为周星。这里的周星，即指一年的时间。文天祥从德祐元年（1275）起兵勤王，至帝昺祥兴元年（1278）被俘，前后共四年。

④惶恐滩：赣江十八滩之一，水流湍急，在今江西万安县境内。端宗景炎二年（1277），文天祥在江西空阬（今江西吉水县附近）为元军所败，经此退往福建。

⑤叹零丁：感叹自己身陷敌中，孤单而没有依靠。

⑥留取：留得。汗青：代指史册。古代纪事用竹简，制竹简时，先用火烤竹片，去其水分，称为汗青，因此又称竹简为汗青。

华夏正气歌——

这首诗是作者兵败被俘后的作品，在回顾身世遭遇时，感叹国家山河破碎，并以诗明志，表现了坚贞的民族气节。起笔始于回首往事，表达了作者坚贞不悔的情怀。颔联以山河与身世作对，用"风飘絮"、"雨打萍"的比喻，形象地揭示出作者的个人身世与国家兴亡紧密联系，同遭厄运的情形。颈联对仗精工，自然真切。末联沉痛悲壮，成为后世爱国仁人志士最喜吟诵的名句。

# 正气歌（并序）①

余囚北庭②，坐一土室。室广八尺，深可四寻③。单扉低小，白间短窄④。污下而幽暗⑤。当此夏日，诸气萃然：雨潦四集⑥，浮动床几，时则为水气；涂泥半朝⑦，蒸沤历澜⑧，时则为土气；乍晴暴热，风道四塞，时则为日气；檐阴薪爨⑨，助长炎虐，时则为火气；仓腐寄顿⑩，陈陈逼人⑪，时则为米气；骈肩杂遝⑫，腥臊汗垢，时则为人气；或圊圂浮尸⑬，或腐鼠杂出，时则为秽气。叠是数气，当之者鲜不为厉⑭，而予以孱弱俯仰其间，于兹二年矣，是殆有养致然。然尔亦安知所养何哉？孟子曰："我善养吾浩然之气。"彼气有七，吾气有一，以一敌七，吾何患焉！况浩然者，乃天地之正气也，作《正气歌》一首。

## 【注释】

① 宋帝昺祥兴元年（1278），文天祥被元兵俘虏，次年十月抵元都燕京，于元世祖至元十九年（1282）被杀。此诗约在1281年作于狱中。

② 北庭：汉代匈奴所居之地称北庭，这里指元大都燕京。

③ 寻：古以八尺为一寻。

④ 白间：窗。

⑤ 汙下：低洼潮湿。

⑥ 雨潦：雨后积水。

⑦ 半朝：半间屋子。朝：宫室，即房子。

⑧蒸沤：因水泡、潮湿而发出熏人的腐败气味。 历澜：到处都成了泥潭。 澜：大水波，这里形容烂泥潭。

⑨爨：煮饭。

⑩仓腐：仓库里的粮食已经腐烂。 寄顿：储藏。

⑪陈陈逼人：指粮食腐烂的臭气逼人。 陈陈：《史记·平准书》："太仓之米，陈陈相因。"意即陈米之上加上陈米。这里指积米日久腐烂之气。

⑫骈肩：肩挨着肩。 杂遝（tà）：纷乱拥挤。

⑬圊圂（qīng hùn）：厕所。

⑭厉：病。


天地有正气，杂然赋流形。下则为河岳，上则为日星。
于人曰浩然，沛乎塞苍冥⑮。皇路当清夷⑯，含和吐明庭⑰。
时穷节乃见，一一垂丹青。在齐太史简⑱，在晋董狐笔⑲。
在秦张良椎⑳，在汉苏武节㉑。为严将军头㉒，为嵇侍中血㉓，
为张睢阳齿㉔，为颜常山舌㉕。或为辽东帽，清操厉冰雪㉖；
或为《出师表》㉗，鬼神泣壮烈；或为渡江楫，慷慨吞胡羯㉘；
或为击贼笏，逆竖头破裂㉙。是气所磅薄，凛烈万古存。
当其贯日月，生死安足论！地维赖以立㉚，天柱赖以尊㉛；
三纲实系命，道义为之根。嗟予遘阳九㉜，隶也实不力㉝。
楚囚缨其冠㉞，传车送穷北㉟。鼎镬甘如饴㊱，求之不可得。
阴房阗鬼火㊲，春院闷天黑㊳。牛骥同一皂㊴，鸡栖凤凰食㊵。
一朝蒙雾露㊶，分作沟中瘠㊷。如此再寒暑㊸，百沴自辟易㊹。
哀哉沮洳场㊺，为我安乐国！岂有他缪巧㊻，阴阳不能贼㊼！
顾此耿耿在㊽，仰视浮云白㊾。悠悠我心悲，苍天曷有极？
哲人日已远，典刑在夙昔。风檐展书读，古道照颜色㊿。


**【注释】**

⑮"于人"二句：《孟子·公孙丑》："吾善养吾浩然之气。""其为气也，

至大至刚，以直养而无害，则塞于天地之间。"

⑯ 皇路：国运，国家的政治局面。 清夷：清平，政治局面稳定。

⑰ 明庭：明堂，天子之堂，指朝廷。

⑱ "在齐"句：指春秋时齐国有良史不畏强横敢于秉笔直书之事。《左传》襄公二十五年载：春秋时齐大夫崔杼杀了齐国的国君齐庄公。齐国的史官写道："崔杼弑其君。"如实记事，不留情面。崔杼怒而杀史官。史官的两个弟弟仍然这样写，也被杀。另一个弟弟并未因此被吓住，仍然这样写，崔杼终于无法可想，这段历史便被真实地记载了下来。 太史：史官。

⑲ "在晋"句：据《左传》宣公二年载：晋灵公想杀大夫赵盾，赵盾逃亡。后来赵穿杀了晋灵公，赵盾回来后不处治赵穿。对这件事当时晋国的史官董狐写道："赵盾弑其君。"

⑳ "在秦"句：据《史记·留侯世家》载：张良祖上五世为韩相。韩国为秦所灭，张良决心复仇，请大力士，铸一百二十斤重的大铁椎，在博浪沙（今河南原阳县东南）出击秦始皇，误中副车。

㉑ "在汉"句：据《汉书·李广苏建传》载：汉武帝时，苏武出使匈奴被扣留。匈奴逼迫他投降，他坚贞不屈，后被流放到北海（今俄国境内贝加尔湖）边牧羊，他仍不屈服。牧羊时手里不离从汉朝带去的符节，历十九年而终于归汉。 节：符节，古代使臣所执。

㉒ 为严将军头：据《三国志·蜀志·张飞传》载：三国时，将军严颜奉刘璋令守巴郡（在今四川东部），被张飞俘获，拒不投降，说："我州但有断头将军，无有降将军也。"张飞感而释之。

㉓ 为嵇侍中血：据《晋书·嵇绍传》载：晋惠帝时，嵇绍官侍中。永兴元年（304）皇室内讧，王师败绩于荡阴（今属河南），嵇绍为保护惠帝，被杀死在惠帝身旁，血溅到惠帝身上。后有人要洗血衣，惠帝说："此嵇侍中血，勿洗。"

㉔ 为张睢阳齿：据《旧唐书·张巡传》：唐代安史之乱时，张巡困守睢阳城（今河南商丘），每次与贼战，他都大呼誓师，气血涌荡，以致眼眶裂开流血，牙齿都被咬碎了。张睢阳，指张巡。

㉕ 为颜常山舌：据《旧唐书·颜杲卿传》载：唐代安史之乱时，颜杲卿为常山（今河北正定县南）太守，城破被俘，拒绝投降，大骂安禄山，被断舌而死。颜常山，指颜杲卿。

㉖ "或为"二句：据《三国志·魏志·管宁传》载：管宁是三国时魏人，学行皆高，为当时名士。曾避乱辽东，常戴白帽、穿白衣，拒绝征聘。 历冰雪：像冰雪一样冷峻坚贞。

㉗ 出师表：三国时诸葛亮于蜀后主建兴五、六年（227、228）两次出师北伐曹魏，都曾向后主刘禅上表，称前后《出师表》，表示自己效忠蜀汉，为统一事业献身的决心。

㉘ "或为渡江楫"二句：东晋时，北方土地为外族侵占。豫州刺史祖逖率军北伐，渡江时中流击楫，发誓一定恢复中原北国，后果然收复了黄河以南失地。 胡羯：指祖逖北伐击败的五胡之一的后赵主石勒，石是羯族。

㉙ "或为击贼笏"二句：据《旧唐书·段秀实传》载：唐德宗时，朱泚谋反，司农卿段秀实以象笏击朱泚的头，并唾面大骂，因此遭害。 笏：古代大臣上朝时所持的手板，上可记事。 逆竖：叛贼，指朱泚。

㉚ 地维：系着大地的绳子。

㉛ 天柱：古神话传说，天有大柱支撑，才没有坍塌。《神异经》："昆仑之山有铜柱焉，其高入天'所谓天柱也。"又《淮南子》："天柱折，地维绝。"

㉜ 邁：遇到。 阳九：指百年难遇的灾难，厄运。

㉝ 隶：作为对自己的贱称，犹言"仆"。 实不力：实在无能为力。

㉞ 楚囚：春秋时，楚人钟仪被郑国俘虏，送到晋国去。晋侯看见了，便问："南冠而縶者（戴楚国的帽子而被捆绑的人）谁也？"有司回答说："郑上所献楚囚也。"后世因以"南冠"或"楚囚"指囚犯。 缨：绳子，捆绑的意思。 缨其冠：捆绑而戴上南冠。

㉟ 传车：驿车。 穷北：极北之地，指元大都燕京。

㊱ 鼎镬：古代酷刑，用鼎镬之类煮器将人煮死。《史记·廉颇蔺相如列传》："臣请就汤镬。" 饴：糖浆。

㊲ 阴房：阴暗的牢房。 阒：寂静。

㊳ 閌：闭门。

㊴ 牛：比喻庸碌之辈。 骥：比喻杰出人物，这里包括作者在内。 皂：马槽。

㊵ 鸡栖：鸡窝。

㊶ 蒙雾露：指生活于阴湿的牢房中，为雾露（湿气）所侵而生病。想必成为沟中被弃的枯骨。

㊷ 分：料想。 瘠：瘦弱，这里指僵枯的尸体。

㊸ 再寒暑：过了两年。

㊹ 百沴：各种使人致病的恶气，参见序文。 辟易：退避。

㊺ 沮洳场：低下潮湿之地，即牢房。

㊻ 他谬巧：其他什么诈术和巧计。

㊼ 阴阳：指寒热之气。 贼：害。

㊽ 顾：表意思转折的连接词，但。 耿耿：指浩然正气。

㊾ "仰视"句：《论语·述而》："不义而富且贵，于我如浮云。"这里暗用其意，表示自己决不屈节投降以求不义的富贵。

㊿ "古道"句：指先哲们的风范和光辉榜样照耀在自己的面前。 古道：体现在古代杰出人物身上的传统美德。


  这是一首明志的诗，表现了诗人在悠久深厚的民族传统中所养成的崇高的气节和坚不可摧的斗争意志。浩然之气充满于字里行间，写得气势磅礴，感人肺腑，具有巨大的教育和鼓舞力量。面对国破家亡的残局，炽热的爱国热情，忧伤的黍离之痛，浓烈的忠君思想，不屈的民族气节等各种情绪涌动于作者心胸。终于诗情如潮，一泻而出。谭嗣同曾赞文天祥曰："不夜之星辰，长明之日月。"作者是无愧于这样的赞誉的。千百年来不知感动了多少仁人志士赴汤蹈火，就义成仁。它是中华民族坚忍不屈的精神符号，是人类美德的崇高坐标！

# 张炎

张炎（1248—约1320），字叔夏，号玉田，晚号乐笑翁，临安（杭州）人。六世祖张俊为南渡功臣，封循王。张炎前期生活优越，日以文酒自娱，作品多带欢愉色彩。宋亡后，家道中落，贫难自养。曾一度至燕京谋职，失意而归。词境也变而凄黯。有《山中白云词》。律吕协洽，意度超远，善以清空之笔，状沦落之悲，堪为白石后劲。所著《词源》一书，辨析乐理，探讨词艺，体大思精，是一部重要的词学专著。

## 八声甘州

辛卯岁，沈尧道同余北归①，各处杭、越②。逾岁，尧道来问寂寞，语笑数日，又复别去。赋此曲，并寄赵学舟③。

记玉关、踏雪事清游④，寒气脆貂裘。傍枯林古道，长河饮马，此意悠悠。短梦依然江表⑤，老泪洒西州⑥。一字无题处，落叶都愁。　载取白云归去⑦，问谁留楚佩⑧，弄影中洲⑨。折芦花赠远，零落一身秋。向寻常、野桥流水，待招来、不是旧沙鸥。空怀感，有斜阳处，却怕登楼。

**【注释】**

① 辛卯：即1291年。　沈尧道：即沈钦。与张炎一同北上，次年同归。

② 各处杭、越：指沈居杭而张居越（绍兴）。

③ 赵学舟：赵与仁，字学舟。作者友人。

④ 玉关：玉门关。这里指幽燕边塞。

⑤ 江表：江南

⑥ 西州：建康城之西门。谢安扶病入西州城门。卒后，其甥羊昙伤之，

不过此门。一日大醉，不觉至此，一恸而去。事见《晋书·谢安传》。此处有悼念亲长之意。

⑦ 载取白云归去：带着白云回去。指沈钦别张归杭。 白云：双关语。张炎词集名《山中白云》。

⑧ 留楚佩："遗余佩兮澧浦"，出楚辞《湘君》。遗佩结情，表示怀念。

⑨ 弄影中洲："蹇谁留兮中洲"为《湘君》中语，这里有惜别之意。


"记"字领起五句，回忆北游，"寒气脆貂裘"，字字崭新。"枯林古道"，"长河饮马"，亦苍茫豪酣，意甚健拔。"短梦"四句直落而下，写归后凄黯。"一字无题处，落叶都愁"，是何等精警、动人心魄之语。"载取"三句写行者（沈尧道）之别绪依依。"芦花"两句写送者（张炎）之情怀怅惘。"有斜阳处，却怕登楼"，将身世之感与聚散之悲一并写出。与辛弃疾"斜阳正在、烟柳断肠处（《摸鱼儿》），同一结法。此词气势流荡，反虚入浑，"载取""零落"诸句皆极警策流动之至，不愧名家杰作。


# 张养浩

张养浩（1270—1329），字希孟，号云庄，山东济南人。为官清正，有政声。因得罪当权者，便弃官归隐。元文宗天历二年（1329），关中大旱，他被征为陕西行台中丞，到关中治旱救灾，因勤劳公事，死于任所。

## ［中吕］山坡羊·潼关怀古

峰峦如聚，波涛如怒，山河表里潼关路。望西都①，意踟蹰。伤心秦汉经行处②。宫阙万间都做了土。兴，百姓苦。亡，百姓苦。

**【注释】**

① 西都：东汉建都洛阳，称为东都，因称长安为西都。

② 秦汉经行处：指西望所见秦汉以来的历史旧迹。

孟子曰：民为贵，社稷次之，君为轻。爱国首先是爱民。张养浩能够深刻地揭示历史的进程不过是帝王将相们轮流坐庄而已，而老百姓却永远是受难者，这在封建时代是十分难得的。

# 高启

高启（1336—1374），字季迪，号槎轩、青丘子。长洲（今苏州市）人。因辞户部员外郎不就，为朱元璋所怀恨，后被腰斩于南京。他在明初被称为"海内诗宗"。

## 登金陵雨花台望大江①

大江来从万山中，山势尽与江流东。

锺山如龙独西上，欲破巨浪乘长风。

江山相雄不相让，形胜争夸天下壮。

秦皇空此瘗黄金，佳气葱葱至今王②。

我怀郁塞何由开？酒酣走上城南台。

坐觉苍茫万古意，远自荒烟落日之中来。

石头城下涛声怒，武骑千群谁敢渡！

黄旗入洛竟何祥③？铁锁横江未为固④。

前三国，后六朝，草生宫阙何萧萧！

英雄乘时务割据，几度战血流寒潮。

我今幸逢圣人起南国，祸乱初平事休息。

从今四海永为家，不用长江限南北。

**【注释】**

① 诗作于明太祖洪武二年（1369），时作者在金陵修《元史》。

②"秦皇"二句：相传秦始皇时有个望气的人说金陵有天子气。秦始皇便在钟山埋下金玉，并开凿秦淮河，以泄其王气。这两句说秦始皇的努力白费了，至今这里依然王气葱郁。

③"黄旗"句：三国时吴主因迷信"黄旗紫盖见于东南"的谣言，便要携带王室宫女数千人到洛阳去当天子，"以顺天命"。结果途中阻雪，军心不稳，被迫返回。祥：征兆。

④"铁锁"句：晋太康元年，西晋大将王濬率水军攻吴，吴军用铁缆、铁锥封锁长江，结果仍被王濬攻破。

　　这首歌行体的长诗充满了王朝初建时积极向上的精神，风格正大恢宏，气势磅礴，表达了作者对于祖国统一、人民安居乐业的喜不自胜的心情。作者由描绘大江两岸风景入手，"山势尽与江流东"赋予了山以力的动感，也含蓄地表述了历史长河奔流不息的观念。"我怀"四句援入作者的主体形象，也为接下来吊古张本，由自然转为人事，天然浑成。"从今四海永为家，不用长江限南北。"这是中华民族几千年仁人志士的崇高理想，是祖国统一的精神基础。

## 薛论道

　　薛论道（约1531—约1600），字谈德，号莲溪居士，定溪人。曾从军三十年，因阉党弄权，愤然辞职。著有《石林逸兴》。

# 黄莺儿·塞上重阳（四首选一）

荏苒又重阳，拥旌旄倚太行，登临疑是青霄上。天长地长，云茫水茫，胡尘静扫山河壮。望逴荒①，王庭何处②？万里尽秋霜。

**【注释】**

① 逴荒：边远之地。

② 王庭：指北方少数民族统治者设幕立朝之所。

这首散曲表达了戍边将士为国镇边、激昂豪迈的情绪，也表达了对于边疆壮美山河的赞美之情。在元代旷达恢谐的体式之外，别饶雄奇清健之美。

# 徐孚远

徐孚远（1599—1665）字闇公，号复斋，松江华亭（今江苏）人。明末依福王抗清。永历十五年随郑氏入台，后转徙于粤之饶平。

# 南　望

寂寞栖荒岛，依依望斗杓①。
群公犹百粤②，法乘已三苗③。
虚伫金台彦④，何时玉烛调⑤。
殷忧开圣主⑥，会见奏云韶⑦。

**【注释】**

① 斗杓（piáo）：即北斗七星。其一至四星为斗，五至七星为杓。形如

舀水的瓢。

②百粤：亦作百越。泛指交趾两广、闽浙一带，各种民族杂居之地。有纹身等习俗，"共来百粤纹身地，犹自音书寄一方"，见柳宗元《登柳州城》诗。

③法乘：犹言法驾，指文物制度。 三苗：泛指苗族。文化制度，比较落后。

④金台彦：置身于朝堂的政治英才。黄金台：燕昭王为郭隗所筑的尊贤之所。

⑤玉烛：古谓四时之气和顺，为玉烛调和。李巡云："人君之德美如玉，而明如烛。"亦指政治清明。

⑥殷忧：深忧。古有殷勤启圣，多难兴邦之谓。

⑦云韶：云门乐与韶乐。云门：黄帝乐名。 韶：舜乐名。此指太平盛世。

此诗作于台湾，时郑经继位，颇改乃父之臣与政。孚远忧之，作诗以劝。意谓现处于纹身荒远之地，法度疏阔近于三苗。为何不让金台之国士得用其长，而达到政治清明之局面呢？只有艰难磨难才可以造成励精图治之局面，才能让黄帝，舜帝之治世重现人间。连横在《台湾诗乘》中云："闇公之诗，大都眷怀君国，独抱忠贞。虽在流离颠沛之时，仍存温柔敦厚之音。人格之高，诗品之正，足立典型。"是非常中肯的评价。

## 卢若腾

卢若腾（1600—1664）字闲之，号牧洲，晚号留庵，金门人。崇祯十三年（1640）进士。南明隆武立，巡抚浙江。后东渡至澎湖卒。遗命题墓曰：有明自许先生之墓。著有《方舆考》、《留庵诗集》等。

# 恭瞻鲁王汉影云根石刻①

峭壁新题气象尊，蛟龙活现跳天门②。
银河荡漾多分影，玉叶葳蕤自有根③。
夹辅勋同山骨老④，登临兴与墨香存。
悬知底定东归后⑤，南国甘棠一样论⑥。

## 【注释】

① 鲁王：朱海，洪武十世孙。南明时起兵浙东，称监国。兵败至金门，卒。葬于啸卧亭下。墓石镌有《汉影云根》四字乃鲁王手笔。

② 跳天门：龙跳天门，虎卧凤阙，乃形容书法高妙之词。

③ 玉叶：此指鲁王为金枝玉叶。 葳蕤：草木繁盛貌。

④ 夹辅：指鲁王辅佐国家。

⑤ 底定：天下太平。

⑥ 甘棠：诗经篇名。本指召公佐周，此言鲁王辅佐南明王朝。


诗对鲁王墓前刻石，大加发挥。先言书法之高奇，如龙跳天门；继言地位之尊贵：乃银河分影，玉叶传枝，点明朱乃天潢贵胄，故自不同凡响。再言其夹辅王室之功，与山河同体。最后遥想南明复国成功，则鲁王此碑石当如召公之甘棠，得到后人敬慕与护持。用语庄严肃穆。命意蕴藉深沉，令人弥增企慕敬爱之心。


# 陈子龙

陈子龙（1608—1647），字卧子，号大樽，松江华亭人。崇祯十年进士，曾参加复社，又与夏允彝组织几社。清兵攻破南京，起兵抗清，事败被执，投水而死。著有《陈忠裕全集》。

# 秋日杂感（十首选一）①

行吟坐啸独悲秋，海雾江云引暮愁。
不信有天常似醉，最怜无地可埋忧②。
荒荒葵井多新鬼③，寂寂瓜田识故侯。
见说五湖供饮马，沧浪何处着渔舟。

**【注释】**

① 组诗约作于清世祖顺治三年（1646）。作者抗清兵败，避居吴中，见秋景而伤情，抒写怀抱。

②"最怜"句：汉仲长统《述志诗》："寄愁天上，埋忧地下。"此处则说连可供埋忧的地方都没有，寄寓失地之痛。

③ 葵井：野菜长在井边，言荒废已久。

这首诗沉郁顿挫，深得杜诗瓣香。颔联写天意人心总相违背，一种抑郁不平之气，杂哀愤而同出。最后说五湖都已经沦为了饮马之所，连可供隐居的沧浪之水也无从寻觅，通过这样的结尾，作者心中的失地之恸、壮志难酬的悲愤就更加深沉。

## 点绛唇·春日风雨有感

满眼韶华，东风惯是吹红去。几番烟雾，只有花难护。梦里相思，故国王孙路。春无主，杜鹃啼处，泪染胭脂雨。

以婉约之词，写悲凉之绪，以寄托的手法写一代之兴亡，别饶哀婉。以韶华满眼，象征故国繁华；以东风吹红，隐指一切导致明亡的因素。明代的皇帝姓朱，朱是红色，用"吹红去"比喻明代灭亡。过片"梦里相思"，写尽孤臣血泪。明政权失势以后的江山，连春都没有了主人。《蕙风词话》评词以重、拙、大者为上品，这首词就很符合这种标准。

# 顾炎武

　　顾炎武（1613—1682），初名绛，字宁人，自署蒋山佣，昆山县亭林镇人。学者称其亭林先生，与同里归庄友善，有"归奇顾怪"之称。少年入复社，参加反宦官权贵的斗争。清兵破南京，曾起兵吴江，事败，逃脱。母王氏避兵常熟，城破，不食而死。死前戒子勿事二姓，炎武终身守之。母殉难后，又参加昆山、嘉定一带人民抗清起义。失败后，十谒明陵，遍游鲁、燕、晋、陕、豫诸省，所至访问民俗，搜集遗闻，尤致力于边防和西北地理之研究，欲谋恢复。晚年躬耕于陕西华阴，卒于曲沃。顾炎武既是一个思想家，又是清代朴学的开山，有《亭林诗文集》十三卷、《日知录》三十卷、《音学五书》、《石经考》等。

## 海　上 （四首选一）

日入空山海气侵，秋光千里自登临。
十年天地干戈老，四海苍生痛哭深。
水涌神山来白鹤，云浮真阙见黄金①。
此中何处无人世，只恐难酬烈士心。

【注释】

　　①"云浮"句：仙人的官阙在云中浮现，都是用黄金建成。

　　这首诗表达了作者对于战争的强烈控诉，对于人民离乱的深切同情。也表达了他不愿浮海归隐，而决心为国奋斗的意志。作者首先以宏大雄奇的意象入手，营造出"日入空山海气侵"的悲壮氛围。"海气侵"借用唐代诗人韩偓的诗句："中华地向城边尽，外国云从海上来。"而"十年天地干戈老"则化用李贺的"天若有情天亦老"，哀凉深刻，令人难以为怀。"水涌神山"、"云浮真阙"，神仙之境是何等诱人，然而早已许身家国的烈士，却不能从中得到安慰。

## 郑成功

郑成功（1624—1662）原名森，字明俨，又字大木，福建南安人。郑芝龙之子。出生于日本长崎。母田川氏为日人。六岁回中国，十五岁补秀才，二十岁入南京太学，师事钱谦益。清军南下，郑芝龙拥立唐王朱聿键于福州为帝，号隆武。赐姓朱，名曰成功。清军攻福州，隆武帝罹难，郑芝龙降清，劝成功归降。乃毅然断绝父子关系。拥戴永历帝抗清。永历十年（1656）封延平郡王。永历十四年（1660）率军攻台，大破之。十五年降之，乃设郡县开垦农业。十六年病卒于台南。年三十九岁。

## 复　台

开辟荆榛逐荷夷①，十年始克复先基②。
田横尚有三千客③，茹苦间关不忍离④。

【注释】

① 荆榛：丛生的灌木，形容荒芜景象。

② 克：能。　复先基：回复先人基业。指从荷兰人手中收复台湾。又成

功之父郑芝龙曾经营台湾海上贸易，雄霸一方。

③ 田横：与刘邦、项羽同起反秦。刘邦统一后，招其来朝，因义不受辱，于途中自杀。旧部五百人亦全部自杀于田横岛上。

④ 茹苦：吃苦。 间关：路途崎岖之意。

此诗作于收复台湾之后，以避居海岛不肯臣汉的田横自喻。突出了上下将士生死同心，不离不弃的精诚团结。这种义薄云天的高节，令人钦佩。而其把孤悬海外的宝岛台湾，从荷兰侵略者手中夺取回来，使祖国金瓯一统，更是万世不朽的奇勋，值得我们永远纪念。

# 克长江重镇镇江

春风得意马蹄轻，满目青归细柳营①。
横槊赋诗曹孟德②，词锋先夺镇江城。

## 【注释】

① 细柳营：汉周亚夫屯军细柳，军纪严明，无攻不克，此用以自比。

② 横槊赋诗：东坡《赤壁赋》："酾酒临江，横槊赋诗，固一世之雄也。"赞美曹操武略文章，雄视一代。此则成功用以自喻。 槊：长矛。

郑成功于永历十二年（1658），应征讨清，兵锋直指南京，连下瓜洲、镇江，锐不可当。清军大溃，遍野尸横。诗中以飞将军周亚夫与横槊赋诗的曹孟德自比，英文巨武，有掀天揭地之气概，"词锋先夺镇江城"，千古诗家，无此气魄。成功师事钱谦益，精于诗文。手握重兵，大功在望，诗心凑泊，乃成此奇作为斯文增色。

# 夏完淳

夏完淳（1631—1647），字存古，号小隐，松江华亭人，是陈子龙的学生。明亡后，随父亲、老师在南方起兵抗清，被俘后坚贞不屈，英勇就义，年仅十七岁。他是中国历史上罕见的少年英雄和文学家。著有《夏完淳集》。

## 即 事

复楚情何极，亡秦气未平①。
雄风清角劲，落日大旗明。
缟素酬家国②，戈船决死生。
胡笳千古恨，一片月临城。

**【注释】**

①"复楚"二句：秦朝末年，有民谣说"楚虽三户，亡秦必楚。"
②缟素：丧服。

这首诗慷慨悲凉，充满了殉身家国的豪情与悲壮之志。风格精警清健，不故作豪言壮语而一片忠肝义胆，皎然可见。

## 别云间①

三年羁旅客，今日又南冠②。
无限河山泪，谁言天地宽！
已知泉路近，欲别故乡难。
毅魄归来日③，灵旗空际看。

① 诗作于清顺治四年（1647）作者被捕诀别家乡时。云间是松江的古称。

② 南冠：《左传》成公九年："晋侯观于军府，见钟仪。问之曰：'南冠而系者谁也？'有司对曰：'郑人所献楚囚也！'"

③ 毅魄：《楚辞·国殇》："身既死兮神以灵，魂魄毅兮为鬼雄。"

这首诗表达了作者坚贞不屈的抗争精神与眼见山河收复无望的悲愤之情。颔联虽对仗欠工，但一种忠愤抑郁之气，却是如同风雷激荡，自足感人。


# 郑经

郑经（1642—1681）字式天，号贤之，郑成功长子。明永历十六年（1662）继任，原住厦门。十八年东渡，抚士民，通商贩，兴学校，进人才，定制度，境内大治。联合三藩反攻，累获胜绩，后为清兵所败，退守台岛。三十五年逝世，年四十。


## 军 行 别

王事急驱驰①，春风生别离。
月明同此夜，千里两相思②。

**【注释】**

① 王事：国事，此指保卫南明与清兵交战。

② 两相思：此言夫妻别离之情。

这是一首出征前告别妻子之作，故题为《行军别》。首句言国脉危殆，故需立即奔赴战场，见出局势的危急。"明月"二句，写出相爱之深，并点明别后两地互相思念之情，是英雄自怜儿女，此诗是也。

## 痛孝陵沦陷①

故国山河在②，孝陵秋草深。
寒云自来去，遥望更伤心。

**【注释】**

① 孝陵：明太祖陵墓，在南京钟山南面。
② 故国：已经灭亡的前朝。

　　这首诗作于清兵攻下南京之时。江山易代，连开国君王的坟墓也已沦陷，宗社为墟，是极为痛心之事。前二句套用杜甫的《春望》诗："国破山河在，城春草木深"之笔意，言亡国之深悲大恸。后半言遥望自由来去之寒云，而己身却无法扫祭，一尽臣子之责，心之悲恸更无法排遣了。以无情之寒云，写人生的巨恸，更令人感动。家国之悲，不觉跃然纸上了。

## 玄烨

　　玄烨（1654—1722）康熙帝，原名爱新觉罗·玄烨。在位六十二年，励精图治，四海安宁。任内削平叛乱，反击入侵，发展经济，贡献极大，号称盛世。

# 中秋日闻海上捷音①

万里扶桑早挂弓②，水犀军指岛门空③。
来庭岂为修文德④，柔远初非黩武功⑤。
牙帐受降秋色外⑥，羽林奏捷月明中⑦。
海隅久念苍生困，耕凿从今九壤同⑧。

## 【注释】

① 海上捷音：指康熙二十二年施琅率军平定郑氏政权之捷报。

② 扶桑：神话传说"日"所出之神木。

③ 水犀：水兵，以犀为铠甲，喻其装备精锐。

④ 来庭：外族入朝进贡。

⑤ 柔远：使远人心悦诚服。

⑥ 牙帐：主帅的军帐。

⑦ 羽林：皇帝近侍曰羽林军。

⑧ 耕凿：耕地开山。

　　这是一首豪气冲天的快诗。将康熙接获收复台湾的捷报之喜悦心情，表现得淋漓尽致。"万里"句言神州早已统一，没有征伐之事了。如今水军又收复台湾，可以休兵了。三、四句言边裔来朝，让远人听命，并不是夸耀文德和显示武力。后面四句言秋色受降与月明奏捷的目的，只是为了解决苍生的困苦与天下的统一。立论正大，政策宽宏，不愧为一代英主之襟抱气象。

## 班师次拖陵①

战马初闲甲士欢，挥戈早已破楼兰②。
弥天星斗销兵气，照彻边山五月寒。

**【注释】**

① 拖陵：即托诺山，又名拖纳阿林。在今蒙古国温都尔汗西南。《清一统志》"本朝康熙三十五年五月丁卯，御驾亲征噶尔丹。乃驻跸是山，追军直北，斩其妻阿奴，噶尔丹以数骑宵遁。御笔勒铭。"此诗作于同时。

② 楼兰：汉西域国名，地在今罗布泊西岸。其王安归数劫杀汉使。傅介子使大宛，以计杀之。立其在汉弟尉屠耆者为王，更国名为鄯善。

此诗极写军威之壮伟。战马安闲，将士踊跃，一举大破叛逆，有如傅介子之擒杀楼兰王。后二句气象尤为庄严高远：满天月朗星辉，销尽了烽烟杀气。化苦寒的边塞为祥和的乐土。境界之恢宏，直逼常建："天涯尽处无征战，兵气销为日月光"之气概。

# 陈璸

陈璸（1656—1718）字文焕，号眉川，广东海康人。康熙三十年（1694）进士，四十一年调知台湾县事，四十二年出任四川提学，四十九年调任台湾、厦门道学政。历闽浙总督等职。五十六年奉命巡台。有《陈清端公文集》。

## 文昌阁落成①

雕甍画栋凤骞腾②，遥盼神霄最上层③。
台斗经天由北转④，彩云捧日自东升。
参差烟户排青闼⑤，绣错山河引玉绳⑥。
今夕奎光何四映⑦，海陬文运卜方兴。

**【注释】**

① 文昌阁，即奎光阁。在今台南孔庙之后，高三层，上祀奎星，下祀陈璜。不忘其开辟文教之功也。

② 雕甍画栋：雕梁画阁。

③ 神霄：道教九天之最高层。

④ 台斗：三台与北斗。喻贵宦高官。

⑤ 青闼：青琐闼，指官殿。

⑥ 绣错：锦绣交错。 玉绳：星名。

⑦ 奎光：即奎宿，二十八宿之一，主文章。

此诗首言文昌阁之壮伟：上耸层霄，北环台斗，东送日升。继言台南山河形势之美：人烟繁茂，山河锦绣，可以排青闼而干天象。最后以奎星璀灿意味着文运方兴，奇才喷涌。一派太和气象。这不正是康熙盛世之生动写照吗？此诗有关当地文教，堪称诗史。

# 范咸

范咸（生卒不详）字贞吉，号九池，浙江仁和人。雍正元年（1722）进士。后督学山西。乾隆十年（1745）任巡台御史兼理学政。在台时重修《台湾府志》。有《浣浦诗钞》、《婆娑洋集》等。

## 七月一日宴七里香花下作

瀛壖合是洞仙家①，宴赏贪看玉树花②。
赋罢新诗消受得，春风何处七香车。

①瀛壖：海边，此指台湾。

②玉树花：此指琼花，又名玉蕊花，一种名贵的花木。刘禹锡《玉蕊花》诗："玉女来看玉树花，香风先引七香车。"

此为流连风景之作。是对台湾宝岛景物澄鲜，民生安乐的赞美之章。所言神仙洞府，名花异木，令人爱赏不置。末句"何处七香车"有一会仙女之意。

## 再叠台江杂咏

弥茫徼外辟穷途①，飞渡横洋计不迂。
瀛漾自来瓯脱地②，屏藩藉此弹丸区。
灵槎好系扶桑木③，赤石谁传瀛海图④。
千树刺桐红似火⑤，锦官直欲拟成都⑥。

【注释】

①徼（jiào）外：塞外边界。

②瀛漾：大水浩荡。瓯脱：边界哨所。

③灵槎：神仙所乘木筏。扶桑：大木，日之所出。

④赤石："南方裔外，赤石为墙"此指台湾。

⑤刺桐：树名，花红紫色。

⑥锦官：成都之旧称。

诗写台湾的地理特点，遥悬海外，屏障中华。灵槎远泛，赤石成墙。又联系到如火如荼的刺桐花木，将它比之为繁花似锦的成都。将台湾的繁荣昌盛之状，写得如此生动鲜活。宝岛风光，令人着迷。

# 六十七

六十七（生卒不详）字居鲁。满洲镶红旗人。乾隆九年为巡台御史。著有《使署闲情》、《番社采风图》等。

## 澄台观海①

层台爽气豁双眸，远望沧溟万顷收。
赤雾衔将红日暮，银涛拍破碧云秋。
鲲鹏飞击三千水，岛屿平堆十二楼②。
极目神洲缈无际，东南形胜此间浮。

**【注释】**

① 澄台：在台南市，为郡治八景之一。

② 十二楼：传说中神仙所居为五层十二楼。

作者六十七，为满族旗人。而此诗写台南海景之美，壮丽恢弘，爽朗神奇，令人无限神往：一望无尽的红云暮日，银涛碧云。复衬之以击水的鲲鹏，与神仙的楼阁。最后以"东南形胜"作结，便有虚实相映，水到渠成之妙。

# 胡健伟

胡健伟（生卒不详）号勉亭，广东三水人。乾隆四年（1739）进士。历无极知县、福防同知，三十一年入为澎湖通判，创文石书院。三十五年补鹿港同知，升任台湾北路理番同知。有《澎湖纪略》十二卷。

# 镇 海 澳①

屹立洪涛镇海门，星分棋布壮声援。
雷鸣百里风云会，豹变重溟雨露屯②。
港仔行春车驾犊，旗头击楫浪腾鲲③。
苍茫极目浮天水，缥渺蓬壶一粟痕。

**【注释】**

①镇海澳：水边港湾曰"澳"，澎湖地名。

②豹变：传说豹入山中，以雾雨泽其皮毛而养成文蔚。后以喻自贱趋贵之词。

③港仔二句：港仔、旗头皆闹春之民间结社名。

此诗赞美镇海澳形势之壮伟，民风之矫健。首言其地得星罗棋布之势，为雷鸣豹变之要塞。次言其嬉春之乐事，牛车奔驰于街中，鱼龙变幻于海际。一派生龙活虎之气势，跃然纸上。最后以海天一粟归结本章，以一拳之石高压万马潮头，笔力何其雄杰。

## 林梦麟

林梦麟（生卒不详）台湾凤山人，乾隆年间生员。

### 瑯峤潮声①

南峰双峙海门开②，昼夜波涛卷地廻。
雄似平沙奔万马，骤如阔汉殷千雷③。
鸣樯已见风当劲，吼汕先知雨欲来④。

常向长松高枕卧，几番残梦为低徊。

**【注释】**

① 瑯峤：凤山八景之一。恒春自古称瑯峤。

②"南峰"句：指鹅銮鼻与猫鼻头两峰临海，形势如门。

③ 阔汉：辽阔的银汉。 殷：雷声。

④ 汕：捕鱼之竹篓。

诗写鹅銮鼻一带海潮汹涌，如万马狂奔，千雷怒吼，风劲而墙鸣，雨来而汕吼。放笔直书，极其壮伟，惊心动魄。最后以长松高枕，残梦低徊作结。与潘阆《酒泉子》之"长忆观潮，满郭人争江上望，来疑沧海尽成空，万面鼓声中。弄潮儿向涛头立，手把红旗旗不湿。别来几向梦中看，梦觉尚心寒"相似，皆虚实兼到，妙于传神之佳作。

# 球屿晓霞①

屿如蓬岛水中浮，晓曙霞生万仞头。
紫映朝阳遮碧汉，红辉苍海染丹流。
烧山树火晨初放②，濯锦江波夜未收③。
拟望凝台风又左④，金波满棹送归舟。

**【注释】**

① 球屿：即剖腹山，又称小琉球屿，在台湾海中。

②"烧山"句：此言晓霞怒红如烧山火焰。

③"濯锦"句：成都锦江，古人濯锦其中，满江红紫。

④ 望凝：凝望，凝神眺望。 风又左：风向相反。

此诗写海上日出：先是霞生万仞，喷薄天埌。紫遮银汉，红染沧波。又如烧山烈焰，还似锦绣铺江。从上下四方加以渲染，极尽变化之能事。最后点出欲登台远眺，无奈风力不顺，只好櫂舟归去。原来作者是在舟中观赏日出。重笔浓描，而尤长于气象。

# 周钟瑄

周钟瑄（1671—1763），字宣子，贵州贵筑（今贵阳市）人。清康熙三十五年（1696）进士。五十三年出知台湾诸罗县事，慈惠爱民。六十一年出知台湾县，值岁大饥，设平糶法。明年修文庙，葺诸生舍，皆捐俸独任之。后擢去，邑人立像以祀之。

## 淡水炮城①

海门一步地，形势可全收。
欲作图王想②，来成控北谋。
台荒摧雪浪，砌冷老边秋。
试问沧桑事，麻姑尚黑头③。

【注释】

①淡水：在台湾新北市。十六世纪西班牙人占领北台湾，曾于海口修炮台，号罗岷古城，今遗址尚存。

②图王想：建立王国的计划。

③麻姑：女仙名。自云，曾三见沧海变为桑田。

此诗长于气象。起二句："海门一步地，形势可全收"，以小形大，犹云以一拳石而镇万顷狂涛也，笔力道劲。二联承之，以图王立国之霸业为目的。此指郑氏建国，可谓掷地有声。三联以下发怀古之忧思。台荒砌冷，不堪回首矣。沧桑之感，令人唏嘘无尽。

# 吞霄观海①

浩渺无因溯去程，仙槎客泛正须评②。
轻浮一粒须弥小③，包括恒河色界清④。
世外形骸杯可渡⑤，空中楼阁气嘘成⑥。
情知观海难为水⑦，更有红轮向此生。

**【注释】**

①吞霄：地名，即今苗栗吞霄镇。观海胜地。

①仙槎：即浮槎。传说天河与海通。有人浮槎至天河，见一丈夫牵牛饮于渚。还至蜀，问严君平。平曰："某年某月，客星犯牵牛宿。"

③须弥：神话中山名。天帝所居。佛书有云：可纳须弥于芥子中。其神通如此。

④色界：佛教三界曰：欲界、色界、无色界。

⑤杯可渡：传说有人乘一小杯，渡孟津去。见《法苑珠林》。

⑥空中楼阁：即蜃楼。旧说巨蜃吐气乃现空中楼阁。

⑦"观海"句：孟子曰："观于海者难为水，游于圣人之门者难为言。"后用以比喻所观者大。

此诗写观海产生的连翩奇想，诗境空灵奇伟，令人神观飞越，壮心勃发。诗一叹而起：先言无法追随浮槎之客星去造访天河。继引须弥芥子之神话，比喻吞霄虽小，亦可含纳佛家三界。小杯可以渡人，嘘气可成楼观。可谓神变无尽了。最后点出日轮从海面跃出，结得光昌壮丽，表现出作者积极进取的价值观，古诗人中，未为多见。

# 高拱乾

高拱乾（康熙间人）号九临，陕西榆林人。康熙31年（1692）任分巡台厦兵备道。延聘文人，创修《府志》。秩满，升任浙江按察使。

## 鹿耳春潮①

海门雄鹿耳，春色共潮来。
二月青郊外，千盘白浪堆。
线看沙欲断②，射拟弩齐开③。
独喜西归舶，争随落处回。

**【注释】**

①鹿耳：地名，即鹿耳门，在台南市，为观潮胜地。

②"线看"句：郑氏地图云，马沙沟外，有沙线数里，置南北鲲鯓以守，今均没于海。

③射拟句：吴越王钱镠，命弓弩手以箭射潮，而筑海塘。

此诗写台南鹿耳门观潮之壮观景象。"海门"句，即鹿耳大潮雄于海门之倒装。"雄"字动用，句便矫健有力。次联以"青"字状郊原春色。"千盘白浪"，写潮势之雄奇，皆颇能穷形尽相。颔联二句，用上一下四句型：线——看沙欲断，射——拟弩齐开。便觉老健可喜。活用钱镠射潮之典，最具气势。全诗起承转合，虚实兼到，宛然如画，不愧佳作。

# 澄台观海①

有怀同海阔，无事得台高。
仙忆安期枣②，山驱太白鳌③。
鸿蒙归紫贝④，腥秽涤红毛⑤。
济涉平生志，何辞舟楫劳。

## 【注释】

① 澄台：在台南市，为郡治八景之一。今已圮。
② 安期：安期生。《史记》中传说的仙人。"见安期生食巨枣如瓜。"
③ 太白鳌："巨鳌莫载三山去，我欲蓬莱顶上行"，见李白《怀仙歌》。
鳌：大海龟。
④ 紫贝：贝阙珠宫，神仙宫殿。紫，形容其珠光宝气。
⑤ 红毛：荷兰之别称。指郑成功收复台湾，赶走荷兰占领者。

此言志诗也。一起二句，意向高远。言诗人襟抱如海，登台眺远，气概非凡。中二联先写传说，想起了食枣仙人安期生与骑鳌诗客李太白的浪漫传说来，心态何其潇洒。下联落脚到政治层面。"腥秽涤红毛"即涤尽红毛的腥秽，仍是驱除夷敌，护我金瓯之意。上句用"紫贝"对"红毛"，极为工妙。天地的元气回归到珠宫贝阙是正说，与涤红毛一反一正，更见笔力之劲。最后以志在安邦，不辞劳苦作结。写出了荩臣报国之高节与忠心。

# 孙元衡

孙元衡（生卒不详）字湘南，安徽桐城人。以拔贡出任汉川同知。康熙四十年（1701）迁台湾知府。四十五年摄知诸罗政事。有

《赤崁集》以描写风物博采土宜著称。

# 抵 台 湾

浪言矢志在澄清<sup>①</sup>，博得天涯汗漫行<sup>②</sup>。
山势北盘乌鬼渡<sup>③</sup>，潮声南吼赤崁城。
眼明象外三千界，肠断人间十二更<sup>④</sup>。
我与髯苏同不恨<sup>⑤</sup>，兹游奇绝冠平生。

**【注释】**

① 浪言：空谈。 矢志：发誓。 澄清：使乱世转为太平。

② 汗漫：远游天下之意。

③ 乌鬼渡：指渡黑水沟，以山险著称。

④ 十二更：渡海以更计程。自厦至台大约十二时辰。

⑤ 髯苏：苏轼。"兹游奇绝冠平生"，乃其《六月二十日夜渡海》诗之末句。

此为其赴台纪行之作。首言此行为践行其澄清天下之理想，乃有万里海疆之行。继言山海行程之凶险，浪涛掀天吼地。"眼明象外三千界"则放笔虚写，推出天上仙境。旋以"肠断人间十二更"加以铺垫。反衬出海上水行之苦，两相映托，诗境益觉矫健老到。结尾以苏轼相比，自是占得高位。胸襟博大，思笔俱健，不愧佳作。

## 钱琦

钱琦（1704—不详）浙江仁和人，号述堂，晚号耕石老人。乾隆二年（1737）进士。历官编修，按察使，福建布政使。十六年（1751）任巡台御史。好吟咏，为袁枚文友。海外诸诗，尤为雄伟。

# 赤 崁 城①

几历沧桑劫，孤留赤嵌城。

有人谈往事，到此悟浮生。

地迥云山阔，时平烽火清。

不妨高堞上②，欹枕听潮声。

**【注释】**

① 赤嵌城：地在台南附近，即遮兰德城。荷兰人所筑，亦称红毛城。

② 高堞：城墙上的垛口。

钱琦十八世纪中叶来到赤崁，一百多年前荷兰人在此建城，后为郑成功攻破，至清兵收复，金瓯一统，已历百有余年。此即开篇所言沧桑历劫也。兴亡相继，故令诗人有浮生若梦之叹。然而作为巡台御史，其眼中所见却是一派太平景象，"地迥云山阔，时平烽火清"为全诗关键，写足了清时形胜。最后归结到欹枕高堞，卧听涛声，真安居乐业之太平幸民也。康乾盛世，于海外荒陬之地犹可见之。

# 赵翼

赵翼（1727—1814）字云松，号瓯北。乾隆二十六年进士，官至贵西道台。五十二年台湾林爽文作乱，曾佐闽浙总督李侍尧幕，擘画军机，李倚之如左右手。著有《二十二史劄记》、《瓯北集》等。

## 拟杜甫《诸将》

提兵鹭岛发峨舸①，家世通侯镇海波②。

韬略可施何太缓，萑苻初起本无多③？
悬军翻虑为猿鹤④，列阵徒闻仿鹳鹅⑤。
自是军谋要持重，几时奏听凯旋歌。

## 【注释】

①鹭岛：厦门之别称。此言兵出鹭岛以抵台湾。峨舸：指军舰高耸如山。

②家世通侯：赵翼所佐的主帅李侍尧之四世祖为汉军镶黄旗统领，位列通侯。

③萑苻（huǎn pú）：郑国泽名。多藏盗贼。

④悬军：军队停顿不发。翻虑：反忧。猿鹤：君子死为猿鹤。此谓贻误军机，必有牺牲。

⑤鹳鹅：兵阵名，见《左传》。


此诗作于佐幕李侍尧军时。乃对其用兵偏缓提出了置疑。一、二句，写兵势之旺。李侍尧为乾隆第一能臣。然性贪鄙。指挥军事未能速决。诗中主张对初起之盗尚未成气候，宜速决之。所以对悬军不发，颇不以为然。这是一首议论诗。一如杜甫之《诸将》，皆批评将帅无能之作。此诗指陈得失，刺多于美，敢于直谏炙手可热之主帅，可见性格之倔强。虽少蕴藉，不碍佳作。


# 杨延理

杨延理（1747—1816）广西柳州人。字清和，号双梧。乾隆二十四年（1777）拔贡，次年朝考第一。历任侯官知县，台湾海防同知。三度来台，任职十六年，力主开发噶玛兰（今宜兰），功勋甚巨。

# 相度筑城建署基地有作①

背山面海势宏开，百里平原亦壮哉。

六万生灵新户口，三千田甲旧蒿莱②。

碓舂夜急船初泊③，岸涌晨喧雨欲来。

浮议频年无定局④，开疆端赖出群才。

## 【注释】

① 相度：视情况而定度事务。 建署：建立县衙。

② 田甲：指田地。 蒿莱：草莱荒地。

③ 碓舂：碓白舂米。

④ 浮议：空谈无实之意见。

此诗写其受命开疆建衙之经过。如何相度形势立衙建制之事，以及土地人口，商船往来之情况，并出之精美之诗句。最后感叹浮议之害，申言封疆大吏须有远略宏猷。立论得体，语深而意远，亦诗史也。

# 重定噶玛兰全图

尺幅图成噶玛兰，旁观慎勿薄弹丸。

一关横锁炊烟壮，两港平铺海若宽。

金面翠开云吐纳，玉山白映雪迷漫。

筹边久已承天语，贾傅频烦策治安。

此诗乃论其最后划定舆图之事。首联言开衙建县，慎勿小看。领联"一关"、"两港"写形势之不凡，属对工稳壮丽。颈联写到眼景色之美。朝霞喷薄乃有金面碧云海景之妙。玉山高矗和白浪雪翻，构成了另一种动态之美。虚实相衬，蔚为奇观。最后以"筹边"、"治安"作结，有大臣经纶天下之气概。

# 谢金銮

谢金銮（1757—1820）福建侯官人。字巨廷，晚改名灏。乾隆五十三年（1788）举人。嘉庆九年（1804）渡海来台任嘉义教谕。著有《台湾县志》等。

## 鲫鱼潭有作①

层城晓出度岩扃②，喜见潭光照眼青。
烟树人家湖上店，沙洲官澳渡边亭。
山从乌顶分东郡③，水到鲲鲗达北溟④。
但说鲫鱼鳞甲薄，一天风雨是龙灵。

**【注释】**

① 鲫鱼潭：在台南市，汇纳众流，产鲫鱼，因名。
② 岩扃：山门。
③ 乌顶：山名，在台南南化乡。
④ 鲲鲗：鹿耳附近之沙洲名。

鲫鱼潭风景优美，为台南八景之一。此诗一路写来，由近及远，风光历历如画。"山从"、"水到"一联，尤见气势之雄阔。尾联从鱼鳞之薄而生发出风雨龙灵之偌大气象，可谓铺垫入妙，挥斥有声之奇句。

# 郑兼才

郑兼才（1758—1822）福建德化人。字文化，号六亭。嘉庆三年（1798）解元。九年任台湾县教谕，二十五年再任。蔡牵作乱犯台，守城有功。与谢金銮合撰《台湾县志》。

## 经旗尾山①

层蓝叠翠峙村西，旗尾排风落影齐。
天遣好山标两邑②，地随流水隔长溪③。
弥浓庄近笼烟迥④，傀儡峰高障雾低⑤。
空阔迷蒙东港口，年来潮信息鲸鲵⑥。

【注释】

① 旗尾山：高雄山名，与隔岸之鼓山遥遥相望。

② 两邑：指此山为凤山县与台湾县分界。

③ 长溪：指梓仙溪。

④ 弥浓庄：高雄地名。

⑤ 傀儡峰：高雄地名。

⑥ 鲸鲵：大鱼。此指作乱造反的势力。

此诗为写景之作，大量使用地名。由于缀合得法，便不呆板。最后推开视线，眺望远景以抒怀抱。盖蔡牵之乱已平，故奔来潮信无复鲵鲸之虑矣。寄意高远，是其长处。

# 章甫

章甫 (1760—1816) 字文明，号半崧，台南人。经究经史百家之学。嘉庆四年 (1799) 岁贡为国子监生员。设教里中，人称高士。尤工诗文。五、七言律波澜壮阔，如建大将旗鼓。

## 东溟晓日

耀灵渡海出东关①，溟色苍茫曙色斑。
黑雾拓开新世界，红云捧照旧河山。
火珠吐浴青波里②，金镜磨悬碧落间③。
笑造秦桥过不得④，神鞭石血苦维艰。

**【注释】**

① 耀灵：太阳。

② 火珠：此指喷薄海水间的晓日。

③ 金镜：月亮。

④ 秦桥：秦始皇造石桥。令神人鞭石成桥以观日出，石皆流血。

此诗为海上观日出之名作。二百年前之古人能有此胸襟气象，洵为难得。拓开新世界，捧照旧河山，造语新颖，近乎口语，实开黄遵宪诸君之先行。最后对好大喜功的秦始皇予以讥讽，表现出其珍惜物力，关心民瘼的政治家风度。

# 吕成家

吕成家 (生卒不详) 字建侯，澎湖人。嘉庆年间士人，工书画，能诗。天性友爱。揖让一堂。

# 虎井屿观海中沉城<sup>①</sup>

如何渊底立坚城，可是沧桑几变更？

寂寞山河沉旧恨，屏藩海国值时清。

难寻危堞千层砌，犹见颓垣一片倾。

我欲燃犀来照取<sup>②</sup>，骊龙颔下探晶莹<sup>③</sup>。

**【注释】**

① 虎井屿：澎湖八景之一。方志云：“虎井屿东南海中有沉城。周可数十丈，砖石色红。”

② 燃犀：《晋书》载，温峤至牛渚矶，燃犀照水，见水族异物，须臾覆灭。

③ 骊龙：相传骊珠藏于骊龙颔下，触者杀之，见《庄子》。

此诗以探究的精神，对传说中的沉城提出了一系列推想：是沧桑变更所造成的吗？是国破家亡的痕迹吗？……最后以燃犀入海，一探原由作结。想象力丰富，而又余味无穷。

# 林则徐

林则徐（1785—1850）字元抚，号石麟、少穆，福建闽侯人，嘉庆十六年（1811）进士。历任江苏巡抚、湖广总督。1839年任钦差大臣，赴广东查禁鸦片。在虎门当众烧烟并多次挫败英军的侵略。战败后，被革职，充军新疆。后任云贵总督。1850年病死潮州。谥文忠。有《云左山房诗词》。

# 林则徐诗二首

壬寅二月祥符河复，仍由河干遣戍伊犁，蒲城相国涕泣为别<sup>①</sup>，愧无以慰其意，呈诗二首。

## 一

幸瞻巨手挽银河<sup>②</sup>，休为羁臣怅荷戈<sup>③</sup>。

精卫原知填海误<sup>④</sup>，蚊虻早愧负山多<sup>⑤</sup>。

西行有梦随丹漆<sup>⑥</sup>，东望何人问斧柯<sup>⑦</sup>。

塞马未堪论得失，相公且莫泪滂沱。

## 二

元老忧时鬓已霜，吾衰亦感发苍苍。

余生岂惜投豺虎，群策当思制犬羊<sup>⑧</sup>。

人事如棋浑不定，君恩每饭总难忘。

公身幸保千钧重，宝剑还期赐上方<sup>⑨</sup>。

【注释】

① 蒲城相国：王鼎，陕西蒲城人。道光间任军机大臣和东阁大学士。王鼎是林则徐的恩师和禁烟的后盾。道光二十一年（1841）黄河于开封祥符决堤。王鼎督办河务。乃奏留"发往伊犁效力赎罪"的林则徐修治黄河。事竣，王鼎保奏则徐免去伊犁，留朝录用。道光不听，仍以"着往伊犁"。鼎不意如此，乃挥涕送别。

② 银河：此指黄河。

③ 羁臣：羁旅贬谪之臣。荷戈：肩着干戈巡逻。

④ 精卫：传说中衔微木而填海的冤禽。

⑤蚊虻：啮人的蚊虫，大者曰虻。 负山：此指自己如小虫背负如山的罪名。

⑥梦随丹漆：《文心雕龙·序》"梦执丹漆之礼器，随仲尼而南行。"指追随先哲。

⑦斧柯：后借指媒人。 问斧柯：问有谁能关怀自己之意。

⑧犬羊：畜类。此系对英国侵略者的蔑称。

⑨赐上方：尚方署为皇帝特制的御用宝剑。赐之表示授与全权，可以先斩后奏。


　　二首悲壮苍凉，诗中极品。其主旨是安慰座师不要过于为我忧伤。前章从相公的巨手安澜说到自己：虽负戈远谪，获罪而行。个人得失事小，请老师不要过于伤心。次章则言相公垂老之年，幸祈保重身体，希望能手执上方宝剑，为国家多做贡献。"余生"二联谆谆以制伏夷狄为念，从不计个人的得失。老臣谋国之宏猷远虑，令人感动。宅心忠厚，忧国深远，襟怀志向，决非恒辈所能到。自古谪臣，罕睹如此风范。徐世昌《晚晴簃诗话》云："文忠惊世之才，余事为诗，缘情赋物，靡不裁量精到，中边俱彻，非寻常诗人所及。"可谓知言。


## 黄清泰

　　黄清泰（生平不详）字淡川，其先广东镇平人，移居台湾凤山、头份。幼嗜学，有文誉。乾隆丙午（1786）林爽文天地会之乱，清泰以乡勇守郡，赏六品衔。嘉庆间，任竹堑守备，擢参将。领军三十余年，顺体民情，有儒将风范。

# 大甲溪①

赴海水性急，截流山势横。

忽然穿峡出，终古作雷声。

翻石沙俱下，危船鬼欲争。

谁能任巨济②？用此愧平生。

**【注释】**

①大甲溪：台湾主要河流，发源于雷山南溪间，于台中清水入海。水势缓急不一，变化多端。

②巨济：巨舟以济渡人。《尚书说命》若济巨川，用汝作舟楫。犹言为国宰辅以治理天下之意。

此诗前三联写大甲川之险急：横山截流，其声若雷，沙石滚下，命悬一线。种种凶险，令人心怵而意惊。最后提道：谁能化作巨舟，使生民得以安渡。这是申说自己为政济民的理想。愿以傅说之佐殷高宗治平天下为自己的目的。寄情高远，武将而有此襟抱，令人钦佩。

# 柯辂

柯辂（生卒不详）福建晋江人。字莪瞻，号淳庵。乾隆四十四年（1778）举人。嘉庆六年（1800）入台任彰化教谕，后升任江西安仁知县。著作丰富，冠于闽中，今唯诗文集得以流传。

# 春日望海

碧海浑无际，和风镜面开。

春潮孤岛没，暮雨细帆来。

鹿耳双缨出<sup>①</sup>，鲲鯓七线回<sup>②</sup>。

旷观天地阔，且覆掌中杯。

**【注释】**

① 鹿耳：即台南鹿耳门。 双缨：双缨龟，两足有绿毛如缨。

② 鲲鯓：鹿耳边缘，沙洲环绕，状如大鲲，故曰鲲鯓。 七线：沙线自东南，西转下海，联结七屿，故称七线。

此乃鹿耳门观海之作。述景雄丽，吐属温婉潇洒。中二联对仗工稳，微憾处在句式雷同，略乏错综之美。末联回应望海之意，结得阔大、潇洒，不愧名家手笔。


# 邹贻诗

邹贻诗（生卒不详）湖北汉阳人。字石泉，号愚斋。乾隆五十二年（1787）随福康安军渡台平林爽文乱，官布政使经历。著有《浮槎存诗集》。

## 三月九日志感<sup>①</sup>

屡迟平安火，旋惊战鼓声。

兵家轻胜负<sup>②</sup>，群盗遂纵横。

白骨烟中戍<sup>③</sup>，黄巾海上城<sup>④</sup>。

今宵望弧矢⑤，闪烁向人明。

**【注释】**

　　① 三月九日：当指乾隆五十三年（1788）三月九日。福康安二月十日捕获林爽文，二十五日攻取大武垄。是连捷奏凯，大获全胜之时。

　　②"兵家"句：谓主帅忽略而丧失战机。遂令盗贼横行。

　　③"白骨"句：谓烽烟中战士埋骨的坟茔。

　　④"黄巾"句：贼兵在海上的战垒。 黄巾：此指乱贼。

　　⑤弧矢：星名，亦指天弓，兵象也。


　　此感怀之时。作者身践戎行，目睹惨淡的乱象，然后发出思考。他的领悟是：如果主政者忽略了战备，就可能造成群盗纵横之乱局。"白骨"二句，极言养痈为患，以致盗贼做大而造成生民浩劫之悲剧。诗以丽句写出悲情，一倍增其悲苦。最后点到弧矢之天象，意在告诫人们安不可忘危，表现了诗人谋国之深心。


# 郑用锡

　　郑用锡（1788—1858）字在中，号祉亭。父崇和，福建同安人。嘉庆初来台，设帐竹堑，遂家焉。用锡承家学，试中道光三年（1823）进士，为开台二百年，通籍之始，后历同知、员外郎等职。以母老归里，主讲书院，开竹堑文风，有《北郭园全集》。

## 感　慨

老至偏多难，生民涂炭时。
盛衰无定局，今古一含悲。

大地鸱鸮恶①，高堂燕雀嬉②。

万牛回首日③，梁栋要人为。

## 【注释】

① 鸱鸮：恶鸟。此谓恶势力横行，良善受难。

② 燕雀嬉：燕子、麻雀等小鸟。嬉：此指灾难当头，尚嬉游如故。

③ 万牛回首：杜甫《古柏行》"万牛回首丘山重"，慨叹朝廷无股肱重臣。

诗人暮年，值逢鸦片战争，外强欺凌，国事日非。乃有感而作此诗。前四句言局势之乱，后四句慨叹谋国无人。暴虐横行，而高堂当政者尚文恬武嬉，不自振作。最后则寄希望于国出栋梁力挽危局。用笔凝重，弥见忧时之深心。

# 魏源

魏源（1794—1857），字默深，湖南邵阳人。道光二年（1822）举人，入资为中书。二十五年（1845）成进士，历官江苏兴化、高邮知州。太平天国兵兴时，避兵兴化。源早岁从刘逢禄治公羊学，曾为贺长龄辑《皇朝经世文编》，著《元史新编》、《圣武记》、《海国图志》，记我国史事及世界史地。鸦片战争时，曾入两江总督裕谦幕，参与浙东抗英战役。与龚自珍齐名，并称"龚魏"，同为近代启蒙学者。

## 金陵怀古 （八首选一）

黯黯青青画不成，山如晏坐水如行。

千年山色南都恨，五夜江涛北府兵①。

故国潮来秋不老，六朝人去雪无声。
关河大好诗难称，渔唱何曾识战争！

**【注释】**

① "千年"二句：历史上凡是定都金陵的王朝都很短命，而且总是受到北方的侵凌。 北府兵：东晋谢玄招募的以徐、兖二州骁勇的精兵，由北人组成。

这首诗借古史以浇胸中块垒，表达了作者热爱和平、憎恶战争的仁人志士之心。颈联对仗精工，寓豪于婉，令人玩味不尽。


# 黄骧云

黄骧云（1801—1841）榜名龙光，字雨生，号童光，苗栗头份人。参将黄清泰之子。少时肆业福州鳌峰书院。道光九年（1829）进士。十二年回台省亲，参与平定张丙作乱之事。晋升营缮司员外郎，后参与核阅大考试卷，取士多得人。


## 定寨望洋①

此地当年旧战场，我来拾簇弔斜阳②，
城边饮马红毛井③，港外飞潮黑水洋④。
一自云屯盘铁瓮⑤，遥连天堑固金汤。
书生文弱关兵计，贤尹经纶说姓杨⑥。

**【注释】**

① 定寨：即八卦山，又名寮望山，为彰化八景之一。

② 拾簇：捡拾箭头。

③ 红毛井：荷兰人所凿之井。

④ 黑水洋：即黑湖。

⑤ 云屯：云气屯聚。 铁瓮：即铁瓮城，江苏镇江县古城。此借指当地之坚城。

⑥ 贤尹：指当地知县杨桂森。


此诗为登临凭吊之作。从古战场开笔，拾簇斜阳，顿增悲感，"饮马红毛井"、"云屯盘铁瓮"、"天堑固金汤"何其壮伟、警策，非大手笔不办。最后归结到杨桂森治兵有方，保障了一方安居乐业。读之令人顿增壮心。


# 林树梅

林树梅（1808—1851）金门人。字瘦云，父廷福，官水师游击，尝随父巡视，多历夷险。工古文辞，曾佐凤山令曹瑾治水，民盛赞之。著述甚丰，多留心经济之言。


## 志 别 诗①

踪迹如蓬转，风波又一经。
地原多鬼市②，人喜逐鱼腥。
古镜磨肝胆，奇书瀹性灵③。
归装何所有，囊橐贮空青④。

**【注释】**

① 志别：原作《乙酉侍任澎湖丙戌冬日言归赋诗志别》，可知是他侍父巡视澎湖后归家之作。

②鬼市：指夜市，"海边时有鬼市，……人从之多得异物"。见郑熊《番禺杂记》。

③瀹：濯洗。

④空青：矿物名。产澎湖海滨，大如卵，中有清水，可治眼疾。

诗写其海上巡行漂泊的经历。先述见闻，漂蓬海上。经历了鬼市，见惯了以海产为生的土著民众。颔联以下书所感："古镜磨肝胆"，传说宝镜可以照见人肝胆。汉代有透光镜，照物皆倒。"奇书瀹性灵"，则言好书可陶冶性灵，使人格得到升华。二句最为警策，传为名句。最后以归装仅贮空青石数枚作结，可见其品格之高远潇洒。

## 施琼芳

施琼芳（1815—1868）台南人。初名龙文，字见田，号珠垣。道光十七年拔贡。道光二十五年（1845）恩科进士。补江苏知县。寻任东山书院山长，潜心性理之学。

# 怀　古

纷沓人间世，浮云局几更。
烂柯棋历劫①，横槊酒鏖兵②。
阅代天应老，流年水有声。
临风凭吊处，无限古今情。

【注释】

①烂柯：《述异志》载王质入山采樵见人对奕，及局终，谓曰，汝柯（斧

柄）烂矣，及归，已逾百年。

②"横槊"句：东坡前赤壁赋称曹操"酾酒临江，横槊赋诗，固一世之雄也，而今安在哉。"

诗以"怀古"为题，主旨在慨叹世局之变化无端。妙在中二联之精严整饰而多变化：纵然世局如棋，也应该有英雄横槊之场所。即使天也有老时，但随时逝去的年华也应有声有色。以后句振起前句，表现了诗人积极进取的价值观。所以当其临风凭吊时，怀古之味浓，而伤今之意似乎并不突出。达人心态故应如是。


# 陈淑均

陈淑均（生卒不详）字友松，福建晋江人。嘉庆二十一年（1816年）举人。道光十年（1830年）应聘入台，任噶玛兰仰山书院及鹿港文开书院山长。编有《噶玛兰志略》。


## 苏澳蜃市①

无端海市涌楼台，车马衣冠景物该②。
一水暗连诸噜啁③，半空擎出小蓬莱。
仙家总在迷茫外，世境都从变幻来。
莫使风吹南北澳，留将图画太阳开。

【注释】

① 苏澳：地名。在宜兰县东南。
② 该：包括。
③ 诸噜啁：即太噜国阁。其地与噶玛兰等原住民地区相连。

诗人伫立宜兰海边，眺见苏澳一带之海市蜃楼奇观，楼台车马一一涌现，十分欣喜。"一水"、"半空"对语工丽，既点出地理位置，又突出了恍如仙境之美景。颈联则掷笔虚空，点出世境变幻无端之理。最后表示希望幻景长留，不要被海风吹散，好让人们在朝阳照耀下仔细端详，结得光昌壮伟。

## 吴子光

吴子光（1819—1883）名儒，字士兴，号云阁，铁梅道人。原籍广东嘉应。年十二，毕大小经，数试不中，乃移居台湾淡水。同治四年（1865）中举。与修厅志。光绪二年（1876）主讲文英书院。著有《一肚皮集》、《三长赘笔》等书。

### 寄题延平王庙①

曾读丰碑渤海东，开疆犹仰大王风②。
阖门骨肉杯羹底③，千里江山锦绣中。
明代兴亡归劫数，史家成败论英雄。
似闻鹿耳鲲鯓畔④，呜咽潮风早晚同。

【注释】

① 延平王：郑成功的封号。

② 开疆：指从荷兰人手里收复台湾。

③ 杯羹：项羽抓刘邦之父，告汉兵急退，如不退兵吾即"烹太公"。刘邦曰："必欲烹而翁幸分我一杯羹"，见《史记》。此指郑芝龙降清，以挟成功，与成功之母于乱军中自杀之事。

④ 鹿耳、鲲鯓：皆地名，在台南，皆观潮胜地。

此诗为歌颂郑成功收复台湾之作。"开疆犹仰大王风"一诗之纲领，颔联上句极言其惨烈，下句盛赞其丰功。铺垫有力，跌宕入奇。末句以景结情，令人感慨无端。

# 洪仁玕

洪仁玕（1822—1864），字益谦，号吉甫，广东花县人。太平天国九年由香港至天京，累封至干王，总理朝政。太平天国十四年天京陷，十月在江西被俘，十一月就义于南昌。著《资政新篇》，主张学习西方科学技术，革新政治。

## 绝 笔 诗（六首选二）

### 一

志在攘夷愿未酬，七旬苗格德难侔①。
足跟踏破山云路，眼底空悬海月秋。

【注释】

①"七旬"句：舜令人以干戚舞，苗乃格。 格：驯服。

这首诗表达了作者壮志未酬，己身先殒的悲愤。虽大劫已至而气象宏大，而无衰飒之气。志士情怀，令人钦佩。

### 二

意马不辞天地阔，心猿常与古今愁①。

世间谁是英雄辈，徒使企予叹白头②。

**【注释】**

①"意马"二句：意马心猿，比喻心神不定，难以控制。

②企予：企而，企望。

这首诗表达了作者感慨英雄人物难得一见，太平天国的事业终于失败的郁愤之情。

# 李逢时

李逢时（1829—1876）字泰阶，宜兰人。咸丰十一年（1861）辛酉科拔贡生。尝入台湾道孔昭慈幕。工诗，有抄本流传。见《台湾先贤诗文集汇刊》。

## 泖 鼻①

海上横拖泖鼻长，下临无际气汪洋。
鱼龙任纵潮伸缩，舟楫无虞石隐藏。
喷薄风云营惨淡②，吹嘘日月焕光芒③。
东瀛别有饶名胜④，鹿耳鲲鯓水一方。

**【注释】**

①泖鼻：地名，形如象鼻，在宜兰东北。暗礁鳞列，号为险途。

②惨淡：即暗淡。

③吹嘘：犹发扬。

④东瀛：此指台湾。

此诗咏滟鼻形胜，而长于气象。中二联写"鱼龙"、"舟楫"之往来游弋，见出海道纵横自如。继言"风云"之惨淡，"日月焕光芒"，见出天象之变化无端。笔势大开大合，读之神旺。最后以台湾别有胜境，如鹿耳、鲲身之南北呼应，更觉意味悠长。

# 三　貂①

寻诗不觉到三貂，海外看山兴更遥。
一岭横飞严锁钥，三峰并出插云霄②。
林穿古道纡征骑③，径入深丛噪乱蜩④。
此去岭头天尺五，好随羊角上扶摇⑤。

## 【注释】

① 三貂：即淡水三貂岭，地极险要。同治六年（1867）总兵刘明灯北巡至此，曾刻诗于壁以明志。

② 三峰：指和美山、福隆山、桶盘堀尖山等。

③ 纡：曲折。

④ 蜩：蝉。

⑤ "羊角"句："抟扶摇羊角而上者九万里"，见庄子《逍遥游》。羊角：旋风名。

此诗亦写景名作。二联以"横飞"、"并出"写山势之险，笔势飞动。末联"好随羊角上扶摇"，可谓掷笔虚空，俨然有鹏飞八极，鸟瞰四海之胜概了。

# 岑毓英

岑毓英（1829—1869）广西西林人。字彦卿，号匡国。本为壮族土司之后。秀才出身，累立军功，官至云贵总督，为清末重臣。

## 席上题诗

素习干戈未习诗，诸君席上命留题。
琼林宴会君先到[①]，塞外烽烟我独知。
剪发接缰牵战马，割袍抽线补征旗。
貔貅百万临城下[②]，谁问先生一首诗。

**【注释】**

① 琼林宴：皇上宴请新科进士之酒席。始于宋代。

② 貔貅：猛兽名，此指勇武之军队。

据云昆明官员学士宴会，请云贵总督岑毓英题诗。乃作此示之，一座皆惊。岑春煊土司出身长于军事，诗非所工。此作却写得本色，而极具气势。结尾反问：百万敌军攻到城下，先生们的诗作还有用吗？天下太平要有军力保障。诗存于广西西林岑氏家祠内。表达了"有文事者必有武备"，"安不忘危"的治国韬略。

# 杨浚

杨浚（1830—1890）字雪沧，福建侯官（福州）人。咸丰二年（1852）举人，官内阁中书。同治七年（1868）聘修淡水厅志。有《冠悔堂诗文集》、《岛居录》等。

# 游宝藏岩寺①

平畴万顷绕修篁，一水泠泠下夕阳②。
不问名山有丝竹，佟收大块作文章③。
息机羡汝闻清梵④，厚福何人占上方⑤。
自笑袖中东海小⑥，且携拳石入诗囊。

## 【注释】

①宝藏岩：一名石壁潭寺，在台北拳头山后。
②泠泠：声音清脆，悠扬。
③大块：大地。
④清梵：诵经声清朗悦耳。
⑤上方：天界。
⑥"袖中"句：袖携东海，喻法力无边。

天下名山僧占多。僧人性静，善于养山。荒涯隙地，皆收拾成林石清幽，得太和之气。读此诗便觉道心诗意扑面而来，令人陶然自乐。起二句以万顷修篁作横向之描写，旋以泠泠一水作线性之穿插。一纵一横极富画面感与线条美。次联言不贪丝竹管弦之乐，但图对景撷文之快。其为人也何等潇洒而妙于文章。三联赞赏住持僧人既息尘机，又享天界清福。吐属高妙如此。末联最佳，直抒襟抱。言袖袍虽小，不能含纳东海，却可携得拳石以入诗囊。想像力之丰富，气象之清奇，真能不留剩语，尽得风流矣。

## 凤崎晚霞①

梯田直上有高冈，天外盘旋集凤凰。
何处赤城张火伞②，此间碧海近扶桑③。

平沙一片开秋狝④，古木千章挂夕阳。

料理诗情应更远，且收余绮入奚囊⑤。

**【注释】**

① 凤崎：山名。在新竹北境。山形如凤凰起舞，凤崎是海滨观日出没之佳处。

② 火伞：指烈日。

③ 扶桑：传说日出之神树。

④ 秋狝（xiǎn）：秋日打猎。

⑤ 奚囊：诗囊。李贺出游令小奚奴（书童）携囊随行，得句即投注囊中。

诗写海畔落日。作者将海上的余霞与反射山冈的夕照，交并写出，构成一幅灿若赤城的奇观。喻之为浴火凤凰，真是穷形极态，妙想天开之作。

# 林豪

林豪（1831—1918）字嘉卓，号次逋，福建金门人。博览史籍，工诗文。咸丰九年（1859）举人。同治元年（1862）入台，居艋舺。戴潮春作逆，协力平乱有功。主修《金门志》、《澎湖厅志》等。有《诵清堂诗集》。

## 与诸生蔡汝璧、黄卿云论文①

提笔先将俗见除，时时心与古人居。

目中早结千秋想，腕底还空万卷书。

扬氏虫雕怜琐屑②，义山獭祭快芟锄③。

何尝有意为文字，纸上洋洋自有余。

**【注释】**

① 诸生：秀才的通称，亦指从学之弟子。

② 虫雕：扬雄曾云，文章是雕虫小技，壮夫不为。

③ 义山：李商隐别号，其诗好罗列典故，如獭之祭鱼。

此论诗之作。强调作诗必具高见卓识。先要扫除俗见，神交古贤。心存流传千载之抱负。唯其如此，方能驱遣万卷书令其奔走笔下。写诗应能跳出扬雄、义山琐屑饾饤之束缚，才能洋洋洒洒，写出有独识真知，具有个性的宏篇杰作来。论诗风格近于赵翼。今之作者当斟酌斯言。

# 续论文

崆峒剑气倚天横①，直斫扶桑作管城②。

万丈遥空自挥洒，千行著纸尽飞鸣。

雕盘大野风尘暗③，马下长坡草木惊。

叹息虫吟和蚓窍④，笔头缠死费平生。

**【注释】**

① 崆峒：山名。在甘肃平凉西，为武术著名流派产生地。

② 管城：笔又名管城子。

③ 雕盘：鹰在天上盘旋。

④ 蚓窍：发音于蚯蚓之孔，其声微弱。见韩愈《石鼎联句》。

"文以气为主"，是曹丕《典论论文》中提出的著名观点。对造就建安风骨，提供了理论上的支撑。刘勰在《文心雕龙》中也强调"缀虑裁篇，务盈守气。刚健既实，辉光乃新。"强调内容充实，作品才有光辉。此诗开头提出了崆峒剑气倚天横，即是对于诗歌的气概的强调。"倚天万里须长剑"语出辛弃疾《水龙吟》词。林豪从此一笔赶下。要砍下升日的扶桑神木作为笔管，来写掀天揭地的大文。还要有鹰盘大野，马下长坡的俊快的气势才可。他对虫吟蚓窍的文字游戏，极不以为然。诗人的这种艺术追求，对于药治无病呻吟之风气，是大有裨益的。

# 石达开

石达开（1831—1863）广西贵县人。太平天国名将，封翼王。1863年兵败大渡河被杀。工诗文，风格清朗明快，气象沉雄。

## 白龙洞题壁诗

太平天国庚申十年①，师驻庆远②，时于季春。予以政暇，偕诸大员巡视芳郊。山川竞秀，草木争妍，登兹古洞，诗列琳琅，韵著风雅。旋见粉墙刘云青句。寓意高超，出词英俊，颇有斥佛息邪之概。予甚嘉之。爰命将其诗句勒石③，以为世迷信仙佛者警。予与诸员亦就原韵立赋数章，俱刊诸石，以志游览云。

> 挺身登峻岭，举目照遥空④。
> 毁佛崇天帝，移民复古风。
> 临军称将勇，玩洞羡诗雄。
> 剑气冲星斗，文光射日虹。

**【注释】**

① 庚申十年：1860年，为太平天国十年。
② 庆远：广西宜山之古名。

③ 爰命：乃命。勒石：刻石。

④ 照：眺望。


　　这首五言律诗，为芳春登眺抒怀之作。一起写登山远眺，"挺"字、"照"字，俱见气势之雄。颔联言反对迷信，转变世风，是其施政方略的表述。颈联自写襟抱，临军称将勇，绰笔美诗雄。对仗既工，气象尤大。结联以"剑气"、"文光"作收，颇有擎天动地之概。全章八句皆对，仿杜工部《登高》之格，诗家能事，约略尽之。一代雄才，当之无愧。


# 陈宝箴

　　陈宝箴（1831—1900）江西修水人。咸丰举人。年轻时以策献曾国藩，许为海内奇士。光绪二十一年（1895），授湖南巡抚。力行新政，开海内风气之先。一心支持变法，戊戌之变，慈禧将其革职，郁郁以终。诗风沉郁雄浑，为江西派后劲。


## 长沙秋兴 （用杜韵）

商飙飒飒动平林①，冷入潇湘气郁森。
水阔鱼龙争落照，风高鹰隼突层阴。
灵均旧曲千秋感②，估客征帆万里心。
三户频年嗟远戍③，夜深遥怨起寒砧④。

【注释】

① 商飙：秋风。

② 灵均：屈原字灵均。

③ 三户：古谚"楚虽三户，亡秦必楚"此指湖南。

④ 寒砧：捣衣砧声，多写闺妇之忆远情怀。

词仿老杜"秋兴"之作。感事伤时，寄慨深远。眼前景物，紧扣时局。首联以衰飒秋光形容艰难时局。二联"鱼龙""鹰隼"形容列强窥伺，国运危急。三联以灵均哀时之叹，写其悲怀。衬之以估客征帆，更深沉郁之感。最后以生民远戍，闺妇悲砧，形容征戍之不断与民生之哀苦。律稳而境深，不愧仿杜名篇。


# 陈肇兴

陈肇兴（1831—不详）字伯康，号陶村，彰化人。工诗古文词。咸丰八年（1858）戴春潮作乱，曾谋刺杀未成，乃纠集义旅，支援官兵，民皆感奋。有诗集流传。


## 孔观察殉节诗①

独辟盈廷议②，提师出海东。
千秋存大节，一死表孤忠。
骂贼眦皆裂③，忧民泪未终。
炎荒崩砥柱④，何处不沙虫⑤！


**【注释】**

① 孔观察：孔昭慈，字云鹤，山东曲阜人。道光进士，官至台湾知府，擢升台湾道台，加二品衔，为驻台最高文官。戴潮春作乱，孔驰赴彰化剿办，城破，乃仰药自尽。

② 辟：排除。盈廷议：指众口一声的看法。

③ 眦：眼眶。

④ 炎荒：南荒，指台湾。

⑤ 沙虫："君子为猿为鹤，小人为虫为沙"，见《抱朴子》，以喻为国捐躯的将士。


这是一首悲壮激昂的悼诗。充分表彰了孔昭慈的孤忠大节，力排众议，深入险境。"骂贼"、"忧民"，何其悲壮。乃忠愤壮烈，浩气干霄之力笔，末联以何处不可尽忠报国作结，意更悠远无尽。


# 二十日彰化城陷①

卦山何处拥旌旂②，烽火连朝上翠微。
定寨城空夸犄角③，望洋援已绝重围。
优柔养寇机先失，仓卒陈兵计又非。
从此瀛壖无乐土④，荆榛塞路乱蓬飞⑤。

**【注释】**

① 彰化城陷：戴春潮彰化阴谋作乱，被革职。遂立八卦会，结成奸党。于同治元年（1862）三月十七日起事，十九日夕三更攻陷彰化城。

② 卦山：即城外之八卦山，上有炮台，为逆党占领。

③ 定寨：即定军山寨，与八卦山成犄角呼应之势。

④ 瀛壖：东瀛边地，此指台湾。壖：水边地。

⑤ 荆榛：荆棘杂木横塞道路，形容战后败落之象。


戴潮春作逆攻城，作者亲历其事。诗中痛陈守备不修，主官优柔养奸，应对无策，乃召至大乱。语极悲愤，事极可哀。读卒章，"从此瀛壖无乐土，荆榛塞路乱蓬飞"何其哀痛，俨然鲍照《芜城赋》之翻版。

# 陈棨仁

　　陈棨仁（1837—1903）福建晋江人。字戟门，号铁香。同治十三年（1874）进士。官编修，历任台湾清源、玉屏书院山长，著有《藤花吟馆诗集》。

## 哀 台 湾[①]

决眥沧波外，茫茫集百忧。
河山归浩劫，鼓角乱残秋[②]。
遁世天无路，逃生海有艘。
颠连非意料，飘泊欲谁尤[③]？

**【注释】**

　　①哀台湾：指清廷甲午战败，割让台湾之事。

　　②鼓角：战鼓与号角，战争之意。

　　③尤：怨尤，埋怨。

　　甲午战败，清廷屈膝求和，割让台湾与日本。台人闻之，无不义愤填膺，奔走呼号，力求挽救危亡，竟不获报。乃有揭竿抗争者。"河山归浩劫，鼓角乱残秋。遁世天无路，逃生海有艘"极写当时情实，可谓触目惊心，读之涔涔泪下。

# 刘明灯

　　刘明灯（1838—1895）字照远，号简青，湖南张家界人。咸丰己卯（1855）中武举。咸丰十一年（1861）入左宗棠楚军。五、六年间以军功擢升至提督。同治五年（1866）受闽浙总督左宗棠举荐，任台湾总兵，时年二十八岁。次年冬北巡淡兰。居台三年，平乱治军，有儒将风。曾立三碑以树威德而彰形胜。缓带轻裘，英文巨武，一时盛称。

# 过三貂岭

双旌遥向淡兰来<sup>①</sup>，此日登临眼界开。
大小鸡笼明积雪<sup>②</sup>，高低雉堞挟奔雷<sup>③</sup>。
寒云十里迷苍陇，夹道千章阴古槐。
海上鲸鲵今息浪<sup>④</sup>，勤修武备拔英才。

**【注释】**

① 双旌：节度使等高官出巡之仪仗。

② 鸡笼：基隆之旧称。

③ 雉堞：即女墙，城墙之垛口。

④ 鲸鲵：恶势力。此指列强入侵之事。

诗写巡视海疆之感慨。作者沿淡兰古道巡行至三貂岭，有感于先民开疆之艰辛与山势之磅礴，乃题此诗于山壁。饰以金箔，名之曰"金字碑"。一起两句：双旌引路，眼界大开。好整以暇，便觉威武雄壮，气象非凡，写尽了景物之恢奇壮伟。中二联以积雪、奔雷、寒云、古木排比写出，皆掷地有声之句。末以时值太平，英才得位作结，有归美左公之意。寄意遥深，含蓄不露。

# 台阳怀古

东南半壁拥波涛，保障闽疆气象豪。

虎旅千艘开赤崁<sup>①</sup>，牛皮一席卷红毛<sup>②</sup>。

延平继世勋名远<sup>③</sup>，靖海劳师战绩高<sup>④</sup>。

瀛岛年来增郡县，免他荒薮作逋逃<sup>⑤</sup>。

**【注释】**

① 虎旅：勇猛之将士。　赤崁：台南市楼名，荷兰人所建。郑成功光复后名之曰赤崁楼。

② 牛皮一席：荷兰红毛舟，遭台风漂至台湾。向土番曰："借一牛皮地足矣，多金不惜。"红毛剪牛皮如缕，展为数十丈。因筑赤崁城居之。

③ 延平：指郑成功。明末封延平郡王，收复台湾勋名远播。

④ 靖海：施琅收复台湾，封靖海侯。

⑤ 荒薮：荒远之湿地。　逋逃：逃犯。此指乱民藏匿之地。


此诗为怀古名篇。首言台湾为东南半壁之海上屏障，弹压狂澜，地势险要为闽疆保障。中二联历述台湾由荷兰占领到郑成功收复，以及纳入清朝版图之经过。语简而意丰，警策庄严，掷地有声，堪称诗史。最后点出清廷开辟经营海上边城之深谋远略。名将筹边，下笔不凡如此。


# 刘永福

刘永福（1837—1917）清末爱国将领，字渊亭，广东上思人。早年参与天地会起义。太平天国失败后，组织黑旗军，于广西边境奋起抗法，累挫敌军。后受清廷招抚，任总兵。1894年移驻台湾，于次年奋起抗击日军，终因孤立无援退回广东。

# 别 台

流落天涯四月天，尊前相对泪涓涓。

师亡黄海中原乱<sup>①</sup>，约到马关故土捐。

四百万人供仆妾<sup>②</sup>，六千里地展腥膻。

今朝绝域环同哭，共吊沉沦甲午年。

**【注释】**

① 师亡黄海：指 1894 年与日本在大东沟威海卫一带发生的海战。清兵战败，签订了丧权辱国的马关条约。

② 四百万人：指割让台湾，使四百万人沦为日本奴仆。

此诗作于 1895 年 9 月，台南沦陷，抗日失败，永福潜归广东之时。永福赴台在极端困难情况下，与日军血战四月有余。终以弹尽粮绝，寡不敌众而败归。诗中所述，正是英雄末路之万斛悲情。"四百万人供仆妾，六千里地展腥膻"，泱泱华胄，大好河山，沦为胡虏腥膻之地，真是痛激心骨的哀情愤语了。

# 区天民

区天民（生卒不详）广东香山人。字觉生。咸丰九年（1859）受闽浙总督庆端之命来台设关通商，与台湾当局会办商务。同治初，戴潮春之乱，区氏平乱有功。工文史，擅吟咏，有声于时。

## 游 剑 潭<sup>①</sup>

一剑跃波去<sup>②</sup>，宝光时上腾。

雄心怀壮士③，瘦影渡游僧。

龙化津无迹，螺旋水有棱。

还看射牛斗，印月见秋澄。

**【注释】**

① 剑潭：地在台北圆山附近。

② 一剑跃波：福建延平津有剑溪。干将莫邪夫妇炼成双剑，一献吴王，一留自用。晋张华访得之，一剑归雷焕之子。行经剑溪，跃入水中，两剑复相会合。见《晋书·张华传》。

③ "雄心"句：骆宾王《讨武曌檄》云："班声动而北风起，剑气冲而南斗平。"

此诗写心中壮怀烈抱，所感甚大。诗从平津双剑复合，龙光上腾落笔。起得雄杰。"壮士"句暗用骆宾王檄文之意，寄喻壮心。剑津虽无龙迹，而剑水回旋摆荡，却自有其威棱。造语极佳。最后以剑气射牛斗，讨平乱逆相期许。"印月见秋澄"则以空灵圆满的月亮比喻太平景象。境界雄奇高远，此诗一出和者纷起，盛传一时。

# 曾纪泽

曾纪泽（1839—1890），字劼刚，湖南湘乡人，曾国藩长子。少负隽才，是我国近代杰出的外交家。有《曾惠敏公遗集》。

## 景桓楼题壁①

小园纡曲绕山头，江岸风光一阁收。

戈马十年犹浩劫，莼鲈千里又清秋②。

新芟恶竹千竿尽③，独立高梧百尺遒。

洞辟北窗勤眺望，白云深处是神州。

**【注释】**

① 景桓楼：湖北巡抚衙门楼名，在湖北武昌。

②"莼鲈"句：晋代张翰因见秋风起，乃思吴中菰菜、莼羹、鲈鱼脍，曰："人生贵得适志，何能羁宦数千里以要名爵乎！"见《晋书·张翰传》。

③"新芟"句：芟：斩。杜甫诗："恶竹应须斩万竿。"

这首诗表达了作者对于时局的忧虑和对中华大地的深深眷恋，也流露出想辞官回乡的消极情绪。末句蕴藉缠绵，写出一位勤于王事的官员拳拳报国之心。

# 唐景崧

唐景崧（1841—1924）字维卿，号南注，广西灌阳人。同治四年（1878）进士。中法越南之役（1882）出守谅山，与刘永福共败法军。光绪十三年（1887）授台湾兵备道，十七年升布政使。二十年任台湾巡抚。清廷割台之变，被民众推为台湾民主国总统。后兵败归返广西。

## 梦 蝶 园①

劫运河山毕凤阳②，朱家一梦醒蒙庄③。
孝廉涕泪园林冷④，经卷生涯海国荒。
残粉近邻妃子墓⑤，化身犹傍法王堂⑥。
谁从穷岛寻仙蜕⑦，赤崁城南吊佛场。

**【注释】**

① 梦蝶园：为明末遗老李茂春所建，后改为法华寺。唐景崧与丘逢甲在此联吟而作此诗。

② 凤阳：指朱明王室灭亡，凤阳国运遂绝。

③ 蒙庄：即庄子，曾作蝴蝶梦。

④ 孝廉：举人之别称，此指李茂春。

⑤ 妃子墓：施琅平台，明宁静王死之。五妃子同日自尽。

⑥ 法王堂：即法华寺。

⑦ 仙蜕：仙人之遗蜕。


蝶梦园为明末遗臣李茂春所建，以寄其崇明而不臣于清室之意。与唐氏处境相似。异世同哀，故发此悲愤忠悃之音。诗中对孝廉（李茂春）及宁静王五妃之高节深致景仰。发潜德之幽光，以寄国族沦亡之巨恸。孤臣高蹈，俨然楚骚遗韵，读之令人哀感无端。


# 陈季同

陈季同（1851—1905）字敬如，福建侯官（福州）人。同治六年（1867）为首批船政学堂学生。随沈葆桢筹边入台。唐景崧主政台湾，以功至副将。后为台湾外务大臣，事败内渡。


## 哀 台 湾

金钱卅兆买辽回①，一岛如何付劫灰。
强谓弹丸等瓯脱②，却教锁钥委尘埃。
伤心地竟和戎割③，太息门因揖盗开。
聚铁可怜真铸错④，天时人事两难猜。

## 【注释】

① 卅兆买辽：光绪二十一年甲午战败，签订《马关条约》，割让辽东半岛，因俄德法反对，以赔偿白银两万万两赎回。

② 瓯脱：边境上的观察哨所。此言台湾地小，无关大局。

③ 和戎：结束战事。

④ 铸错：指铸成大错。五代罗绍威留朱全忠所部半岁，供应极丰。比去，府库尽空，魏兵遂弱。谓人曰"合六州四十三县铁，不能为此错也"。

此诗极言割台之非计。有如锁钥付人，开门揖盗。最后指出铸成如此大错，真不知庙堂主政者何以如此不晓事。批判的锋芒直指最高当局。恨深恸巨，真史家之巨笔也。


# 陈三立

陈三立（1852—1937），字伯严，号散原，江西义宁人。光绪十五年进士，官吏部主事。二十一年（1895），上海开强学会，尝列名。是年，三立父宝箴为湖南巡抚，创办新政，提倡新学，支持变法运动。三立佐其父，多所筹划。政变后，父子同被革职。侍父退居南昌西山，筑崝庐。父殁后，常往来南京散原别墅与西山间。清亡后，以遗老自隐。民国二十六年（1937），日本军侵占北平，三立不食而卒。


## 十月十四日夜，饮秦淮酒楼，闻陈梅生侍卿、袁叔与户部述出都遇乱事感赋①

狼嗥豕突哭千门，溅血车茵处处村。
敢幸生还携客共，不辞烂漫听歌喧。

九州人物灯前泪，一舸风波劫外魂。

霜月阑干照头白，天涯为念旧恩存。

**【注释】**

① 诗作于 1901 年。出都遇乱事：指庚子国变以后到处满目疮痍的景象。

作者是清末江西诗派的首领，诗歌风格深涩古奥。这首诗写得极其沉郁，"九州"二句是近代以来广为传颂的名句。

# 张幼亦

张幼亦（生卒不详）闽人。历官侯官太守。光绪间来台，为抚垦总局记室。曾草《御夷制胜策》上之枢府，时论嘉之。乙未割台之役，时居津门。及闻割台，大恸，有《哀台湾》四首。

## 哀 台 湾

### 一

无端劫海起波澜，绝好金瓯竟不完。

阴雨谁为桑土计①，忧天徒作杞人看。

皮如已失毛焉附②，唇若先亡齿必寒③。

我是贾生真痛哭④，三更拊枕泪阑干。

### 二

记曾巨舰赤崁开⑤，早识东夷伏祸胎⑥。

海外情天难补恨，人间劫火忽成灰。

险随虎踞龙蟠失⑦，忧逐山穷水尽来。

枉说请缨旧儒将⑧，沐猴终竟是庸才⑨。

## 【注释】

① 桑土计：喻勤于经营，以防患于未然。《诗·鸱鸮》"迨天之未阴雨，彻彼桑土，绸缪牖户。"

② 毛焉附：犹言根本已失，枝叶无所安顿。《左传》："见路人反裘而负刍（柴草）。"文侯曰："胡为反裘而负刍？"对曰："臣爱其皮毛。"文侯曰："若不知其里尽而毛无所恃耶？"

③ 唇亡齿寒：比喻关系密切，休戚与共。见《左传僖公五年》："所谓辅车相依，唇亡齿寒。"

④ 贾生：贾谊。《上治安策》申言国家有可痛哭的大问题等。国家并不太平。

⑤ "记曾巨舰"句：赤崁开疆。指郑成功以舰队击败荷兰，收复台湾。

⑥ 东夷：日本。

⑦ "险随"句：犹言随着险要地形丧失，已无险可守。

⑧ 请缨：请战。请给我一根长缨，我把南越王绑回来。事见《汉书·终军传》。

⑨ 沐猴：沐猴而冠。意谓猴子戴帽学人，而终不能成事。见《项羽本纪》。

此诗咏《马关条约》割让台湾事。王松《台阳诗话》云："读之声泪俱下。"诚所谓狂歌可以当哭也。首章诗中二、三两联，化用成典。以批判朝廷失计，而令山河变色，弥增历史的厚重感。最后以贾谊自喻，只得夜深痛哭，老泪阑干。志士情怀，跃然纸上。

次章从回溯郑成功开疆写起，早有防倭之卓识。然而终究酿成情天难补、劫火成灰的悲局。是执政者无远谋深虑的结果。"枉说"二句斥领兵诸将，不过是沐猴冠戴的庸才罢了。悲愤号呼，令人为之扼腕。

# 蔡醒甫

蔡醒甫（生卒不详）字德辉，福建晋江人。同治十三年（1874）秀才。光绪十七年（1891）来台，主修《彰化县志》及门多秀士。卒葬八卦山。著有《龙江诗话》。

## 谒延平王庙

沙汕纷纷列舳舻①，当年海上拓雄图。
鲸鱼入梦生何异②，龙种偕来类不孤③。
人似武侯筹北伐④，地同洛邑建东都⑤。
也知矢志延明祚⑥，绝岛偏安亦丈夫。

【注释】

① 沙汕：台南西海上沙洲，郑氏登陆处，在鹿耳门附近。

② 鲸鱼入梦：成功攻台时，红毛望见一人骑鲸鱼从鹿耳门而入。见范咸《台江杂咏》。

③ 龙种偕来：龙种指明太祖九世孙朱衡桂奉命入台监郑军，延平王待以宗藩礼，三世不衰。施琅入台，朱衡桂举家殉节。

④ 武侯：诸葛亮。

⑤ "洛邑"句：周公营建洛邑以为东周。此指郑氏经营台湾以谋复国大业。

⑥ "矢志"句：发誓恢复明朝。

此诗歌颂郑成功伟业，乃文情俱胜之杰作。一、二联写郑氏入台之武略雄图，开拓海疆，功超百代。鲸鱼入梦，以神话传说言其军威之壮，令红毛丧胆。"龙种偕来"言其复明社稷，忠义之心，光耀天壤。三、四联将延平王比之孔明北伐，周公东征，皆圣贤一流人物之伟业。虽偏居一隅，壮图未遂，亦奇男子伟丈夫也。沈葆桢入台，奏立郑成功之庙，撰联曰："开万古得未曾有之奇，洪荒留此山川，作遗民世界；极一生无可如何之遇，缺憾还诸天地，是创格完人。"真万古不刊之宏论。

# 林纾

林纾（1852—1924），字琴南，号畏庐，别号冷红生、践卓翁，福建闽县（今福州）人。光绪八年（1882）举人。二十七年（1901）任五城学堂总教习。三十二年（1906）任京师大学堂讲习。入民国，任教北京大学。以古文译著了近二百种西方文学名著，如：《茶花女》等，最负盛名。

## 车中望颐和园有感

行人不忍过连昌①，杰阁依然宋佛香②。
委命园林拼国帑③，甘心骨肉听权珰④。
鬼兵劫后无完局⑤，藩镇基成始下场。
回望瀛台朱阙里⑥，红桥断处水风凉。

**【注释】**

① 连昌：金代官殿名。此指清帝行宫颐和园。

② "杰阁"句：金兵占领中原，汴京佛像依然保留。

③ "委命"句：指慈禧挪用海军军费修缮颐和园。

④ "甘心"句：指慈禧忍看光绪遭受权臣挟制。

⑤ 鬼兵：外国兵。

⑥ 瀛台：戊戌政变后，光绪被软禁在瀛台。

这首诗对于荒淫误国的慈禧太后作出了强烈的谴责，同时也表达了对于变法失败以后遭到囚禁的光绪皇帝的深切同情。


# 施士洁

施士洁（1853—1922）字应嘉，号澐舫，台南人。光绪三年进士。授内阁中书。后返台主讲诸书院。入唐景崧幕，抗日事败内渡。有《后苏龛词草》等。


## 台湾杂感二

吠尧无复肆狂龙①，伏莽朱林馘献双②。
草泽闲谈鏖战地，榕阴小辟读书窗。
布衣梦蝶人何处③，石鼓游龙气未降④。
信有山川妙锺毓，至今五马说奔江⑤。


【注释】

① 吠尧：跖犬吠尧，喻恶人攻击善人。 狂龙：疯狂恶犬。

② 伏莽：草贼作乱。此指朱一贵、林爽文两次作乱皆已诛灭，斩首示众。馘（guō）：割下敌人首级之左耳。

③ 梦蝶：指明遗老李茂春之蝶梦图。

④ 石鼓游龙：朱熹登石鼓山曰："龙渡东海，五百年后将有百万之都邑。"

⑤ 五马说奔江：传说郑成功高祖葬处，形家以五马奔江，为大贵相。


诗述台湾历史与山川形势之胜概。狂逆乱党先后诛灭。草泽、榕阴渐归宁静。高士虽逝，而王气仍在，郑氏大业仍为民众所崇信。主旨在说明台湾的民心，疆土之王气未衰，是不可能被征服的。

# 易顺鼎

易顺鼎（1858—1920）字实甫，号哭庵。湖南龙阳（今汉寿）人。光绪元年（1875）中举。为江苏候补道。马关割台，曾上书反对。二次赴台，协助刘永福筹划防务。易工诗词，为享盛名之一代才子。有句云："江山只会生名士，莫遣英雄作帝王"，诗作近万。有《丁戊间行稿》、《四魂集》、《眉心室悔存录》、《瑟志楼诗集》等。

## 寓台感怀二首

### 一

玉门何路望生还①，恍惚长辞天地间。
黄耳音书隔人海②，红毛衣服共云山。
亡秦歃血今三户③，适越文身古百蛮④。
皂帽辽东龙尾客⑤，独惭无术救时艰。

### 二

延平祠宇郁岧峣，割据英雄气未消。
见说杜鹃啼蜀帝，不妨桀犬吠唐尧⑥。
廿年赐姓空开国⑦，再世降王已入朝⑧。
十二银山掀鹿耳，神灵犹作伍胥潮。

【注释】

①"玉门"句：即生入玉门。班超久居西域，思归故里。上书云："臣不敢望武威郡，但愿生入玉门关。"

②黄耳：陆机犬名，机居京久，思乡，令黄耳传书。

③ 歃血：古人缔盟约，把宰牲牛血涂于嘴唇以示忠信，曰歃血为盟。三户：楚虽三户，亡秦必楚。（见《史记·项羽本纪》）

④ 文身：百越，今浙江一带，土俗有文身习惯。

⑤ "皂帽"句：东汉高士管宁，戴皂帽（黑色便帽）与华歆，邴原为友，宁为龙尾。时中原大乱，避走辽东，从事讲学教化工作。

⑥ 桀犬吠唐尧：桀恶尧善，而犬但知忠于主人，不辨是非攻击善人。此为婉辞，以言郑成功也曾与清兵作对之事。

⑦ 廿年赐姓：郑成功曾受明朝赐姓朱，号国姓爷。

⑧ 再世降王：指郑成功之孙郑克塽降清。


此二诗作于实甫赴台抗日之时。他对长官刘坤一说："愿只身入虎口。幸则为弦高犒师，不则为鲁连蹈海。"刘深为感动，为之壮行。实甫坚持到官兵尽撤之后，以至谣传已殉难。有王梦湘为联挽之："挥不返鲁阳戈，补不尽女娲天，入夜海门朝，白马素车，穿胁灵胥同一痛；生不负左徒乡，死无惭延平国，思君庐山月，青枫赤叶，读书狂客好重来。"最后在朋友们力劝下，不得已归返厦门。这两首诗正是他爱国情怀的集中体现。

前章以班超之定远自励，要以三户亡秦之决心坚持斗争。最后发出了无计救时艰的浩叹。

次章着重表彰郑成功开疆复土的丰功伟绩。以"十二银山掀鹿耳，神灵犹作伍胥潮"作结，呼唤发扬郑成功、伍子胥的爱国精神，保卫台湾大好山河。壮怀烈抱，真有义薄云霄之气概。为实甫平生最为忠愤之作。

## 康有为

康有为（1858—1927），字广厦，号长素，又号更生，广东南海人。光绪二十一年（1895）进士，授工部主事。同年，闻《马关条约》签订消息，于五月二日，联合在北京会试的举人一千三百多人上书清帝，痛陈割地弃民的严重后果，要求拒绝和约，迁都抗战，变法图强，即史称"公车上书"。旋于同月二十九日，上书言强国雪耻四策（即：富国、养民、教士、练兵）。八月，与文廷式等办强学会，鼓吹维新。二十四年戊戌（1898），光绪帝传康至总理衙门，询变法事宜。政变作，逃亡海外，踪迹遍亚、美、欧、非各洲。组织保皇党会，主张君主立宪。清亡后，与革命派辩驳甚繁。

## 望须弥山云飞因印度之亡感望故国闻西藏又割地矣

喜马来山云四飞，山河举目泪沾衣。
此通藏卫无多路，万里中原有是非。

作者因印度沦为英国的殖民地，担心祖国也会沦落到这一地步。一时悲愤喷溅而出，写下了这首七绝。质朴的语句承载了浓郁的情感，惟其真，故动人。

## 闻俄据东三省

郁郁瞻长白，云流鸭绿阴。
岂真王气黯，竟令敌兵深。
百战思开创，三年病割侵。
万方皆震动，王母宴荒淫。

这首诗清简高古，很有阮籍咏怀诗的意致。末句指俄国侵据东三省，天下震动。而西太后却依然过着荒淫的生活，流露出作者强烈的谴责之情。

# 宋伯鲁

宋伯鲁（生卒年不详），字子钝，陕西醴泉人。清光绪丙戌科进士，翰林院编修，官至山东道监察御史。有《海棠仙馆诗集》十五卷。曾随左宗棠入新疆。

## 天山夜行

亭亭一片长安月，万里来照天山雪。
天山雪后风如刀，行人望月肠断绝。
瀚海凝冰九月秋，毡车如纸失鹔裘<sup>①</sup>。
却将十畝闲闲乐<sup>②</sup>，换取穷边夜夜愁。

**【注释】**

①"毡车"句：这句是说，蒙着毡子的车子显得像纸一样单薄，即使穿着鹔鹴裘也不顶用。鹔裘：司马相如有鹔鹴羽毛制成的御寒之衣，十分名贵。

②十畝闲闲乐：白居易《池上篇》云："十亩之宅，五亩之园……妻孥熙熙，鸡犬闲闲。"

这首诗通过描写边地的苦寒，反映了边关将士的辛苦。但是好男儿志在四方，应当能够放弃悠闲的田园之乐。而耐得住穷边的愁苦，才无愧国之干城。

# 赵钟麒

赵钟麒（1863—1936）字麟士，号畸云、老云，台南人。十六岁中秀才。1890年助许南英办垦荒事业。后与连雅堂等创为南社，推行诗运，宣扬民族大义，其功甚巨。作品温厚雄浑，有《畸云小稿》传世。

## 咏　猿

不负称公合姓袁①，洞天仙福占桃源。
满山花果供饕餮②，异族猕猴悉子孙。
披棘穿云出巫峡，弄风吟月坐昆仑。
即今天地崎岖日，长臂凭教世界翻。

**【注释】**

① 不负：不愧
② 饕餮：传说中贪食的怪物

此为讥讽袁世凯称帝丑剧之作。首联直指不愧自命为王公之袁某，在桃源仙境里大享仙福。次联讽其饱餐花果，广纳异类。三联言其从巫峡窜出，竟登昆仑宝位。最后指斥他趁乱世兴风作浪，舞动长臂把世界搞得天翻地覆。处处肖其猴态，极尽嬉笑怒骂之能事。台湾诗家能以如此手段口诛笔伐，嬉笑怒骂，以反袁氏之倒行逆施，亦可谓难能而可贵了。

## 丘逢甲

丘逢甲（1864—1912）台湾彰化人。生逢甲子，遂以为名。亦名秉渊，字仙根，号仓海。光绪十三年（1877）年十四，应童子试，丁日昌赞赏不置。二十五岁连捷成进士。授工部主事。返台主讲各书院。清廷战败，乙未割台，丘逢甲主张台湾独立。拥立唐景崧为总统，自为副总统兼义勇军统领，奋起抗日，兵败。乃于七月底内渡，居广东焦岭原籍。民国初卒于广东。著有《岭云海日楼诗抄》等。

# 春　愁

春衫难遣强看山，往事惊心泪欲潸。
四百万人同一哭，去年今日割台湾。

此诗作于返归大陆之时。回首往事，不胜故国凄凉之慨。用最恳挚入情的语言，写国族危亡之恸，令人难以为怀。

# 送颂臣东渡

## 二

王气中原在[①]，英雄识所归。
为言乡父老[②]，须记汉官仪[③]。
故国空禾黍[④]，残山少蕨薇[⑤]。
渡江余俊物，终属旧乌衣[⑥]。

【注释】

①王气：此指国运。

②乡父老：此指台湾的民众。

③汉官仪：指华夏文明之典章制度。

④故国：犹旧国，指台湾。空禾黍：指台湾的政府与庙堂皆已废为庄稼地。"楸梧远近千官冢，禾黍高低六代官"（许浑《金陵怀古》）与此意同。

⑤蕨薇：野菜。周灭商，伯夷、叔齐采薇充饥，不食周粟。饿死首阳山，以全高节。

⑥ 乌衣：此指王、谢子弟，英才磊落。乌衣巷：为王、谢大族居地。

此诗为台湾父老打气。劝勉沦陷区的人民，应当懂得中原国运仍旺，要保持汉家的典章制度。台湾虽然残山剩水，抱采薇之节的也许不多，但渡海西归的英杰不少。正如在淝水大败符坚的英雄少年谢玄一样，是可以信赖的。处逆境而不气馁，对民族光复充满信心，是本诗的过人之处。

# 寄怀维卿师桂林①

## 其六

十年剑佩记追随②，鹿耳惊涛怆梦思③。
铁马金戈春教战，锦袍银烛夜谈诗。
荒山镵影悲今日④，残月钟声异昔时。
欲写哀歌寄天末，红棉飞遍越王祠⑤。

**【注释】**

① 维卿：唐景崧，字维卿。光绪中主持台湾军政。割台后归隐广西灌阳。逢甲为其部属、门生兼知己，在台同举抗日义旗。

② 剑佩：宝剑和佩玉。

③ 鹿耳：台南海防要地，屡经鏖战之要塞。

④ 镵（chán）：长柄锄头。

⑤ 越王祠：广州越秀山之越王台。南越王赵佗所筑。

此诗作于丘逢甲抗倭失败之后。是一首极为感人的义士悲歌。唐景崧与逢甲，分则师生，义同骨肉，共举抗倭义帜。往事牵心，攸关国运。流诸吟咏，格外感人。首联回忆袍泽旧情与沧海鏖战之惊险场面。次联盛赞座主文韬武略。"春教战","夜谈诗"则主帅之儒将风怀跃然如见。三联追写兵败之凄苦景象,不过是荒山锄柄,残月钟声相伴余生。末句写哀歌寄与在桂林的老师,眼前唯见越王祠的红棉随风飞舞。以景结情,寄慨无端。《三台诗话》云:"仙根(逢甲)受唐维卿之知,台湾首义,复共生死患难。时当遭播以后,维卿亦投劾闲居。故其词缠绵忱挚,时露精光。如此等语,关系作者至大,不可不录。"

# 谭嗣同

谭嗣同(1866—1898),字复生,号壮飞,湖南浏阳人。父继洵,官湖北巡抚。嗣同早岁,从军新疆,游刘锦棠幕府。后踪迹遍海内。甲午战争后,提倡新学。光绪二十二年(1896)入资为候补知府,次江南候缺,成《仁学》一书。次年应湖南巡抚陈宝箴召,回长沙,创办新政,与陈宝箴子陈三立有"两公子"之目。光绪二十四年(1898)七月,因许致靖荐,被征入京。后授四品衔,充军机章京,参与变法。政变起,被害。

## 狱中题壁

望门投止思张俭①,忍死须臾待杜根②。
我自横刀向天笑,去留肝胆两昆仑③。

**【注释】**

①"望门"句:东汉桓帝时,张俭上书弹劾中常侍侯览,反被侯览迫害,被迫亡命,望门投宿。人重其名行,往往破家相容。

②杜根:东汉安帝时郎中,因上书要求临朝听政的邓太后还政于皇帝,

被装进口袋杖毙。死后数日又复活。

③昆仑：昆仑奴，此指身边的两个侠士。梁启超以为指的是康有为和大刀王五。


戊戌变法失败，谭嗣同等人拟发动政变，幽禁慈禧，抓捕荣禄。他们把希望寄托在袁世凯的身上。不料为袁世凯所出卖。谭嗣同得到这个消息，坚决不肯流亡。表示中国从来没有为变法而流血的，有之则从嗣同始。又说"不有行者，无以图将来；不有死者，无以报圣主。"于是坦然受执。在狱中他写下这首诗，表达了他对于变法必胜的坚定信心和毅然就戮的英雄气概。


# 孙文

孙文（1866—1925），字逸仙，号中山，广东香山县（今中山县）人，中国民主主义革命的伟大先驱。他领导辛亥革命，推翻了几千年的封建帝制，创立了共和国。晚年，他又尊称列宁是革命的"圣人"，主张以俄为师，确定了"联俄、联共、扶助农工"的三大政策。改组国民党，与共产党合作，把旧三民主义发展成为新三民主义。他为中国革命奋斗一生，建立了不朽的功勋。


## 挽刘道一①

半壁东南三楚雄，刘郎死去霸图空。
尚余遗业艰难甚，谁与斯人慷慨同！
塞上秋风悲战马，神州落日泣哀鸿。
几时痛饮黄龙酒，横揽江流一奠公！

① 刘道一（1884—1906）：湖南衡阳人。华兴会成员，后加入中国同盟会。因萍、浏、醴起义失败，被清廷杀害。

孙中山先生诗作存世者不多，而此首慷慨沉雄，广为传颂。刘道一烈士是革命党阵营中杰出的人才，他的牺牲是革命的莫大损失。孙中山先生将之比喻成"支撑东南半壁江山"的英雄。颔联直抒胸臆，表达了对烈士牺牲的无限惋惜和悲愤之情。颈联则以悲壮的意象，营造出苍凉肃穆的氛围。作为一位伟大的革命家，中山先生没有让自己的情感一味低沉下去，而是用岳飞"直捣黄龙府，与诸君痛饮耳"的典故，表达了对革命胜利的必胜信念。

# 赵熙

赵熙（1867—1948），字尧生，号香宋，四川荣县人。光绪十八年进士，抗直敢言。与刘光第友善，民国后不仕。有《香宋诗钞》。

## 吊袁崇焕墓①

谁云乱世识忠臣，山海长城寄一身。
不杀文龙宁即福②，空嗟银鹿亦成神③。
遗闻玉貌如佳女，亡国天心似醉人。
万古大明一抔土，春风下马独沾巾。

【注释】

① 袁崇焕：明代末年著名抗清名将。皇太极施反间计，令崇祯杀之。史

称："自崇焕死，边事益无人，明亡征决矣。"袁崇焕墓在北京广东义园，夕照寺附近。

②文龙：毛文龙，袁崇焕的部属，为袁崇焕所擅杀。这是后来袁崇焕获罪的罪状之一。

③银鹿：唐颜真卿家僮，事主终生，祸患不避。此处指随袁崇焕而死的佘姓仆。他感念袁崇焕的忠义，殉死，葬袁墓侧。


作者通过凭吊明末的抗清名将袁崇焕之墓，抒发了他对于仁人志士的崇敬和惋惜之情。借古讽今，流露出对于清室将亡的感叹。


# 章炳麟

章炳麟（1869—1936），初名学乘，字枚叔，因仰慕顾炎武，改名绛，别号太炎。浙江余杭人。少从俞樾学。甲午战争后，参加维新运动。戊戌政变起，避地台湾。次年至日本，旋返上海。光绪二十九年因《苏报》案与邹容先后下狱。1904年，在狱中与蔡元培等联系，组织光复会。出狱后至日本，主编《民报》。辛亥革命后回国，任孙中山总统府枢密顾问。民国六年入护法军政府，任秘书长。晚年讲学苏州。为近代朴学大师，所创章黄学派对近世学术影响巨大。


## 狱中赠邹容①

邹容吾小弟，被发下瀛洲②。
快剪刀除辫，乾牛肉作糇。
英雄一入狱，天地亦悲秋。
临命须掺手③，乾坤只两头。

**【注释】**

① 邹容（1885—1905）：字蔚丹，或作威丹，四川巴县人。光绪二十八年留学日本，不久回上海。因《苏报》案被捕，逝于狱中。著有《革命军》。

② 瀛洲：本是神话传说中海上三座仙山之一。此处指日本。

③ 掺手：执手，拉着手。

作者与邹容因《苏报》案入狱。在狱中，作者为邹容的风骨所吸引，称邹容为"吾家蔚丹"，把邹容看成自己的同胞兄弟。此诗未暇计文词之工拙，而坚贞不屈之志、舍生取义之豪情，并灼然朗照天地。

# 施梅樵

施梅樵（1870—1949）字天鹤，晚号可白。祖籍福建晋江，后居鹿港。父家珍，同治贡生。梅樵年二十四中式秀才。割台事起，避居晋江。后回鹿港，倡为诗社，以寄身世之哀感。有《卷涛阁诗集》及《玉井诗话》等。

## 彰化道中

暮云一片俯荒城，谁挽银河洗甲兵①。
古驿斜阳鸦背疾，乱山秋色马头生。
榴花过雨含红泪，江水争流带怒声。
莫怪王郎歌斫地②，天涯惯作不平鸣。

**【注释】**

① 洗甲兵：杜甫"安得壮士挽天河，尽洗甲兵长不用。"（《洗兵马》）

② 王郎斫地：杜甫《短歌行赠王郎司直》："王郎酒酣拔剑斫地歌莫哀，我能拔尔抑塞磊落之奇才。" 斫地：用刀砍地，以寄愤慨。

满纸兵后乱象：云锁荒城，兵戈满眼，无人收拾。归飞的乱鸦，马头的山色，衬托出避难者的匆匆脚步。榴花含泪，江山怒吼，与杜甫的"感时花溅泪，恨别鸟惊心"为同一移情于物以写心中哀苦的技法。"莫怪"二句最为沉郁，是对老杜之诗意的进一步发展。意谓有如此抑塞磊落之才情苦怀，就应当大发不平之鸣，以渲泻鼓舞之。


# 梁启超

梁启超（1873—1929），字卓如，号任公，广东新会人。戊戌变法首领。先后任上海《时务报》总编、长沙时务学堂总教习。政变后逃亡日本，办《清议报》、《新民丛报》。民国后任共和党领袖，创立进步党，任北洋政府司法总长。反对张勋复辟，后任段祺瑞财政总长。晚年讲学清华研究院国学门，为国学门四大导师之一。


## 水调歌头

拍碎双玉斗①，慷慨一何多。满腔都是血泪，无处着悲歌。三百年来王气，满目山河依旧，人事竟如何？百户尚牛酒②，四塞已干戈。　千金剑，万言策，两蹉跎。醉中呵壁自语，醒后一滂沱。不恨年华去也，只恐少年心事，强半为销磨。愿替众生病，稽首礼维摩③。

**【注释】**

①"拍碎"句：项羽用范增计，设鸿门宴以谋杀沛公。沛公乘间脱逃，张良呈白璧一双，以赠项羽；玉斗一对，以赠范增。范增拔剑撞破双玉斗，感慨说"竖子不堪与谋！"见《项羽本纪》。

②百户：元代军官名，率领军士百人。 牛酒：牛和酒，古代犒军常用之。

③维摩：佛教传说，维摩诘居士因众生病而病；曰："众生不得病，则我病减。"

此词悲愤满纸，入手激昂慷慨，而忠愤之气、抑郁之情，如惊雷怖电，极尽悲壮。从头至尾，跳动着最有力的音符。其中有对国事日非的哀愤，有对壮志难酬的悲郁，最终作者以维摩替众生病的内典，表现出其悲天悯人的博大胸怀。

## 读陆放翁集

辜负胸中十万兵，百无聊赖以诗鸣。

谁怜爱国千行泪，说到胡尘意不平①。

**【注释】**

①放翁集中胡尘等字，凡数十见，盖南渡之音也。

这首诗表达了作者，对于爱国诗人陆游的景仰之情，和对于陆游壮志难酬的深切同情。

## 黄节

黄节（1873—1935），初名晦闻，字玉昆，号纯熙，广东顺德人。因不齿同宗万历状元黄士俊变节偷生的行径，改名黄节自励。黄节 1909 年入同盟会，次年加入南社，曾创办《国粹学报》、《天民日报》等鼓吹革命。民国年间他也决不随波逐流，始终以民族大义作为立身处世的标准。1917 年后曾在北大、清华等校任教职。曾为汉乐府以及曹植、阮籍、谢灵运、鲍照、顾炎武的诗作了笺注，在创作上则学习宋代的陈师道。生前有亲手刊定的《蒹葭楼诗》。

## 庚子重九登镇海楼①

东南佳气郁高楼，天到沧溟地陡收。
万舶青烟瀛海晚，千山红树越台秋②。
曾闻栗里归陶令③，谁作新亭泣楚囚。
凭眺莫遗桓武恨，陆沉何日起神州④！

**【注释】**

①镇海楼：在广州城北越秀山上，建于明洪武十三年，楼高五层，有"岭南第一胜概"之誉。

②越台：越王台，在越秀山。

③栗里：地名，陶潜曾隐居于此。

④"陆沉"句：《晋书·桓温传》："温自江陵北伐……过淮泗，践北境，与诸僚属登平乘楼眺瞩中原，慨然曰：'遂使神州陆沉，百年丘墟，王夷甫诸人不得不任其责！'"

庚子（1900）年八国联军之乱，是历史上罕见的奇耻大辱。作者在广州闻讯，因作此诗。全诗格调雄浑，情怀悲壮。通过桓温当年登平乘楼凭眺中原的旧事，抒发了救国救民的豪情壮志。这首诗是黄节前期创作中相当重要的作品，深得陆游的神髓。

# 黄兴

黄兴（1874—1916），号克强，湖南善化（长沙）人。辛亥革命领导人之一，与孙中山并称。早年留学日本。1903年，发起组织革命团体华兴会于长沙。1905年7月，在日本经宫崎寅藏介绍，与孙中山结识。遂将兴中会、华兴会合并改组为中国革命同盟会。黄兴是革命军重要的军事首领，1911年4月，更亲自领导了震惊全国的广州黄花岗起义。

## 蝶恋花·哭黄花岗诸烈士

转眼黄花看发处，为嘱西风，暂把香笼住。待酿满枝清艳露，和风吹上无情墓。　回首羊城三月暮，血肉纷飞，气直吞狂虏①。事败垂成原鼠子②，英雄地下长无语。

**【注释】**

①"回首"三句：1911年4月27日（旧历三月二十九日），广州起义爆发，黄兴亲率敢死队向两广总督署进攻。经过短兵相接，浴血战斗，终以实力悬殊而失败。英勇牺牲或被逮后从容就义者八十余人。事后，潘达微等收殓烈士遗骸七十二具，合葬于城郊黄花岗。

②原鼠子：因为鼠子的缘故。鼠子，指两广总督张鸣岐。

这首词悼念牺牲的革命同志，悲壮之中包孕着蕴藉，却写得十分沉郁。"待酿"二句如剑花凝寒，冷艳逼人。上片表现了对于烈士的哀悼。过片化悲痛为力量，整首具有坚韧铿锵的审美力量。

# 金天羽

金天羽（1874—1947），初名懋基，改名天羽，又名天翮，字鹤望，号爱自由者，自署天放楼主人。江苏吴江人。早期思想激进，晚年专事学术研究。有《天放楼诗集》、《红鹤词》。

## 招国魂（五首选一）①

吁嗟美哉神圣国，沉沉睡狮东海侧②。
文治武功烂朝日，纪功碑字长城刻。
天马葡萄徕西极③，到今惟有和戎策。
瓜分惨祸免不得，魂兮归来我祖国！

**【注释】**

① 诗作于 1902 年，原为和包天笑之作。诗前原有小序："友人包公毅为是歌，余更重作，谱以风琴，厥声悲壮。首联发端，则仍包君之旧。"

② 睡狮：据说拿破仑曾对手下说：小心！不要碰东方那头睡狮。

③ "天马"句：汉武帝时，派大将李广利发兵大宛，得大宛国汗血宝马。汉武帝作了一首《天马歌》来赞美它。嗣后张骞出使西域，又带回来西域的葡萄瓜果。

这首诗以半自由的体式，抒发了国家危亡的哀痛。感慨中国往昔的辉煌，而呼唤国魂的归来。当时被作者的朋友谱曲用风琴演奏，慷慨悲凉。

# 于右任

于右任（1874—1964），陕西泾阳人，老同盟会会员，历任国民党中执委、监察院院长等职。诗人、书法家。有《于右任诗集》。

## 南　山

南山云接北山云，变化无端昔自今。
为待雨来频怅望①，欲寻诗去一沉吟。
百年岁月羞看剑，一代风雷荡此心。
莫把彩毫空掷去，飞花和泪满衣襟。

**【注释】**

①雨：指朋友。"旧，雨来；今，雨不来。"见杜甫《秋述》诗。

这首诗写得含蓄深沉。开篇以"南山云接北山云"起兴，表现了他身处北山而隔不断他对故乡终南山的怀想。他频频地盼望老朋友能够来看望他。然而台湾和大陆多年睽隔，他的这个希望最终只是惆怅而已。颈联流露作者多历世变、壮心未已的豪迈之情。末联"彩毫"是用江淹梦笔的典故，暗指"别恨"。因为江淹最有名的作品就是《别赋》。他的那句："黯然销魂者，唯别而已！"必定深深地影响于右任的心绪。将一段爱国思乡之情表现得如此真挚感人堪称诗中的《哀江南赋》了。

## 国　殇

葬我于高山之上兮，望我大陆。大陆不可见兮，只有痛哭！

葬我于高山之上兮，望我故乡。故乡不可见兮，永不能忘！
天苍苍，野茫茫；山之上，有国殇。

　　这首诗作于 1962 年，原来没有题目。作者仿效《离骚》的句法，用近于白话的语言，表达了他对于祖国大陆的眷眷之情，以及不能生归的哀痛。参差的句法很好地传递出激愤、悲痛的心情。近四十年来，一直深受海峡两岸人的喜爱。

# 高旭

　　高旭（1877—1925），字天梅，江苏金山人。早年加入同盟会。1909 年与陈去病、柳亚子倡组南社。辛亥后曾任众议院议员。后因卷入曹锟贿选，受到舆论谴责。有《天梅遗集》。

## 爱祖国歌

今日何日兮，汝其返老还童之时。
汝之疾果谁可救药兮，而我何敢辞？
汝虽不谅我脑珠费换兮<sup></sup>①，我终渺渺其怀思。
我日祝汝之壮健兮，我夜祷汝之康强！
汝既沾有四千年历史兮，发出无量数贤豪之古光。
汝殆为天之骄儿兮，何不竞争于廿纪之战场？
江山惨淡其寡欢兮，浮云暗暗而无色。
噫嗟汝之存亡兮，何无一人之负责？
汝之魂惝恍而来归兮，我将上下而求索。
演万头颅之活剧兮，汝真飞跃以步佛米②。
汝苟能至平等之乐园兮，斯皆尧兄而舜弟。

汝之潜入当腾一异彩兮，汝之福命仿如得饮甘醴。

安能长此以终古兮，我思汝而流涕。

汝亦世界上无价之产物兮，汝岂不足以骄夸！

我愿为祥风兮，永期勿失此令誉。

爱根盘结而不可解兮，矜他人之莫我如。

纵天荒地老兮，我情终不远汝以离疏。

**【注释】**

①"汝虽"句：意思是说即使你不能体谅我为你的病情终日费尽脑力，几乎要换掉脑珠。

②佛米：法兰西和美利坚。

诗写于1903年，这篇楚骚式的长诗，抒发了作者对祖国的热爱之情。以峥嵘之笔，写火山爆发之奇情，掀风造雷，如狮吼虎啸，气概掀天，新意潮涌，深信革命之锦潮一定会来到，祖国一定要与欧美并驾齐驱。影响之大，罕有其匹。允为辛亥革命之首席诗人。

## 秋瑾

秋瑾（1877—1907），字璇卿，号竞雄，又号鉴湖女侠，浙江山阴人。光绪三十年留学日本，与人创共爱会、十人会，并参加洪门天地会，鼓吹反清。次年回国，入光复会。不久再赴日本，入同盟会。光绪三十三年回绍兴主持大通学堂，联络金华、兰溪等地会党，组织光复军，与徐锡麟准备皖、浙两省起义。七月，徐起义失败，秋瑾被捕就义。有《秋瑾集》。

# 黄海舟中日人索句并见日俄战争地图

万里乘风去复来，只身东海挟春雷。

忍看图画移春色，肯使江山付劫灰<sup>①</sup>！

浊酒不销忧国泪，救时应仗出群才。

拼将十万头颅血，须把乾坤力挽回。

**【注释】**

① 劫灰：汉武帝时凿昆明池，挖出煤灰。胡僧见之，说这是上古时的劫灰。

这首诗气势雄伟，风格悲壮，体现了作为"女中丈夫"、巾帼英雄的鉴湖女侠为革命、为祖国不惮牺牲的万丈豪情。尾联二句掀天撼地，妙绝古今，一直为人们所传颂。

# 感 怀

莽莽神州叹陆沉，救时无计愧偷生。

抟沙有愿兴亡楚<sup>①</sup>。博浪无椎击暴秦<sup>②</sup>。

国破方知人种贱，义高不碍客囊贫。

经营恨未酬同志，把剑悲歌涕泪横。

**【注释】**

① 抟沙：女娲抟沙土造人。 兴亡楚：秦灭六国，只有楚国最无罪，所以当时民谣说："楚虽三户，亡秦必楚。"

② "博浪"句：张良是韩国人，要给韩国报仇。暗地里收买力士，以大铁椎在博浪刺杀秦始皇，惜功未成。

这首诗表达了作者感慨国步维艰、个人力量微小的悲愤抑郁之情，别是一种感人滋味。

# 连横

连横（1878—1936）台南人。号雅堂。台湾沦于日寇，时年十七。越二年，入上海圣约翰大学。后返台，为台报主笔。同时加入爱国文艺团体南社。民国成立，返回大陆。民国三年入清史馆，尽阅台湾档案。后返台创办《台湾诗荟》，发扬传统文学。著有《台湾通史》、《台湾语典》等。

## 至南京雨花台吊太平天国

玉垒云难蔽[①]，金陵气未消[②]。

江声喧北固[③]，山影绘南朝。

吊古沙沈戟，狂歌夜按箫。

神灵终不閟[④]，化作往来潮。

【注释】

① 玉垒：山名，在成都附近。"玉垒浮云变古今"，见杜甫《登楼》诗。

② 金陵：南京。东晋至六朝的政治中心。刘禹锡诗《西塞山怀古》"王濬楼船下益州，金陵王气黯然收。"

③ 北固：镇江山名。三面临江，极为险要。

④ 閟：密藏。

此诗以吊太平天国为题。当是从种族革命的立场，排满兴汉，反对帝国入侵出发。此诗大意谓玉垒山浮云昭示着古今变化的规律，太平天国的建都体现了金陵王气尚在。北固的涛声，南朝的往事，无论是沉沙折戟的兴亡，乃至吹箫按曲的享乐，都不能泯灭金陵的王气。腾涌不息的江潮海浪就是其强大的生命力的证明。末句以景结情，气雄万夫而包蕴无限。

# 庄嵩

庄嵩（1880—1938）字伊若，号太岳，又号松陵，鹿港人。九岁能文，人呼神童。毕业于台中师范，日人据台，为文化协会骨干。以传统文化教育学生，被撤裁。曾任大冶吟社社长。对中台诗风影响颇大。

## 登税关望楼观海①

眼底分明见海枯，沧桑何俟问麻姑。
冲西港口千帆尽②，尚有沙鸥待榷无③。

**【注释】**

① 税关：在鹿港海边，征税之关卡，高可眺海。

② 冲西：鹿巷旧称。

③ 榷（què）：征税。

一、二句写日人占台，山河变色，比之为沧海转为桑田之巨变。"眼底"、"海枯"用词命意有触目惊心之恸感。"千帆"二句，言入海港千帆，课税已尽。剩下的沙鸥，难道也要交税吗？极言日方赋税的苛细。以反诘之语出之，更觉入木三分。诗笔清健，思致奇矫，有想落天外之高境。

# 杜资修

杜资修（1880—1939）字幼春，号南强，晚号老秋，台中人。家世书香，少慷慨有节气。师事梁钝庵。不惟诗境大开，亦通新学。梁启超目为海南才子。致力台湾抗日运动，诗风豪壮，有《南强诗集》。

## 诸将（唐维卿中丞）

南州称制万夫奔[1]，独为神州守外阉[2]。
父老不烦丹穴索[3]，孤臣敢受素麾尊[4]。
但思一柱天能倚，其奈群飞海已翻。
他日尚余诸疏在[5]，哓哓众口与鸣冤[6]。

**【注释】**

①称制：即立国。国主发命为制，下令曰诏。此言唐氏就任台湾民主国大总统，不受日本人统治。

②外阉：外面的门户，指台湾。

③丹穴索：从丹穴内找出领导者，见《吕氏春秋·贵生》。

④素麾：指挥军队的旗帜。

⑤诸疏：上呈朝廷的奏折。

⑥哓哓：争辩之声不断。

此诗专评唐景崧，持论公允有识。首言其自立为总统，甚受台湾人民的拥护。目的是为神州看好大门，不让倭人得志。继言其立为总统，不须要人到处寻觅。海外孤臣受命指挥军队，本想一柱撑天。怎奈海水横飞，无力挽回大局。幸有上报的奏折，可明本心，旨为救亡。可一雪众口横加的污词秽语。措辞森严，宅心忠厚，诗中史笔也。

# 鲁迅

鲁迅（1881—1936）姓周，名树人，字豫才。鲁迅为其笔名。现代新文学运动旗手和主将。早年留学日本。回国后曾任教职，后投身五四新文化运动，成为文化新军的旗手和主将。无论是小说、散文、诗歌、还是文学理论和文学研究，都取得了划时代的成就。旧诗偶有所作，恒能别开生面，每臻绝唱。

## 自题小照①

灵台无计逃神矢②，风雨如磐暗故园。
寄意寒星荃不察③，我以我血荐轩辕④。

**【注释】**

①本篇作于1903年。时二十三岁，是寄赠许寿棠的作品。

②灵台：指心灵。 神矢：爱神丘比特的金箭，被射中者就会相爱。这里是指作者忧国忧民的情怀。

③荃不察：荃，香草名。本借指楚怀王。语出屈原《离骚》中"荃不察余之中情兮，反信谗而齌怒。"

④轩辕：黄帝的别称。 荐：此指以血祭奠。

这是鲁迅现存最早的一首旧体诗。无论气韵和风骨，都远超时下诗流之作。这是一首充满少年血性的以身许国之庄严的誓言。它充满浩然正气与坚毅苍凉的悲怀。同时洋溢着一种豪气与尚武精神。诗中杂用"神矢"这样的洋典故，中西合流，开径自行，堪称旷世之作。

# 马君武

马君武（1882—1939），广西桂林人。曾留学日本和德国。在东京参加同盟会，任秘书长。南社社员，后从事教育，曾任广西大学校长。

## 从军行

北狄寇边郡，飞电羽书急。

军人别慈母，整装赴前敌。

母亦无所恋，母亦无所愁。

生儿奉祖国，岂为室家谋。

儿父战死日，儿生未十年。

不辞教养儿，望儿成立贤。

教儿读历史，往事足歌泣。

祖国岂不美，世界昔第一。

教儿练身体，丈夫之本领。

周处杀三蛟①，项籍力扛鼎。

教儿习射击，典钗买枪剑。

刺肌戒爱国，隐隐字可见。

儿今年二十，投身事戎行。

父志既已继，母愿志已偿。

北狄吾世仇，膺惩今所急。

祖国尺寸地，不许今人失。

母亦无所愁，母亦无所恋。

不望儿生还，恐儿不力战！

　　① 周处杀三蛟：周处除三害，是山中猛虎，水中恶蛟，以及从前的自己。


　　这首诗模仿南北朝时北朝民歌木兰词的风格，写出了一对英雄母子爱国之志。诗中以"北狄"比喻日寇，通过铺排的手段，写出了一位烈士的妻子在国难当头之时，含辛茹苦教育孩儿，激励他学习除三害的周处、扛鼎的楚霸王项羽。她学习岳飞的母亲，在孩子的肌肤上刺上"精忠报国"的字样，让儿子继承丈夫的遗志，为国尽忠。"母亦无所恋，母亦无所愁。""母亦无所愁，母亦无所恋。"前后回环复沓，更加突出了这位伟大的母亲的感人形象。


# 苏曼殊

　　曼殊（1884—1918），原名戬，字子毂，后更名元瑛，柳亚子又为改作玄瑛。曼殊为僧名。广东香山人，父亲是广东巨商，母亲则是日本籍。曼殊为了掩饰他的私生子身份，在文章、小说中总是宣称自己是日本人。苏曼殊在政治上鼓吹暗杀，而天性浪漫多情，时人有情僧之目。小说借才子佳人的俗套，开中国小说未有之新境界。他的诗主要是七绝，有《燕子龛诗》。曼殊身后，柳亚子、柳无忌父子曾编有《苏曼殊全集》。

## 以诗并画留别汤国顿 （二首）①

### 一

蹈海鲁连不帝秦②，茫茫烟水着浮身。

国民孤愤英雄泪，洒上鲛绡赠故人。

**【注释】**

① 汤国顿：即唐睿，字觉顿。作者友人。

② 鲁连：鲁仲连，齐高士，曾劝赵孝成王不要降秦。

这首诗表达了作者行将去国，仍不改爱国之志的悲歌慷慨之情。末句鲛绡赠泪，却写得温婉缠绵，韵致不尽。

## 二

海天龙战血玄黄①，披发长歌览大荒。

易水萧萧人去也②，一天明月白如霜。

**【注释】**

① 龙战血玄黄：《易经》："龙战于野，其血玄黄"，形容战争激烈，血流成河。

②"易水"句：荆轲刺秦，他的友人都到易水送别。高渐离击筑，荆轲作歌为变徵之音："风萧萧兮易水寒，壮士一去兮不复还！"

苏曼殊一贯鼓吹无政府主义和暗杀主义，这首诗表达了作者为救国救民义无反顾的悲剧情怀。"易水"二句激越悲壮，而又不失温婉，是《燕子龛集》中的名句。

## 黄绍竑

黄绍竑（1884—1966）广西容县人。字季宽，后改名绍雄。保定军校毕业。曾任广西省主席、国民政府内政部长等职。胜利后任监察院副院长。1949 年为和谈代表。新中国成立任人民政府政务委员、人大常委。文革乱中，暴辛。著有《五十年回忆》等。

## 好事近·一九四九年参加国共和谈时作

翘首睇长天，人定淡烟笼碧。待晚一弦新月，问几时圆得。昨宵小睡梦江南，野火烧寒食。幸有一帆风送，待燕云消息。　北国正花开，已是江南花落。剩有墙边红杏，客里愁寂寞。些时为着这冤家，误了寻春约。但祝东君仔细，莫任多漂泊。

黄绍竑先生是有名的儒将，他属于桂系进步派。一九四九年作为国民党和谈五代表来北平洽商和平谈判问题。和谈破裂后，黄作此词以倾诉心声。当时广为流传，甚得声誉。此词以象喻的手法，表现他对政局的看法。上片以碧天的一弦新月立意。"问几时圆得"一句，是说国共和谈能有圆满结果吗？昨宵梦中的江南（国统区），已是野火烧寒食，一派凄凉惨淡的景象了。"待燕云消息"是指寄希望于北平的和谈。过片"北国正花开，已是江南花落"，为一篇之眼。它突出了共产党解放军正如火如茶，势不可挡。而长江以南的国民党呢？已是落花流水春去也。这种局面与可以想象的结果，对于与旧政权关系深厚的黄绍竑先生来说，心情自然是复杂的。"些时"以下四句，便惟妙惟肖地表现出一段难分难舍，十分无奈的凄婉情怀。生动曲折地表现出在时代大潮的冲击下，难以主宰自己命运的人物的无奈。可谓述情妙手，词中史笔。

# 吴梅

吴梅（1884—1939），字瞿安，号霜厓，长洲人。专究南北曲，制谱、填词、按拍，一身兼之。晚近无第二人。历任北京大学、中央大学教授。抗战军兴，转徙湘、桂间。卒于云南大姚，年五十六。著有《霜厓三剧》、《词学通论》、《顾曲麈谈》等。

## 翠楼吟·秦淮遇京华故人

月杵声沉，霜钟响寂，今宵故人无寐。湖山沦小劫，正风鹤、长淮兵气。南云凝睇。又水国阴晴，千花弹泪。情难寄，庾楼凭处①，自伤憔悴。　　可记。残粉宫城，指暮虹亭阁，冶春车骑。玉京芳信阻，怕丝管、经年慵理。人间何世？待冷击珊瑚，西台如意②。秋心碎，板桥衰柳，莫愁愁未？

**【注释】**

①庾楼：在湖北鄂州。东晋大臣庾亮驻节之地，曾于此与文士雅集。

②西台如意：谢翱闻文天祥死讯，乃登严陵西台，以竹如意击石，作楚歌为之招魂。

吴梅认为，词作不论长调、中调、小令均须写得雅，不像曲之可雅可俗。他的创作实践也正是如此。此词写残劫山河的凄苦心绪。首句"月杵声沉"隐用"深院静，小庭空"那首著名的《捣练子》词意。"月杵声沉，霜钟响寂"，故人偏生无寐，更见得心绪之乱。"湖山"句下，词人的视野由对个体的观照拓展到对社会的关怀。"南云凝睇"四字，写尽哀愁。"又水国阴晴，千花弹泪"更增力感。不说"溅泪"，而用"弹泪"，花被赋予了人格的力量。"可记"二字含蓄。"残粉宫城"三句凄艳动人。"玉京芳信阻，怕

丝管、经年慵理。"作者原是最爱唱曲的，如今竟会慵理丝管，无
聊赖之至。"人间何世"一语，正该此时发问。"待冷击珊瑚，西
台如意"是对残劫山河与故友的悲悼。末句是宇宙的人情化，秋心
衰柳，无不含愁。莫愁湖无语，倘能语，也当给予词人肯定的答
复吧！

# 郑坤五

郑坤五（1885—1959）字友鹤，号虔老，不平鸣生。台湾凤山
人。曾任台湾"艺苑"、"光复新报"主编，晚年徙居高雄。著有《九
曲堂诗草》、《坤五诗话》、《华胥园游记》等。

## 飞 行 机

利器文明孰与俦，几教海陆废车舟。
鹏程不为山河阻，任意雄飞五大洲。

飞机为现代文明之利器。赖此而实现凭虚御风的飞天梦想，
实现了化远域为近邻的缩地神话。改变了人类的生活方式，厥功至
伟。如何以旧形式表现新生活，是诗歌艺术面临的挑战。诗词要推
陈出新，化俗为雅。此诗化用庄子"水行莫如用舟，陆行莫如用车"
之语，而冠之以"几教废置"，便顿出奇境，有如通神。再用庄子
鲲鹏扶摇而上九万里之典，极写其雄飞无碍之气势。则其横御八
极，功盖千秋之作用，便跃然纸上了。遗貌取神，乃能如此之妙。
习诗者当于此等处细心体悟，学其活法。

# 朱德

朱德（1886—1976）字玉阶，四川仪陇人。曾任中国人民解放军总司令、元帅，中华人民共和国委员长等职。诗风刚健，神采飞扬。

## 赠 友 人

北华收复赖群雄①，猛士如云唱大风②。
自信挥戈能退日③，河山依旧战旗红。

【注释】

① 北华：华北之倒文。

② 猛士："安得猛士守四方"，为刘邦《大风歌》中成句。此言八路军勇将之多。

③ 挥戈能退日：形容将士神勇，能排除困难，扭转危局。《淮南子·览冥训》有鲁阳公与韩军酣战。日暮，举戈挥之，日为退三舍。

此诗写华北抗日将士神勇无比，猛士如云之盛况。"自信"二句极言斗志昂扬，能令日月顺命，使大好河山重归掌握。可谓气壮山河，光照千秋之名句。

## 攻克石门①

石门封锁太行山，勇士掀开指顾间②，
尽灭全师收重镇，不教胡马返秦关③。
攻坚战术开新面，久困人民动笑颜。
我党英雄真辈出，从兹不虑鬓毛斑。

**【注释】**

① 石门：石家庄市，旧称石门。

② 指顾间：言指挥顾盼之顷，即已克敌制胜。

③ 胡马：本指入侵之匈奴。此指占据石家庄的国民党守军。

朱德元帅此诗作于1947年11月攻克石家庄之时。华北解放军经六日夜激战，一举攻下石家庄。是拔除国民党战略要点的攻坚战之重大胜利。作为这次战役的总指挥，朱总司令慷慨赋诗，激情讴歌了这次伟大的胜利。"勇士掀开指顾间"、"尽灭全师收重镇"是势如破竹，所向披靡的生动写照。为描写解放战争的杰出篇章之一。同时也是朱总司令英文巨武的一代奇才之生动体现。

# 柳亚子

柳亚子（1887—1958），本名慰高，字安如，因崇尚卢梭为人，更名人权，字亚卢，又字亚子。复因企慕辛弃疾，更名弃疾，字稼轩。江苏吴江县人，南社发起人之一。茅盾称他是清末到解放后"在旧体诗词方面最卓越的革命诗人"。

## 题《张苍水集》集为太炎先生校定①

北望中原涕泪多，胡尘惨淡汉山河②。
盲风晦雨凄其夜③，起读先生正气歌④。

**【注释】**

① 张苍水：张煌言，字苍水。明末与郑成功并肩抗清，失败被杀。

② 胡尘：这是对清朝统治的蔑称。

③ 盲风晦雨：犹言狂风暴雨。 凄其：凄暗。

④ 正气歌：此指张煌言狱中题壁诗。中有"若以拟乎正气兮，或无愧乎先生"诸语。

本诗作于1904年。作者认为张煌言的诗，如同文天祥的作品一样，是鼓舞民族气节与爱国精神的正气之歌。这样的作品对于推翻满清统治，恢复华夏河山是大有作用的。前三句凄暗，有拨不去的阴霾，一结振起，令人奋进。

# 李大钊

李大钊（1889—1927），河北乐亭人，新文化运动中的领导人物，曾参与《新青年》编辑工作，并与陈独秀创办《每周评论》，是中国共产党的创始人之一。1927年被军阀张作霖所杀。

## 登楼杂感（选一）

感慨韶华似水流，湖山对我不胜愁。
惊闻北塞驰胡马，空著南冠泣楚囚。
家国十年多隐恨，英雄千载几荒丘。
海天寥落闲云去，泪洒西风独倚楼。

这首诗写于1908年，当时清王朝的内忧外患已经到了不可遏止的地步，此诗正体现了作者当时的心境：忧国忧民而又看不到出路，只有归回到传统的忠愤中去。沉郁顿挫，十分感人。

# 神州风雨楼

丙辰春，再至江户。幼蘅将返国，同人招至神田酒家小饮。风雨一楼，互有酬答，辞间均见"风雨楼"三字。相约再造神州后，筑高楼以作纪念，应名为"神州风雨楼"。遂本此意，口占一绝，并送幼蘅云。

壮别天涯未许愁，尽将离恨付东流。
何当痛饮黄龙府，高筑神州风雨楼。

李大钊 1913 年冬天入日本早稻田大学政治经济科。在日本他组织过秘密的革命团体"神州学会"。日本大坂《朝日新闻》透露了袁世凯和日本秘密签定二十一条的消息以后，他奔走呼告，进行反袁抗日活动。1916 年初夏，他中途辍学，回国参加讨袁活动。这首诗就是作于这一年的春天。此时作者已经吸收了西方文化与先进的思想，开始掌握改变中国的利器。于是诗中没有了早期的哀愤，而洋溢了乐观的革命激情。

# 郭沫若

郭沫若（1892—1978），原名开贞，四川乐山人。著名诗人、剧作家、古文字学家、史学家、社会活动家。五四以来，一直是左翼文化和政治战线上的重要人物。解放后历任国务院副总理、人大副委员长等职。

## 哭吐精诚赋此诗

又当投笔请缨时①，别妇抛雏断藕丝。

去国十年余泪血，登舟三宿见旌旗。

欣将残骨埋诸夏<sup>②</sup>，哭吐精诚赋此诗。

四万万人齐蹈励<sup>③</sup>，同心同德一戎衣<sup>④</sup>。

**【注释】**

① 请缨：请战。 缨：捆绑敌酋的长绳。

② 诸夏：犹华夏，指中国。

③ 蹈励："蹈地而威猛"，本指舞姿。后喻奋发有为。

④ 一戎衣："一戎衣，天下大定。"见《尚书·武成》一着戎服而实现天下太平。


　　此诗郭沫若 1937 年自日本回国途径黄海舟中作。是步鲁迅先生"惯于长夜过春时"韵之作。郭沫若为了参加抗战斗争，抛下妻儿，化装返国。自二七年大革命失败，避难来日本已经十年，诗即由此开笔。拭干当年的眼泪，回国参加救亡斗争。"欣将"二句，表明抱着埋骨华夏大地的决心，洒泪呕血赋诗参战。要与全国同胞发扬蹈励，夺取驱除倭寇以致太平的伟大胜利。情极恳挚，意极庄严，气魄极沉雄壮阔。当时不知感动了多少读者。郭沫若诗中上乘之作，与鲁迅原唱互相辉映，可谓近代诗坛的双璧。


## 毛泽东

　　毛泽东（1893—1976），字润之，湖南湘潭人。中国共产党和中国人民解放军的创始人之一。1943 年当选为中共中央主席，1949 年 9 月当选为中央人民政府主席，是新中国的缔造者。著有《毛泽东选集》、《毛泽东诗词》等。

# 十六字令三首

山，快马加鞭未下鞍。惊回首，离天三尺三。
山，倒海翻江卷巨澜。奔腾急，万马战犹酣。
山，刺破青天锷未残。天欲堕，赖以拄其间。


这组咏山之词，作于遵义会议之后，红军从此群龙得首，可以万里雄飞了。作者寄情于巍峨起伏、绵延千里的云贵群山。把它形容为擦天而过的飞骑，倒海翻江的巨浪，鏖战方酣的战马，以及撑拄苍穹的剑锋。用以表现神勇无敌的长征将士，可谓极奇、险、雄、健之能事了。这种充满动感、力度与至大至刚的意象，正是作者主体人格的充分体现。他将自己的心灵，如此奇妙地融入山河大地的无限时空，为我们创造出崭新的艺术世界。这种挥斥八极，囊括万方的气概，不正是中华民族伟大生命力的投影么！

# 沁园春·雪

北国风光，千里冰封，万里雪飘。望长城内外，唯余莽莽。大河上下，顿失滔滔。山舞银蛇，原驰腊象，欲与天公试比高。须晴日，看红妆素裹，分外妖娆。　　江山如此多娇。引无数英雄竞折腰。惜秦皇汉武，略输文采，唐宗宋祖，稍逊风骚。一代天骄，成吉思汗，只识弯弓射大雕。俱往矣，数风流人物，还看今朝。


这是一首风华盖世的杰作，写于1936年2月。当时中央决定组织抗日先锋队渡过黄河东征。毛泽东与彭德怀来到河东进行部署。白雪皑皑，一望无垠的秦晋高原，使作者诗情涌动，灵气飞扬。回到清涧驻地就写下了这首不同凡响的伟词。
上片写浩茫的雪景。以千里冰封，滔滔顿失的肃杀，反衬山舞银蛇，红妆素裹的妖娆，并引发出与天比高的挑战意识。从来咏雪之人，无此心胸。下片由空间观览转入历史溯洄。对为多娇江山竞相折腰的霸主雄王略作回顾。指出他们纵有武功，却输文采，而且都已成为如烟的往事了。最后，指出真正的风流人物，应当从现实的革命斗争中产生。词以议论为主，写得如此大气磅礴，字里行间充斥着掀天揭地的壮采奇情，不愧为此中绝唱。

# 唐玉虬

唐玉虬（1894—1988），名鼎元，号聱公，江苏常州武进人。名中医，诗人。抗战期间任中央国学馆学术整理委员会名誉委员，空军参谋学校、军士学校教官，华西大学国文教授。1958 年起，历任南京中医学院图书馆主任、文献研究室主任、文史教研组组长、医古文教研室教授。有《国声集》、《入蜀稿》等。

## 赠第十九路军蒋蔡戴三将军

亲麾貔虎海之涯，壮士由来岂顾家。
万死不堪无此战，五洲今识有中华。
神谋默运同诸葛，隘地先争契赵奢。
赢得将军能报国，聊宽恸哭贾长沙。

这首诗赞颂了十九路军将士为国力战、奋不顾家的英雄气概。称誉他们"八一三"对于日军的还击大振国威，使得全世界都对中国刮目相看。他把三位将军比喻成诸葛亮、赵奢这样伟大的军事家。表示正因为你们的坚决抗战，才使得我这像贾谊一样恸哭的书生心头一宽。

# 吴逸志

吴逸志（1896—1962）名福胜，字锡祺，广东丰顺人。毕业于保定军校、陆军大学、柏林大学。北伐时任第四军团长。抗日时任第九战区前敌参谋长。工诗，俨如军声鼙鼓，令人振奋。

## 保卫大湖南两周年感赋[①]

精忠百万拒东夷，大捷长沙挽国危。
两载未曾遗寸土，三湘依旧镇雄师。
补天赖有军难撼[②]，射日惭无计出奇[③]。
众志成城驱海寇，踏平富士慰心期[④]。

【注释】

① 两周年：指 1939 年至 1941 年底的保卫长沙三次大捷。吴逸志协助薛岳抗倭大胜，此诗作于两周年之后。

② 补天：女娲补天。此指挽救民族危亡的抗日战争。

③ 射日：后羿射日。此指打败日寇。

④ 富士：日本富士山。 心期：心愿。

吴逸志为抗日名将，保卫湖南大战中，任参谋长，协助薛岳取得胜利。1941 年底，更制定了天炉战计划，诱敌深入，一举毙伤顽敌五万余人。战后筑倭寇万人冢。手题"血染捞刀河似锦，尸填黄土岭成峰"以志之。

此诗为歌颂大捷的实录。以横扫千军之笔，写掀天揭地之功。一气呵成，光耀青史。

# 罗卓英

罗卓英（1896—1961）字尤青，号慈威，广东大埔人。历任第十五、十九集团军总司令、远征军第一路军司令官。49年赴台，任总统府战略顾问。文韬武略，名冠一时。诗风沉雄慷慨，为世所称。

## 受命远征

百事皆身外，唯余孝与忠。
奉亲知养志，救国喜从戎。
不作生还想，须看破虏功<sup>①</sup>。
明朝驰异域<sup>②</sup>，万里树雄风。

**【注释】**

① 破虏：古有破虏将军。 虏：敌虏，多指异族入侵。
② 异域：国外。指罗卓英率军入缅抗击日寇。

此诗开宗明义，表明为亲尽孝，为国尽忠是其人生的目的。起得重大庄严。三、四句补足此义，掷地有声。五、六句最为壮烈，可谓气贯霄汉。末联以"万里树雄风"作结，高昂威猛，忠义之气令人奋发。持较霍去病之"匈奴未灭，何以家为？"诸语，有异曲同工之妙。

## 战地中秋

战火漫天战马腾，江波海浪涌层层。
健儿争饮倭奴血，手挽酋头看月升。

此诗紧扣"战地"与"中秋"二语，抒发胸中忠愤壮烈之气。前二句写出烽火漫天、江海掀波的全面抗战之惨烈战况。三句极写抗日将士争先杀敌之气概。四句则推出手挽酋头，笑看满月升起之壮举。一种有我无敌，光明在前的万夫莫当之气概，皆从指墨间汩汩流出。元遗山所谓："国家不幸诗家幸，赋到沧桑句便工"，正指此类。

## 周恩来

周恩来（1898—1976），初名大鸾，字翔宇。原籍浙江绍兴，生于江苏淮安。1917 年毕业于天津南开学校，旋赴日本留学。1919 年回国参加"五四"运动。1920 年赴法勤工俭学。1922 年任"中共"旅欧支部负责人。1924 年回国从事革命活动，是中国共产党的主要领导者与中国人民解放军的缔造者之一。曾任中央政府总理 27 年。有《周恩来选集》等。

## 大江歌罢掉头东

大江歌罢掉头东①，邃密群科济世穷②。
面壁十年图破壁③，难酬蹈海亦英雄④。

【注释】

①"大江"句："大江东去，浪淘尽千古风流人物"，语出苏轼《念奴娇·赤壁怀古》。

② 邃密：指深入细致地研究学问。"旧学商量加邃密，新知培养转深沉"，语出朱熹《鹅湖寺和陆子寿》诗。

③ 面壁："面壁而坐，终日默然"见《五灯会元》，本指达摩参禅。此

指精究救国之道。

④ 蹈海：跳海自杀。鲁仲连耻为秦民，曾扬言欲"蹈东海而死"（《史记·鲁仲连传》）。

这首诗作于 1917 年 9 月，时年十九岁，周恩来在赴日留学前写下了这首明志诗。作者要追慕历史上的英烈之后，决心掉头东去，探索科学的救国济世之方略。他要以面壁十年的工夫参透救国的"玄机"，做一个破壁而出的"觉"者。即使壮志难酬，宁肯投海殉国，以唤醒民众。这种壮怀烈抱与献身精神，实在令人感动。

# 易君左

易君左（1899—1972），湖南汉寿人。早年留学日本，北伐时任十四军政治部主任。先后任长沙《国民日报》主笔、兰州《和平日报》社长。1949 年赴香港、台湾。著有《易君左四十年诗》。

## 长 城 曲

长城长，古国防。起秦汉，历隋唐。捍中国，阻胡羌。何人敢南下而牧马？何人痛北上而牧羊？何人铭燕然山①？何人吊古战场？何人出塞抱琵琶？何人骑驼还故乡？牺牲一起为祖国，中华儿女何堂堂。轰轰烈烈生固好，轰轰烈烈死何妨。割十六州永遗臭，歌八千里永留芳。吁嗟乎，眼前莫叹一片草白与沙黄，眼前莫叹一片败堵与颓墙。眼前莫叹一群荒鹰与野狼，眼前莫叹一抹秋风与斜阳。古人奠其基，今人支其梁。古人织其布，今人缝其裳。国防无今古，团结如铁钢。吁嗟乎，长城长，强邻强。强邻虽强不足畏，处处尽战场，人人皆机枪。时时吹号角，仲仲砺锋芒②。力保和平主正义，顺天者存逆天亡。中国要为万世开太平，中国要为乾坤振纪纲。高歌一曲过河西，天风荡荡水汤汤！

**【注释】**

① 铭燕然：勒名纪功于燕然山。窦宪大败北匈奴，勒石燕然山（今蒙古国杭爱山）纪功。

② 仲仲：犹阵阵，不断磨砺锋芒。

诗写于抗日时期，用民歌体的风格表达了作者为抗战鼓吹的豪情。诗中大量运用排比句势，全诗气势如黄河直下，一泻千里。以民族自豪感与屈辱感鼓舞士气，产生很好的作用。

# 夏明翰

夏明翰（1900—1928），湖南衡阳人。"五四"运动时，是衡阳学生联合会的领导者。1920年到长沙，从事学生爱国运动。1921年湖南自修大学成立，在自修大学学习马克思列宁主义。同时在党的领导下从事"青运"工作和"工运"工作。1925年以后，担任中共湖南省委委员。1927年，在武汉"农运"讲习所任秘书，"马日"事变后回湖南，担任中共湖南省委委员兼组织部长，旋调汉口任中共湖北省委委员。1928年2月8日被捕，次日被杀。

## 就 义 诗

砍头不要紧，只要主义真。
杀了夏明翰，还有后来人。

在中国千年的黑暗社会中，"朱门酒肉臭，路有冻死骨"是普遍的社会现象。夏明翰领导着千千万万饥寒交迫者，呼出了要"造反"、要"共产"的呐喊。1928年夏明翰在武汉被桂系军阀逮捕，连续受到刑讯，他在拷打中只是怒斥审判官。被捕两天后即1928年3月20日的清晨，夏明翰被带到汉口余记里刑场。执行官问他有无遗言，他大喝道："有，给我纸笔来！"接着，他挥笔写下了"砍头不要紧"的就义诗。这一正气凛然的词句，当时就被人称做热血谱写的革命战歌，激励了无数后人为之奋斗。

## 陈毅

陈毅（1901—1972），字仲弘，四川乐至人。无产阶级革命家、军事家、政治家，中国人民解放军创建人和领导人之一，中华人民共和国元帅。陈毅兼资文武，博学多才。生前发表过多种军事、政治论著和诗词，1977年出版有《陈毅诗词选集》。

### 梅岭三章

1936年冬，梅山被围。余伤病伏丛莽间二十余日，虑不得脱，得诗三首留衣底。旋围解。

#### 一

断头今日意如何？创业艰难百战多。
此去泉台招旧部，旌旗十万斩阎罗。

## 二

南国烽烟正十年，此头须向国门悬①。
后死诸君多努力，捷报飞来当纸钱。

## 三

投身革命即为家，血雨腥风应有涯。
取义成仁今日事②，人间遍种自由花。

**【注释】**

①"此头"句：典出《史记·伍子胥列传》。春秋时期，吴越争雄。楚人伍子胥，为吴将，屡建战功。后来吴王夫差举兵攻齐，子胥认为吴的敌人是越，而不是齐。夫差听信谗言，疑子胥谋反，逼他自杀。伍子胥临死时，对身边的人说："抉吾眼悬东门之上，以观越寇之灭吴也。"后来吴国果然被越国灭掉。

②取义成仁："舍生取义""杀身成仁"的缩语。

这三首诗首章写身在必死险境。回顾艰难创业的征战途程，申明此生不见革命胜利，死后一定要招集旧部英魂，继续战斗。表现了至死不渝，誓与反动派血战到底的革命气概。次章则以十年征战，大业未成，诗人死不瞑目，勉励幸存者努力作战，以胜利捷报告慰死者。表现了关心国家命运、期盼人民解放的革命情怀。而末章写诗人以革命为家，预言反动派必将失败，自由之花必将盛开，表现了乐观坚定的革命信念和甘为信仰牺牲的革命精神。这是作者以生命凝成的不朽诗史。

# 台静农

台静农（1902—1990），安徽霍丘人，曾与鲁迅等组未名社。抗战期间，任教重庆白沙女子师范学院。抗日胜利后赴台湾，任台湾大学中文系教授。其诗功力甚深，有《台静农先生遗稿》。

## 少 年 行

孤舟夜泊长淮岸，怒雨奔涛亦壮怀。
此是少年初羁旅，白头犹自在天涯。

作者少年之时，曾经有过孤舟夜泊的经历。这是他平生第一次感受到了天涯羁旅的况味。而当他年老头白之时，却依然在天涯漂泊，不能回家。不过，这时候的天涯是台湾，不是年少时的长淮。将一段思念乡国之至情，被如此自然深挚地表现聘为，是很不容易的。

# 卢前

卢前（1905—1951）江苏南京人，字冀野，别号饮虹。诗人，著名词曲作家。1921 年东南大学毕业，师从吴梅学曲，才学兼胜，藉藉一时。先后任教于金陵、光华、中央诸大学。抗战胜利后任通志馆长。著有《中兴鼓吹》、《红冰词集》、《南北曲溯源》、《曲话丛抄》、《明清戏曲史》等。

# 满江红·平型关大捷①

奏凯平型，明日定、灵邱先复②。知左翼、团河传檄③，顽倭覆没。况有中军崞县在④，东平一战风催竹⑤。踏扶桑、三岛海东头⑥，都沉陆⑦。　　看捷报，书盈幅。欢笑里，从头读。喜右锋宁武⑧，雄威相续。指日朔州收拾尽，雁门关外燔倭骨。会王师三路察绥边⑨，安然出。

## 【注释】

① 平型关大捷：平型关在山西繁峙县东北。长城要口之一。1937 年 9 月，八路军于此伏击日军，歼敌三千多人。为抗日首次大胜。

② 灵邱：山西地名。

③ 左翼：犹左路，此指八路军 115 师。 团河：河北地名。 檄：战报。

④ 崞（guō）县：地名，在山西浑源附近。 中军：居中的主力部队。此指中央军。

⑤ 东平：地名，在山东。

⑥ 扶桑、三岛：指日本本土。

⑦ 沉陆：沉入水底，意味着灭亡。

⑧ 右锋：右路军。 宁武：山西关名，在宁武县境。朔州、雁门关，皆山西北境地名。

⑨ 察绥：察哈尔与绥远。当时省名，位于内蒙、山西一带。


此词雄快伟丽，正面歌颂八路军抗倭首战告捷，一扫倭寇狂焰，大振华夏正气。一气呵成，才情俱旺。风格情致与老杜《闻官军收复河南河北》略相恍惚。